L'AFFAIRE LORD SPENSER

DU MÊME AUTEUR
CHEZ LE MÊME ÉDITEUR

L'Assassin de ma sœur, 2018

Flynn Berry

L'AFFAIRE LORD SPENSER

Roman

Traduit de l'anglais (États-Unis)
par Valérie Malfoy

PRESSES DE LA CITÉ

Titre original : *A Double Life*
L'édition originale de cet ouvrage a paru chez Viking,
Penguin Random House LLC, New York, en 2018.

ISBN 978-2-258-15147-5
Dépôt légal : octobre 2019

Presses de la Cité — un département **place des éditeurs**

place des éditeurs

À Robin Dellabough et Jon Berry

« Après chaque guerre
Quelqu'un doit faire le ménage[1]. »

WISLAWA SZYMBORSKA
La Fin et le Commencement

1. *Dans le fleuve d'Héraclite,* traduction de Christophe Jezewski, Maison de la Poésie Nord/Pas de Calais, 1995.

Première Partie

Affaires intérieures

1

Un homme apparaît au détour du sentier. À sa vue, je m'arrête. Aujourd'hui, le parc est peu fréquenté, couvert de nuages noirs porteurs de neige, et nous sommes seuls dans cette allée où les chênes forment un tunnel.

Un pardessus de laine au col relevé, et un chapeau. Lorsqu'il marque une pause pour allumer sa cigarette, je suis assez près pour voir ses phalanges jouer à travers ses gants, mais ses traits restent dissimulés par le bord du chapeau.

Jasper doit être là, derrière moi – je ne le rappelle pas. Je ne voudrais pas trahir ma nervosité. Des moineaux nous survolent pour aller se poser dans les chênes, attirés par leurs branches comme la limaille de fer par l'aimant. Le briquet ne veut pas s'allumer et la molette racle vainement la pierre à feu.

Mon chien déboule en me bousculant, je tente de le saisir par le collier, sans succès, et manque de perdre l'équilibre. Enfin, l'étincelle se produit et l'inconnu penche la tête pour approcher sa cigarette de la flamme. Puis, remettant son briquet dans sa poche, il tend son poignet à Jasper, qui le renifle et gémit. Pour la première fois, ce type me lance un regard de loin.

Ce n'est pas lui. Je rappelle Jasper, m'excuse d'une voix tendue. Le sentier est si étroit qu'on se frôle en se croisant, et je le regarde encore, pour m'en assurer. Après quoi, rattachant la laisse, je m'empresse d'aller retrouver les maisons et les passants de Well Walk. J'aurais préféré que ce soit lui. J'aurais préféré être en train de le suivre dans les bois – armée d'un bon gourdin.

C'est ainsi depuis trois jours, depuis la visite de cette inspectrice. Je le vois partout.

Jeudi dernier, en rentrant du travail, je m'étais fait couler un bain avant même d'ôter mon manteau. Tandis que la baignoire se remplissait, j'avais dit bonjour à Jasper, déposant un baiser sur sa tête. Son poil a toujours cette curieuse odeur de saucisson, pas désagréable. Puis, je m'étais servi un verre de vin blanc que j'avais bu debout dans la cuisine.

Dans l'eau du bain, j'avais répandu des sels d'Epsom à l'aide d'une petite pelle en bois. Les sels, c'est ma copine Nell qui me les a envoyés parce que je suis toujours fourbue après le travail et que c'est souverain – dit-elle – contre les douleurs. Puis, je m'étais déshabillée dans le silence ponctué par le goutte-à-goutte du robinet, gardant la porte ouverte car Jasper vient parfois se coucher à côté de la baignoire.

Ensuite, je m'étais laissée couler sous la surface, jouissant de la caresse de l'eau sur mon épiderme. Massages pour Agnès et son arthrite – bonne idée, pensais-je, avant de m'efforcer d'oublier un peu mes patients. En plus, ça lui ferait une distraction. Ses épaules se dénouent quand j'ausculte son cœur et elle ne bouge plus d'un millimètre, comme si elle absorbait mon énergie.

J'étais allongée là, ne laissant affleurer que le strict minimum pour respirer, l'eau jouait autour de mon menton et je venais de me décider intérieurement pour des pâtes au pesto, quand le timbre de l'interphone avait transpercé cette ouate liquide, et j'avais redressé la tête, les oreilles ruisselantes. Quelqu'un sonnait, au pied de l'immeuble.

Ah, ma commande ! Ce livre aurait dû arriver deux jours plus tôt. Enfilant un sweat-shirt et un pantalon de jogging sur ma peau humide, j'avais écarté Jasper du passage et je m'étais précipitée dans l'escalier.

Il y a un sas glacial avant la rue, et je me trouvais entre les deux portes quand j'avais vu qui m'attendait. Pas un coursier. La première porte s'était refermée derrière moi. Au moment où j'ouvrais l'autre, l'inconnue m'avait montré son insigne.

– Vous avez une minute, Claire ?

Elle m'avait suivie en haut des marches, une ascension interminable. Mes doigts étaient raides et j'avais du mal avec les clés. Jasper lui avait fait la fête, lui présentant un bâton ramassé sur le chemin de halage. Comme je n'avais rien sous mon sweat-shirt, je lui avais fait signe de s'asseoir sur le divan avant d'aller mettre un soutien-gorge.

À mon retour, son expression était neutre, mais, évidemment, elle avait examiné ce cadre. J'aurais aimé qu'elle me fasse part de ses conclusions afin de savoir si elle s'était attendue à pire, compte tenu de mes antécédents. Chaleur agréable, lampes allumées, bouquins alignés sur les rayonnages, invitations aimantées sur le réfrigérateur, guirlande de houx sur la cheminée. Peut-être jugeait-elle que je ne me débrouillais pas trop mal ?

Ou alors, elle avait remarqué la bouteille entamée. Le chien, un croisement de berger allemand, et le nombre de verrous sur la porte. C'est juste à la maison, aurais-je voulu lui dire. Dehors, je ne suis pas aussi méfiante. Le soir, je me balade en écoutant de la musique, un casque sur les oreilles, et je m'endors parfois dans les taxis, même si ce n'est pas souvent, pour être honnête.

– Vous êtes... ?

– Inspectrice Tiernan. Louisa Tiernan, avait-elle répondu en dénouant son écharpe.

Voix claire et posée, accent irlandais. Les canalisations avaient couiné, comme chaque fois que le voisin du dessus fermait un robinet.

– On nous a signalé sa présence.

– Dans la région ?

– En Namibie.

Elle avait joint ses mains sur ses genoux, sans rien ajouter. La raison de sa visite m'échappait. Ce n'était pas nouveau. Des signalements de ce genre, il y en avait à la pelle.

– Qu'est-ce qui vous fait croire que ce n'est pas une erreur, cette fois ?

Elle m'avait tendu une vieille photo de mon père, tenant une flasque en argent armoriée.

– Votre père a acheté ceci dans une boutique du quartier de Mayfair il y a quarante ans. Elle serait aujourd'hui la possession d'un individu qui habite dans la ville africaine de Windhoek. La soixantaine, un mètre quatre-vingt-deux, et s'exprimant dans un anglais sans accent.

– Il a été arrêté ?

– Nous travaillons en concertation avec Interpol.

Elle devait avoir la quarantaine, ce n'était donc qu'une gamine au moment des faits. Elle en avait certainement entendu parler, la presse s'en était donné à cœur joie pendant des semaines et, depuis, l'affaire avait encore gagné en notoriété. Le premier lord accusé de meurtre depuis le dix-huitième siècle.

– Qu'est-ce qu'ils attendent ?

– S'il est mis en examen, vous en serez informée.

Je me demandais si elle avait été surprise d'avoir à enquêter sur lui, au bout de tout ce temps.

– Qui vous a parlé de la flasque ?

– Notre source préfère garder l'anonymat.

Bien entendu, pour éviter le ridicule lorsque cette piste aura fait long feu. Mon père a disparu il y a vingt-six ans. Nombreux sont ceux qui prétendent l'avoir aperçu aux quatre coins de la planète, et ces gens en parlent à tort et à travers sur les forums qui lui sont consacrés.

– Nous espérons que vous pourrez nous aider à l'identifier.

Ils avaient besoin d'un échantillon d'ADN. L'enquêtrice m'avait expliqué la procédure, tandis que l'eau dégoulinait de mes cheveux sur mon sweat-shirt. Je songeais à mon bain, juste à côté. L'eau devait être encore tiède, la surface parfaitement lisse.

L'inspectrice avait enfilé une paire de gants de chirurgien et passé un coton-tige contre la face interne de ma joue, le glissant ensuite dans un flacon stérile.

– Désolée d'avoir à vous poser cette question, mais votre père vous a-t-il jamais contactée ?

– Non. Bien sûr que non.

Les rideaux étaient ouverts derrière elle, et j'apercevais un sapin de Noël dans l'appartement d'en face. Ma bouche avait encore un goût de caoutchouc, à cause du gant. J'aurais voulu lui demander ce qu'elle allait faire ensuite, quels étaient les détails de la procédure.

Après son départ, j'avais vidé la baignoire, séché mes cheveux, et enfilé des vêtements chauds. Fait chauffer l'eau pour les pâtes et ouvert un pot de bon pesto. Rien ne m'interdisait de manger sainement, de regarder la télévision, de dormir. Pas besoin de changer mes plans, puisque ce n'était pas lui, pas plus cette fois-ci que les autres.

Quoique cette flasque… C'est le genre de chose qu'il aurait gardée, un souvenir du Clermont Club. Clic-clac du briquet, la tête qui se penche, cigarette aux lèvres, au-dessus d'une partie de baccara.

Un dandy, mon père. C'est l'une des causes de ma fureur – depuis le début, jusqu'aujourd'hui, quelque part il s'amuse.

*

La dernière fois que je l'ai vu, c'était le week-end précédant l'agression. Il m'avait emmenée au Luxardo's, à Notting Hill. J'avais choisi une boule de glace qui ressemblait à une boule de neige avec ses paillettes de noix de coco, et lui une glace à la menthe. Ornée d'un bâtonnet de sucre candi rouge et blanc, qu'il m'avait donné.

Ce jour-là, je m'étais brouillée avec quelqu'un, une camarade de classe. La cause de cette dispute n'est pas restée dans ma mémoire, mais je me rappelle que cette fâcherie pesait sur ma conscience, me blessait, et combien c'était rassurant de me retrouver avec mon père.

J'ai souvent repensé à ce moment. Son costume sombre se détache sur le papier peint rayé blanc et vert du salon de thé. Il a une égratignure à la main – comment se l'est-il faite ? En s'exerçant ? J'ai lu quelque part que la police avait trouvé un chapeau melon dans son appartement. Depuis, il me semble le voir poser ce chapeau melon sur le plan de travail de sa cuisine, et le matraquer avec son tuyau, pour calculer la force adéquate. L'image semble absurde, mais pas plus que le reste. S'est-il rendu compte, à un moment ou à un autre – quand il en flanquait les lambeaux déchiquetés à la poubelle, par exemple, ou le soir de l'agression –, de ce qu'il faisait ? A-t-il failli renoncer ?

J'ai tout décortiqué : travail, loisirs, centres d'intérêt, à la recherche de mauvais présages. Il aimait la corrida et avait emmené ma mère en voir une à Madrid. Aurait-elle dû s'en alarmer ?

De plus, il regardait parfois des films d'horreur, mais seulement ceux qui avaient reçu de bonnes critiques, ceux que la plupart des gens allaient voir tôt ou tard. Ce n'était pas un genre dont il raffolait particulièrement. Il me disait de ne pas avoir peur – ce n'était que de l'hémoglobine – et analysait les effets spéciaux à mon intention.

Rien de spécialement suspect, mais c'est valable pour n'importe qui : on peut toujours relever quelques goûts insolites, quelques épisodes troublants, et bâtir toute une théorie. Moi, par exemple. Le fait que je n'aie pas vraiment évolué pourrait indiquer que je ne suis pas tout à fait normale. J'ai trente-quatre ans et j'exerce la médecine dans un cabinet à Archway. Je ne devrais plus être rongée par cette histoire, et pourtant elle me hante. C'est comme vivre dans un pays qui a connu la guerre. Parfois, on oublie. Parfois, sur une petite route quelconque, en plein jour, on suffoque de terreur. Parfois, on enrage d'être celle à qui il incombe de comprendre ce qui s'est passé. Ce qui s'est réellement passé.

Mais c'était prémédité. Il était venu chez nous, la nuit, ganté et armé d'un tuyau de plomb. Auparavant, il avait scié ce tuyau à la bonne longueur et enveloppé l'une des extrémités de chatterton afin d'assurer sa prise.

Il avait peut-être même déjà terminé ses préparatifs le jour du salon de thé. C'est dur pour moi de repenser à ce qui s'est passé. Non qu'il m'eût été possible de l'empêcher d'agir – j'avais huit ans –, mais cette scène a quelque chose d'absurde. La fillette qui accepte de lui un bâton de sucre candi rouge et blanc. C'est comme s'il avait fait de moi sa complice.

2

Mes parents firent connaissance au Langham Hotel, un samedi soir, en 1978. Banquettes en demi-lune, panneaux de velours aux murs et, sur chaque table, une petite lampe à l'abat-jour plissé de couleur rouge. Tous deux étaient venus avec une autre compagnie. Maman et son fiancé, Henry, s'étaient disputés, et chacun avait le nez plongé dans le menu géant.

Les colocataires de maman devaient se rendre à une soirée dans Covent Garden, puis dans une boîte de nuit, Annabel's. Assise sur le lit, elle les avait regardées se préparer, Christy se lissant les cheveux au fer, tandis que Sabrina enfilait une paire de cuissardes en daim lie-de-vin qui laissait voir un centimètre de peau sous sa jupe.

Henry, s'adressant au serveur :

– Dites-moi, que me conseillez-vous : l'onglet ou le tournedos ?

Faye n'avait pas bronché. Sous la table, elle avait effleuré son propre genou, pudiquement voilé d'un collant dix deniers. Après le départ du serveur, Henry s'était tourné vers elle d'un air interrogateur, comme s'il s'attendait à un compliment pour s'être montré affable avec ce type.

Au même moment, les colocataires de maman devaient être en train de boire du prosecco bon marché et de rigoler, Sabrina en se pinçant l'arête du nez, comme toujours quand elle riait. Elles avaient mis du Lou Reed tout en s'apprêtant, et l'air lui trottait encore dans la tête. *I said, hey babe, take a walk on the wild side.* Maman pianotait sur sa jambe. Du jazz passait en sourdine dans la salle de restaurant. « C'était quand la dernière fois que je suis rentrée chez moi avec les oreilles qui tintaient ? »

Elle avait commandé la sole meunière, songeant, une fois servie : « Je n'ai pas envie de ça. J'ai envie d'un cornet de frites dans le bus de nuit. J'ai envie d'être seule. »

De l'autre côté de la table, Henry se contorsionnait sur sa chaise, tâchant de faire signe au serveur. La dispute avait éclaté dans le taxi. Henry énumérait à son intention, pour la énième fois, les raisons qui le poussaient à quitter son boulot, et celles qui pouvaient le convaincre de le garder. « Quelle importance, au fond ? avait-elle déclaré. Tu n'as pas l'intention de devenir pilote de chasse, ni de faire du cinéma… cette banque-ci ou une autre… » Elle n'avait pas voulu être aussi cruelle. « Et toi, une secrétaire… On ne peut pas dire que tu fasses des étincelles non plus ! »

Pas encore, avait-elle pensé. Elle travaillait pour un expert-comptable, mais visait un job dans une maison de disques. Pour faire sa propre éducation, elle allait au concert quatre soirs par semaine, un peu partout dans Londres. Un coup d'œil à sa montre. Seulement neuf heures et demie. Elle s'était demandé si on la laisserait entrer dans la boîte de nuit ainsi vêtue. Peut-être, à condition de garder son manteau. Henry la dévisageait. « Une autre bouteille ? » À quoi bon ? s'était-elle abstenue de répondre.

Il avait commandé du chablis. Un jour, elle avait prétendu devant lui que c'était son vin préféré, mais c'était pour rire, elle n'en avait jamais bu. « Je ne suis pas comme toi, aurait-elle voulu lui crier. J'ai grandi au-dessus d'un pub, ma boisson favorite, c'est le rhum-Coca. » Même s'il le savait déjà. Il devait s'enorgueillir de ne pas avoir honte d'elle, malgré tout.

– Et si on faisait un tour à Arundel, demain ? avait-il proposé.

Il n'était pas rancunier. Pas assez fougueux, pas assez passionné, avait-elle analysé tout en sirotant son verre. Elle se demandait qui pouvait bien baratiner ses copines, en ce moment. Elle croyait voir Christy, cherchant un verre dans la cuisine tout en se déhanchant. Sabrina, accoudée à un balcon, un type collé à elle, partageant une cigarette avec lui. Serrant ses mains entre ses cuisses croisées, maman marquait une cadence imaginaire de son pied. Elle avait comme un nœud à l'estomac, le visage en feu. « Je vais aux toilettes. » Elle avait traversé la salle pour aller récupérer son manteau au vestiaire, au fond d'un couloir tapissé d'une moquette épaisse. « Désolée, je n'ai pas mon ticket. Un manteau à carreaux et un foulard blanc. » L'employé lui avait restitué son bien sans se faire prier.

Elle n'avait pas été étonnée quand un homme s'était matérialisé à son côté – ni qu'il fût seul. Elle l'avait remarqué tout à l'heure ; il avait dîné à la table en face de la sienne. À aucun moment, elle n'avait vu le visage de la femme qui l'accompagnait, seulement un rideau de cheveux blonds et lisses.

Il avait tendu son ticket tandis que maman s'effaçait, le temps de boutonner son manteau. Comme elle grimpait l'escalier, il lui avait emboîté le pas.

– Moi, c'est Colin...

– Faye.

Quand elle avait passé la porte tambour, il avait pris le compartiment suivant ; mais, une fois dehors, elle avait été coupée dans son élan. La pluie mitraillait le trottoir et ils étaient restés plantés sous la marquise ruisselante. Aucun taxi devant l'hôtel, ni dans la rue aux pavés mouillés.

– Il y a un bar juste à côté, avait-il dit.

– En fait, je vais chez Annabel's...

*

Est-elle conforme à la réalité, cette scène ? Je me suis énormément documentée, et ce n'est pas la matière qui manque. L'inspecteur qui a mené l'enquête a écrit un bouquin, les amis de mon père ont donné des interviews, la police a présenté ses preuves au coroner. Maman a tenu un journal intime, par intermittence, de l'adolescence à la mort. Durant leur première année de vie commune, elle écrivait même tous les jours, longuement, comme si elle ne voulait rien manquer, même les moments où ils n'étaient pas ensemble.

Le reste, je l'ai imaginé. Et à chaque nouvelle pièce du puzzle, je revois l'ensemble. Il faut être méthodique, car, quelque part dans cette reconstitution, réside la clé de l'énigme.

Grâce aux forums, j'ai beaucoup appris sur la nuit où mes parents se sont rencontrés. On en sait si long sur eux. Le nom du parfum de ma mère, celui de l'émission que nous suivions le soir du meurtre, quelle ampoule avait claqué dans la cuisine, cette nuit-là.

On sait que la compagne de mon père au restaurant se prénommait Isabel. Il lui avait dit qu'il allait aux toilettes, lui aussi, et n'était jamais revenu, lui laissant le soin de payer la note. À cette époque, elle travaillait pour un marchand d'art et était payée une misère. Après le drame, elle avait donné une interview à la presse. Elle devait éprouver le besoin de parler de sa rencontre avec l'assassin.

Maman ne l'a jamais vue de face. J'imagine cette fille se retournant, et montrant son visage couvert d'ecchymoses. Mais non, c'est impossible. La police a interrogé des centaines de personnes qui avaient connu mon père. À moins que certains aient menti, ce n'était pas une brute.

*

Pour leur premier tête-à-tête, ils étaient allés dans une taverne grecque. Faute d'avoir eu le temps de rentrer se changer, elle portait la même tenue qu'au Lanesborough. Ils choisirent des feuilles de vigne farcies et des cannellonis, du vin rouge en carafe. Elle ajouta cette taverne à la liste des tocades de Colin, avec les bains de mer en eau froide, les motos, et les malinois, une race de molosses.

Ils parlèrent de leurs amis, de leurs familles. Colin s'était lancé dans le récit d'une de ses mésaventures d'adolescent, et elle s'attendait à en être agacée, comme quand un type se glorifie d'avoir fait un truc pas vraiment glorieux, par exemple boire trop, vomir dans un endroit particulièrement inapproprié, ou rater un examen.

Tout au contraire, lorsqu'il avait rejoué le gamin de dix-sept ans qui retire des éclats de verre de son pare-brise, sa voiture en rade sur le bas-côté, elle avait ri de bon cœur. Il n'était pas vaniteux, ni suffisant, mais simple et chaleureux. À la fin, il avait attaqué ses cannellonis de bon appétit.

Elle avait bien essayé de chercher la petite bête, chose très facile avec Henry. Cette coupe de cheveux, franchement... Non, ça n'avait pas marché. Elle n'avait pas pu le démolir, lui, comme elle avait démoli les autres.

Pourtant, il n'était pas parfait. Il était impatient. Et avide. Avide de nourritures terrestres, visiblement, comme d'autres choses – alcool, tabac, sexe. Sensations fortes. L'argent, non, comme on pouvait en juger par son appartement.

La façon dont maman décrivait cet appartement m'avait étonnée. Compte tenu de la fortune de mes grands-parents, je n'aurais jamais imaginé mon père habitant un endroit pareil, au-dessus d'une échoppe de tatoueur dans Dean Street. Fenêtres ouvertes, on pouvait entendre le pistolet à encre. Exigu, un plancher inégal, des robinets rouillés, des tiroirs ni ouverts ni fermés – mais très ensoleillé, et très central.

Elle aimait cette affiche au mur – le cycliste juché sur sa bécane durant le Tour d'Italie, qui se restaure d'un plat de pâtes. Je pense souvent à cette affiche. La candeur personnifiée, comme la preuve que tout n'était pas pourri chez lui.

3

Sur Farringdon Road, je farfouille dans mon sac, certaine d'avoir oublié je ne sais quoi. Éteindre le gaz, nourrir le chien, ou bien fermer la porte. Le bus n'est pas encore là, je devrais avoir le temps de retourner chez moi.

Seulement, on a fixé une réunion pour recruter un nouveau gestionnaire de cabinet, et je ne peux pas me permettre d'être en retard. Mon regard se braque dans la direction de mon appartement, comme si mon œil était capable de repérer un problème à cette distance. Puis le bus arrive, et je fais la queue comme tout le monde pour monter à bord.

Bientôt, nous franchissons le canal. À deux kilomètres à l'ouest, c'est Camden Lock, mais ici tout est paisible. Péniches prises dans les glaces, couronnes de Noël suspendues aux proues.

Tout au long du trajet, je ne lâche pas mon mobile au cas où l'inspectrice appellerait. Nous sommes lundi, c'était il y a quatre jours, son arrestation doit être imminente. Je descends du bus à Junction Road dans

Archway et passe devant le marchand de journaux, le bookmaker, le club de strip-tease. Penché au-dessus du client calé dans le fauteuil incliné, un barbier manie son coupe-choux.

Le froid transperce mon pull trop fin et je remonte le zip de mon blouson. De nouveau, je consulte mon téléphone. Il y a un type à Windhoek, Namibie, qui va être interpellé par la police et qui pourrait être mon père. Je ne sais pas comment calculer la probabilité. Il paraît que c'est une belle ville, ce qui renforce cette probabilité. Il aurait forcément choisi un lieu agréable.

Quand j'arrive, Laila est sur le trottoir, en train de fixer l'antivol à son vélo. J'attends qu'elle ait fini.

– On prend un verre au pub, plus tard ? dit-elle.

– Pas ce soir. Mercredi... ?

Elle acquiesce. À ce moment-là, ce sera terminé, la fausse alerte sera passée. La police aura affolé un innocent, et moi je serai à l'Old Crown avec Laila. Elle me confie son casque, le temps de se débarrasser de son gilet jaune de sécurité, et nous montons les marches.

Notre cabinet se trouve dans un hideux bâtiment des années cinquante, avec moquette tachée et radiateurs percés. Cela ne m'affole pas, et je m'en félicite. Mon père détesterait, mais nous n'avons rien de commun.

Rahul et Harriet sont en train de faire du café dans le coin cuisine. Personne dans l'équipe ne sait vraiment qui je suis. Nous avions changé d'identité à la suite du drame, maman, mon frère et moi, avant d'aller vivre en Écosse. Notre nouveau patronyme, Alden, a été choisi d'après une carte d'état-major. À l'origine, mon frère s'appelait Christopher, et il m'arrive de l'appeler encore ainsi par inadvertance, quand je suis fatiguée ou distraite. Mon frère aussi m'appelle parfois par mon ancien prénom, mais, lui, ce n'est pas par erreur. Il était encore au berceau quand nous avons déménagé, il n'a connu que ces prénoms d'emprunt. Je crois qu'il le fait exprès, connaissant ma nostalgie pour l'ancien.

J'embrasse la pièce du regard : Rahul qui rit, Harriet qui secoue la tête, Laurence qui passe la porte. Qui parmi vous me trahira ? Si mon père est retrouvé, et jugé, mon nom sera révélé. On les sollicitera. On leur offrira dix mille, vingt mille livres sterling pour parler à la presse.

Un jour, un journal à scandale m'avait proposé cent mille livres sterling pour une interview en promettant de ne pas révéler ma nouvelle identité. J'effectuais ma première année d'internat au St. George's Hospital et c'était la galère pour payer la nourriture et le loyer. J'avais donné la moitié à une œuvre caritative, dépensé le reste dans l'acquisition d'une Vespa vert menthe, d'un manteau d'hiver, d'une tonne de produits d'épicerie, et dans la location d'un appartement moins lugubre. Refuser aurait été trop difficile.

Grande sera la tentation pour eux aussi. Mais on a passé tant de temps ensemble. Je connais les rejetons de Rahul depuis leur naissance, j'étais au mariage d'Harriet le mois dernier. Je crois qu'ils éconduiraient la presse, mais en discuteraient à la maison et avec leurs amis.

Anton arrive et nous le suivons dans la salle de réunion. J'ai envisagé d'en parler à Laila, mais c'est trop tard, elle serait vexée que j'aie attendu aussi longtemps. La seule à être au courant, c'est Nell – et Nell ne dira jamais rien à personne.

Après cette réunion, j'ai trois quarts d'heure de paperasse. Je ventile les résultats de radiologie, les rapports d'analyses sanguines, et les tests urinaires communiqués par l'hôpital, les marquant comme « normal » ou « anormal », notant qui devra être informé. Je parcours les documents de sortie, contacte l'hôpital afin de programmer d'autres examens pour trois de mes patients, et envoie un énième dossier médical à un allergologue. Je trie les messages des pharmaciens, assistantes sociales, infirmières de proximité, cherchant à déterminer qui a besoin de réponses aujourd'hui et qui peut attendre un peu, et puis, à huit heures trente, mes consultations commencent.

Mon premier patient a une bronchite. Ensuite, c'est un petit garçon avec une otite, et une jeune mère qui a des douleurs à l'allaitement. Le suivant est un nouveau, un homme de quarante-huit ans qui se plaint d'être fatigué. Nous en parlons et je prends des notes. Je commence à l'interroger sur sa famille, et c'est alors qu'il lâche que sa sœur est décédée il y a trois mois. « Oh, dis-je, toutes mes condoléances. » Ses traits se décomposent et nous nous regardons en chiens de faïence, jusqu'à ce qu'il retrouve la parole. À partir de là, je suis en retard, mais tout le monde semble singulièrement tolérant ce matin.

Aucun de mes patients ne doit savoir. Je sais ce qu'il m'en coûterait. Je me rappelle les récréations, quand les autres élèves avaient su. À présent, je suis adulte, mais les réactions seraient *grosso modo* les mêmes. Certains pourraient même ne plus vouloir de moi comme médecin traitant.

Je ne l'ai jamais dit qu'à un petit ami, quand j'étais à la fac, à Édimbourg. Nous étions installés à une terrasse de café, au soleil. Qu'est-ce qui m'avait pris ? Nous passions toutes nos nuits ensemble depuis une semaine, j'avais baissé la garde.

Au début, il avait ri, se raidissant au fur et à mesure par la suite. Le petit-déjeuner était arrivé. Deux cafés crème et une assiette de croissants fourrés à la confiture d'abricots. J'avais commencé à manger, pas lui. Le croissant s'était décomposé, la confiture s'étalant dans l'assiette. Entre deux bouchées, je continuais à parler. À un moment donné, j'avais léché mon pouce et il m'avait regardée avec dégoût, comme si je n'avais plus droit à me laisser aller de la sorte.

Après le travail, je vais attraper le métro au lieu de rentrer en bus. Sur le quai, je cherche le nom de mon père sur le site d'Interpol. Son nom apparaît sur la liste des fugitifs, avec de vieilles photos et un croquis montrant à quoi il pourrait ressembler aujourd'hui. Je l'examine, quoique ce profil soit gravé dans ma mémoire depuis toutes ces années.

Je n'ai pas parlé de la Namibie à mon frère. Robbie n'a pas besoin de savoir tant que ce n'est pas confirmé ; il ne réagirait pas très bien à la déception.

La rame n'est pas encore là, mais je l'entends gronder sous le tunnel, et je m'avance au bord du quai. Les rails commencent à trembler, comme si un séisme s'annonçait.

Je change à Euston et reste à bord jusqu'à Victoria. Tandis que le train pénètre en douceur à l'intérieur de la station, je me tiens plantée devant les portes, face à mon reflet – visage fatigué, frange, chignon.

Je ne suis pas souvent retournée à notre ancien domicile. L'éviter n'est pas difficile, il est situé dans une rue tranquille du quartier chic de Belgravia. Au début de cette rue, je m'arrête pour considérer l'enfilade. Rien n'a changé. Réverbères penchés, hautes maisons blanches avec le numéro peint en noir à côté de la porte. Je passe devant la nôtre. D'autres y vivent, aujourd'hui. La propriété s'était vite vendue, malgré le drame.

L'entrée est surélevée de quelques marches par rapport à la rue, et il y a une cour anglaise en contrebas, avec une fenêtre. La cuisine est à l'arrière, ses portes ouvrent sur un petit jardin.

Je marche jusqu'au pub à l'angle, le Blacksmith's Arms. Même batterie de luminaires en cuivre au-dessus de la devanture, même enseigne suspendue.

Cette nuit-là, il y a vingt-six ans, la porte s'était ouverte et une femme s'était réfugiée à l'intérieur de l'établissement. Sans manteau ni chaussures, couverte de sang. Tout s'était arrêté tandis qu'elle haletait, figée sur le seuil.

Sa gorge et sa poitrine étaient écarlates. Son serre-tête, maculé de sang, tout comme ses cheveux blonds. Il y avait des traces de doigts un peu partout sur sa robe, et par endroits le tissu gluant était plaqué sur son ventre qui se soulevait au rythme de sa respiration. Quand elle avait ouvert la bouche, ses dents étaient teintées de noir et du sang avait coulé sur son menton.

Dans le pub, rien ne bougeait. Elle avait essayé d'articuler un mot, en vain – avait recommencé.

Au cours de l'agression, mon père lui avait enfoncé trois doigts dans la gorge, si férocement qu'elle croyait avoir le cou transpercé. Dans l'ambulance qui l'avait emmenée à l'hôpital, elle avait cherché cette plaie à tâtons.

Elle s'était défendue. Il avait failli la tuer, mais elle s'était sauvée, courant jusqu'au pub du coin. À ce moment-là, elle ne savait pas encore que mon père avait déjà fait une victime.

Emma partageait notre vie depuis neuf mois. Papa ayant quitté le domicile conjugal, elle avait été embauchée par notre mère pour l'aider à s'occuper de nous.

Elles se ressemblaient. Menues, les cheveux clairs, même si Emma était châtain et maman, blond cendré.

L'une des ampoules de la cuisine avait claqué. Mon père n'avait pas bien vu qui il matraquait.

Je voudrais savoir à quel moment il a compris son erreur. Et pourquoi il ne s'est pas arrêté.

Il a dû éprouver un sentiment de culpabilité à l'égard d'Emma. C'était maman, sa proie, pas elle. Je me demande ce qu'il a pu faire pour atténuer ce remords. S'est-il confessé à un prêtre ? Le processus d'expiation devait avoir son charme pour quelqu'un comme lui. Il a pu penser que sa faute était pardonnable – qu'elle était pardonnée.

Les amis de mon père ont affirmé que maman s'était trompée. Le vestibule était dans le noir, elle avait reçu des coups à la tête, était sous le choc. Elle n'avait pas pu voir les traits de l'assaillant. Mon père était innocent et c'était en fait un cambrioleur, ou l'une des anciennes fréquentations d'Emma, qui s'était introduit par effraction dans la maison.

Ou bien, maman ne confondait pas, elle mentait sciemment et avait planifié cette mise en scène dans le but de piéger mon père. Ils allaient entamer une procédure de divorce et elle risquait de perdre la maison, la garde des enfants, le droit à disposer de son argent. « Ce n'était pas une femme équilibrée, a déclaré James dans une interview au *Telegraph*. Comprenez-le bien. Aucun de nous n'a jamais su ce qu'il lui trouvait. »

4

Quelques semaines après le début de leur relation, elle l'avait accompagné chez des amis à lui, qui l'avaient invité pour le week-end. James était venu les chercher à la gare du village, dans le Sussex. Adossé à une Land Rover cabossée, il astiquait ses lunettes avec un pan de sa chemise.

– Bonjour. Faye, je présume… ?

Elle avait ri, croyant qu'il prenait l'accent snob pour plaisanter, et avait compris un peu plus tard qu'il ne s'agissait pas d'une affectation.

La voiture avait filé à travers le village, passant devant l'église, quelques maisons rurales, pour s'engouffrer dans un petit chemin creux bordé de haies. Deux véhicules n'auraient pu s'y croiser, pourtant James n'avait pas levé le pied dans les virages. Elle avait vu un troupeau de moutons, leurs toisons marquées de peinture rouge comme si on s'était amusé à faire un carton – en réalité, c'était pour ne pas les confondre avec ceux d'un autre éleveur.

– Comment ça se passe, pour le moment ? avait demandé Colin.

— Sam a déjà fait fuir quelqu'un !

— Qui ?

— Michael. Sam a fait une blague sur sa copine. Elle, elle est restée…

Des branches éraflaient sa portière. Contraint de se rabattre contre la haie pour les éviter, un automobiliste avait klaxonné. Il s'était mis à pleuvoir. Ils avaient traversé une forêt, puis James s'était arrêté devant un portail gardé par deux lions de pierre ; après quoi ils s'étaient engagés sur une longue allée carrossable, environnée de prairies à perte de vue. Droit devant, une demeure magnifique apparaissait et disparaissait au gré du balai des essuie-glaces.

Elle n'en avait jamais vu de pareille. Enfin, si. Un jour, sa classe était allée visiter Chatsworth House. Celle-ci était presque aussi gigantesque et bâtie avec la même pierre jaune. « La maison de mes amis dans le Sussex », avait dit Colin, et elle s'était imaginé une bicoque en banlieue. Son sac en bandoulière, elle l'avait suivi jusqu'à la porte. Du gravier roulait sous ses pas, et les arbres sur la pelouse étaient malmenés par le vent. Des trombes d'eau débordaient du toit plat, cheminant tout le long des fenêtres sculptées et des pilastres avant d'atteindre le sol.

Faye ruisselait, plantée dans le hall d'entrée. Des bagages étaient entassés contre le mur avec des cartons de bouteilles de vin. Elle aussi, elle avait apporté une bouteille, mais achetée dans une station-service.

La porte d'entrée s'était ouverte derrière eux, et Faye s'était retournée pour découvrir une jeune femme en trench-coat clair.

— D'où viens-tu ? avait demandé James.

— Nous n'avions plus de Schweppes… Hello, Colin !

Ils s'étaient fait la bise. Elle avait de brillants cheveux blonds, et un visage fin, délicat. Comme Faye avait fait un pas en avant, la jeune femme s'était présentée :

– Bonjour. Moi, c'est Rose…

Aux deux jeunes gens :

– Les garçons, vous voulez bien décharger ma voiture ?

Puis, à Faye :

– Dîner dans une heure. On dépose vos bagages à l'étage ?

Faye l'avait suivie en haut d'un majestueux escalier et jusque dans une vaste chambre d'amis. Si grand que fût son désir de faire bonne impression, elle en était restée bouche bée. Colin lui avait dit que Rose était comme une sœur pour lui, et qu'elle était avec James depuis leurs quatorze ans.

Une fois seule, elle avait éteint afin d'admirer la vue. Une pelouse immense, puis un bois, une colline au loin. Pas d'autres habitations. Les contours d'une écurie, et une piscine. Le bassin était éclairé de l'intérieur, et sa luminosité variait au gré des migrations de l'eau causées par la pluie.

Au-dessus de la commode, une estampe représentait la demeure. « Ashdown », indiquait l'intitulé sur le cadre. Elle avait testé le matelas, débouché un flacon d'huile essentielle de neroli sur la table de chevet – *neroli ?* – et humé son contenu. Puis, elle était allée dans la salle d'eau où une baignoire à pattes de lion trônait sous la fenêtre, avait ôté manteau et chaussettes mouillés, et ouvert les robinets.

Bien au chaud dans son bain, elle avait écouté cette pluie froide mitrailler la propriété. Elle s'y prélassait toujours quand Colin l'avait rejointe. Il l'avait embrassée, était retourné fourrager dans ses propres affaires.

– Colin, avait-elle demandé, tu as grandi dans une maison de ce genre ?

– Oui.

– Tu n'as pas leur accent…

– Je l'ai perdu.

Elle savait qu'il avait suivi sa scolarité dans un internat, mais elle avait cru que c'était comme boursier. Qu'est-ce qui avait pu lui donner une idée pareille ? Son studio, peut-être. Il lui avait parlé aussi de ses parents, et voilà qu'elle devait modifier la vision qu'elle avait d'eux. Un processus laborieux, transformer la toile de fond de toutes les anecdotes sur son enfance, et l'image ne collait pas. Impossible de se le représenter à quatorze ou quinze ans dans ce genre de château. C'eût été une tout autre personne.

Jouant des orteils, elle avait réussi à rajouter un peu d'eau chaude. C'était sûrement l'un de ces internats huppés : Harrow, Rugby ou Westminster.

– Colin, où as-tu fait tes études ?

– Eton.

Elle avait balbutié :

– C'était sympa ?

– Très.

Il était réapparu sur le seuil de la salle de bains.

– « Sympa » comment ?

– Sympa. Et toi, tu aimais l'école ?

– Non.

Il avait commencé à lui parler d'Eton, mais avec un ton, des mots qui lui faisaient penser qu'il se moquait d'elle.

– À vrai dire, on aurait mérité cent fois d'être expulsés. Un jour, on a sorti tous les meubles du bureau du principal et on les a déposés sur la pelouse.

– Ah oui ?

Chez elle, deux élèves avaient été bel et bien virés – pour avoir incendié la salle de sciences naturelles.

Ensuite, elle avait entendu la boucle de sa ceinture cliqueter sur le parquet. Il lui avait dit que son père enseignait l'histoire, mais apparemment c'était plus pour le plaisir que pour le salaire. Elle avait cru que l'aisance en société de Colin était le résultat d'une transplantation dans un autre monde, celui des internats réservés à l'élite. Mais ce n'était pas un « autre monde ». C'était le sien.

Le dîner s'était déroulé dans une élégante salle à manger. Neuf convives autour d'une longue table, avec chandeliers et un bataillon de couverts en argent qui ne devaient pas servir. Rose avait déposé les plats de lasagnes au milieu. La salle bruissait des conversations, mais Faye avait surtout parlé avec Rose, qui ne travaillait pas pour une salle de vente aux enchères, comme elle l'avait d'abord cru, mais qui était avocate. Et plus drôle que prévu, plus mordante.

Après le repas, ils avaient tout laissé en plan. Faye avait remarqué la présence de femmes en blouse bleue dans la maison. Comme elle faisait mine de rapporter sa propre assiette à la cuisine, Colin avait dit : « Non, pas la peine. »

Le lendemain matin, elle s'était retournée dans le lit pour regarder par la fenêtre. Il était encore tôt. De la brume s'élevait de la pelouse, de la piscine et des bois, mais le ciel était dégagé et il allait faire beau. La propriété était encore plus vaste qu'elle ne l'avait cru la veille, dans l'obscurité. Une demeure seigneuriale. Des moutons blancs étaient éparpillés sur l'immense tapis herbeux.

Chaque élément du paysage semblait parfaitement à sa place, comme dans un tableau. Il y avait même un dolmen là-haut, sur la colline. Ce panorama la rendait nerveuse, comme si elle s'était introduite dans ce décor sous une fausse identité et qu'on allait la démasquer.

Devant les écuries en pierre et silex, des poneys shetland broutaient dans un paddock. Des poneys… naturellement. Colin pratiquait-il l'équitation ? La chasse à courre ? Il n'était plus tout à fait celui qu'elle s'était imaginé, celui qui s'envoyait avec elle d'improbables cocktails dans un pub à Camden. Elle s'était tournée vers lui pour l'interroger, mais il dormait encore.

La brume commençait à se dissiper, un rayon de soleil ricochait sur un verre oublié au bord de la piscine. Il y en avait d'autres, et des bouteilles, des serviettes encore mouillées. Ils avaient dû prendre un bain de minuit sous la pluie, une fois qu'elle était montée se coucher.

Après le petit-déjeuner, elle avait accompagné James et Colin sur la pelouse. Se faufilant par un trou dans le mur de verdure, ils s'étaient retrouvés sur un court de tennis à l'abri des regards. James était allé chercher des raquettes dans une sorte de cabane rayée bleu et blanc destinée à accueillir les spectateurs.

Elle les avait regardés jouer pendant un moment, le temps de voir s'imprimer des squelettes de sueur à travers leurs chemisettes, puis était allée se promener. D'autres invités se détendaient autour de la piscine, assoupis dans des transats ou plongés dans leur lecture. À distance, elle entendait le va-et-vient des balles.

Jusque-là, elle ne s'en tirait pas trop mal. Enfin, difficile à dire. Même si elle avait remarqué que, à propos de voyages, ils n'évoquaient pas des pays, des villes, ni même des restaurants, mais des boissons et des plats précis, étant donné qu'ils fréquentaient tous les mêmes lieux depuis si longtemps. Les bellinis dans un certain établissement à Positano, par exemple. Apparemment, ça se préparait avec de la purée de pêches.

Elle n'était pas de leur milieu, mais nul ne lui en tenait rigueur. Tout le monde se montrait sympathique. Grâce à Colin, certainement. Quand ses amis s'adressaient au groupe, c'était lui qu'ils regardaient. Et il n'était jamais interrompu, contrairement à Sam qui avait rarement l'occasion de finir ses phrases. Au moment de prendre place à table, ils avaient tous hésité, juste le temps de laisser la préséance à Colin. Il lui avait dit un jour qu'il aimait être face à la salle, au restaurant, et elle : « Oui, comme tout le monde ! »

Au début, elle avait cru que cette déférence, c'était parce qu'il était intelligent, drôle, charismatique, mais la raison était peut-être à chercher du côté de son titre de noblesse. À la mort de son oncle, il aurait celui de comte et siégerait à la Chambre des lords. James, lui, serait vicomte, ce qui était un peu moins bien ; les autres n'avaient pas de titre à espérer en héritage. Quand elle avait demandé s'il se ferait appeler lord Spenser, il avait ri : « Tu crois vraiment que c'est mon genre ? »

Accoudée à la barrière, elle avait contemplé les poneys. Rose lui avait raconté qu'elle avait appris à monter à l'âge de trois ans, sa mère marchant à ses côtés. Elle avait eu un poney miniature. À la table du petit-déjeuner, Faye avait regardé les autres invités et s'était demandé comment c'était, de naître avec une cuillère d'argent dans la bouche. Colin, lui, n'avait pas eu de poney miniature, du moins il ne lui en avait pas parlé, mais une maison dans les arbres, dans un coin du domaine familial. Avec un étage, un toit et des fenêtres. Par conséquent, une vraie maison.

Se détournant du paddock, elle s'était dirigée vers la piscine. Il avait grandi entouré de larbins. On disait du personnel. Quelqu'un faisait son lit. Après Henry, elle avait été tellement soulagée de le rencontrer qu'elle avait cru qu'ils étaient pareils.

Perchée au bout du plongeoir, Orla, l'amie de Rose, en maillot de bain orange, parlait avec Sam. Lui, Faye s'en méfiait. Un garçon affable mais qui faisait souvent des réflexions cruelles, désobligeantes, surtout quand il avait bu. Elle avait longé le mur de verdure. De l'autre côté, Colin se disputait avec James à propos d'un service. Il était si proche qu'elle entendait sa respiration entrecoupée. « C'est moi que ça regarde, se disait-elle. Rien ne m'oblige à penser à ses domestiques, à la cabine de première classe en avion. Je peux l'imaginer petit garçon dans un pavillon de banlieue, se déplaçant à vélo, faisant de petits boulots, s'ennuyant, demandant à fêter son anniversaire au resto chinois, bûchant pour décrocher sa bourse, nerveux au moment de l'oral. » Qui le saurait, si elle maintenait cette version ? De toute façon, cela cadrait avec ce qu'il était devenu. Pas un fils à papa.

5

Je revois maman, nageant dans cette même piscine, apportant, elle aussi, des bouteilles de vin à la grande table dressée en terrasse. Jamais elle ne trahissait de gêne. Elle semblait toujours à sa place dans ce groupe d'adultes, même si elle n'avait pas l'accent snob.

On allait souvent là-bas. Il y avait vingt chambres à l'étage, et je me revois, moi, plantée au bout du corridor, guettant le moment où l'une de ces portes s'ouvrirait avec un léger grincement. Tant de gens avaient vécu entre ces murs, il y avait peut-être encore des fantômes.

Le décor alentour était enchanteur. Les écuries, les bois, le jardin clos avec ses pêchers, ses cognassiers, ses pruniers. Jadis, on faisait du feu à l'intérieur de ces murs pour tenir chaud aux arbres, en hiver. Installée dans l'âtre d'une cheminée désaffectée, je lisais ou vivais des aventures imaginaires qui se déroulaient invariablement à l'époque médiévale, avec Alice – la fille de James et Rose – qui avait presque mon âge.

Aujourd'hui, je regrette d'avoir passé tout ce temps à l'écart, dans le jardin ou dans les bois. J'aurais dû rester auprès des adultes, les écouter. J'aurais alors pu comprendre pourquoi ils détestaient ma mère. Car ils la détestaient – sinon, ils n'auraient jamais favorisé la fuite de mon père.

Un jour, j'avais vu Rose dans la rue, par une belle soirée de juin, trois semaines après avoir achevé mes études de médecine. Une robe droite et des escarpins, sa veste sous le bras, elle ressemblait à toutes ces femmes qui rentrent du boulot à l'issue d'une journée de travail.

Je l'avais suivie. J'avais si souvent pensé à elle… et voilà qu'elle était devant moi, une bouteille d'eau minérale à la main, sur le point de traverser la rue. Elle s'était tournée, me montrant son profil, pour voir s'il venait des voitures. J'étais juste derrière, assez près pour voir sa rougeur à l'épaule causée par la bandoulière du sac.

Je l'avais suivie à travers Cadogan Street, en me demandant si elle avait plaidé ce jour-là. J'appréciais sa démarche, le balancement de ses boucles d'oreilles. Les réverbères n'étaient pas encore allumés mais flamboyaient sous les feux du soleil couchant. Rose avait redressé la tête, comme si elle l'avait remarqué, elle aussi.

Comme nous traversions Sloane Square, son mobile avait sonné : « Oh, bonjour, chérie. Alors, ces examens… ? Ah ?… Bon… *Bon*… Tu viens toujours à sept heures ? Thaï, c'est ton père qui y va… Non, le nouveau. Appelle-le pour lui dire ce que tu veux. »

Je savais qu'Alice préparait un master en Californie, elle devait être en visite ici. Rose riait. « Non, tais-toi donc ! À tout de suite… »

Elle s'était engagée dans St. Leonard's Terrace, rue peu passante, et je m'étais arrêtée à l'angle tandis qu'elle ouvrait une porte grillagée. J'avais un peu attendu, puis j'avais examiné la façade. Une belle maison de ville couverte de lierre, avec une imposte au-dessus de la porte. J'y ai souvent repensé par la suite – ce trio dînant à la maison, dans la chaleur du cocon familial.

Longtemps, j'ai eu le fantasme de m'intégrer à leur personnel de maison. Il y avait cette maison de ville à Londres et leur résidence du Sussex. Vastes l'une comme l'autre, nécessitant un entretien conséquent. Une femme de ménage a accès à toutes les pièces. J'aurais pu écouter aux portes, découvrir où mon père s'était enfui. Hélas, il n'y avait jamais de poste à pourvoir chez les Fraser. Ils avaient une équipe de permanents, à leur service depuis des années.

Aussi avais-je décidé de me concentrer plutôt sur James. Après la disparition de mon père, à l'époque où son cercle d'amis était sous les projecteurs médiatiques, des rumeurs avaient prétendu qu'il fréquentait des prostituées. À la faveur de l'enquête, une femme qui faisait des passes dans un appartement derrière King's Cross avait affirmé l'avoir compté parmi ses clients, et dans l'agenda de James la police avait relevé l'adresse d'un immeuble condamné.

James avait déclaré qu'un de ses amis promoteurs projetait de l'acheter. Non, il n'allait pas là-bas pour voir une prostituée. Il n'avait jamais eu recours aux services de professionnelles.

J'ai passé bien des heures à rechercher cette femme. Elle n'était jamais apparue que sous son prénom, et celui-ci n'était pas forcément le vrai. Elle avait déclaré que c'était l'un de ses réguliers, jusqu'au jour où son comportement l'avait inquiétée. Il savait qu'elle n'habitait pas à King's Cross et voulait connaître son adresse. Elle avait l'impression qu'il la suivait. Il avait commencé à lui apporter des cadeaux, des vêtements qu'il lui demandait de porter ou des friandises, par exemple une sélection de confitures de luxe.

Je ne sais pas comment retrouver cette femme. Si jamais j'y parvenais, si je trouvais de quoi le compromettre, James pourrait accepter de me dire où est mon père aujourd'hui. Sa vie dans les hautes sphères ne résisterait pas à un scandale public. C'est un gros contributeur du Parti conservateur, lequel prendrait ses distances avec lui. Les associations caritatives qu'il soutient le vireraient de leurs conseils d'administration, il serait congédié par la grosse entreprise qui l'emploie.

Trois mois durant, cet été-là, après mes études de médecine, je l'avais suivi jusqu'à son club, à Mayfair, et à la gare de Waterloo où il prenait le train pour se rendre dans le Sussex. Je l'avais vu acheter des vêtements, lire le journal, se faire couper les cheveux. Il allait souvent se faire masser, mais toujours dans le même spa de luxe.

Je l'avais suivi jusqu'à son bureau, il travaillait dans une compagnie d'assurances, près de la Bourse du commerce. Il prenait au moins une heure pour déjeuner, souvent au Sweetings. Ce restaurant était toujours plein de types en complets sombres. Peinture craquelée, lambris en bois, caricatures de politiciens. Ça avait quelque chose de ridicule, les natures mortes représentant des faisans étranglés au lacet, l'odeur de marée, les lumières crues sur tous ces hommes mangeant ces sandwiches au crabe. D'ordinaire, il s'y rendait avec le même collègue. Sandwiches au crabe et bouteille de meursault. Quand je pouvais m'asseoir à portée de leurs voix, je les entendais parler boulot, politique ou voyages – rien d'intéressant pour moi. Le problème, c'était que James voyageait souvent pour son travail, et je ne pouvais pas le suivre dans ses déplacements professionnels. Je n'avais aucun moyen de savoir ce qu'il faisait quand il n'était pas à Londres.

Un matin, de bonne heure, je l'avais vu descendre d'un taxi et traîner sa valise jusqu'à sa porte. Il revenait de Hong Kong, je l'avais entendu annoncer ce déplacement à ce collègue. La valise avait gardé l'étiquette jaune de la compagnie aérienne. Il avait du mal à trouver sa clé et soupirait. Le décalage horaire, sûrement. Moi-même, j'étais si lasse d'attendre. J'aurais voulu avoir le culot d'aller lui dire : « Tu as fait bon voyage ? Et pour décompresser, tu as fait quoi ? »

Peu après, j'ai renoncé à mes filatures, découragée, et parce que mon emploi du temps ne me le permettait plus. Lors de mon année comme interne, j'étais sans cesse à l'hôpital, ou je m'écroulais dans mon lit après mes gardes de nuit.

Sam et Orla se sont séparés il y a six ans. J'espérais alors qu'elle se déciderait à dire la vérité. Dans une interview, un policier de Londres avait déclaré que la moitié de ses affaires non résolues finissaient par connaître leur dénouement à la suite d'un divorce. Orla n'est pas allée à la police, pour autant que je sache – toutefois, elle s'est convertie au catholicisme.

Depuis, Sam est sorti avec plein de femmes. Je ne suis pas son type, mais je pourrais m'en rapprocher, si je m'en donnais la peine. Quelque chose en moi se rebelle contre cette idée, cependant, même si ce n'est qu'une idée.

Je ne file plus les amis de mon père depuis des années, mais je les ai quand même à l'œil. Je découpe les photos qui paraissent à l'occasion dans la presse, après des soirées, des galas de bienfaisance, des vernissages. Dernièrement, j'ai regardé une vidéo, courte et brouillée, de Sam à un mariage, sabrant le champagne.

Je connais les noms et adresses de leurs clubs. Je connais les noms de leurs enfants et de leurs filleuls – et chacun en a une tripotée –, dont certains ont des comptes Facebook. J'ai lu dans le *Times* que les voisins de Sam, à Chelsea, étaient excédés par la durée des travaux qu'il a entrepris pour jumeler deux maisons voisines. Le numéro de la rue était flou, mais je me suis baladée dans Chelsea jusqu'à trouver l'endroit. Cette surveillance est devenue une habitude plus qu'autre chose. Je me demande ce qui pourrait changer et ouvrir cette brèche par où m'infiltrer.

6

Le dimanche, il faut que je sorte de chez moi. L'inspectrice ne s'est toujours pas manifestée et cette attente me porte sur les nerfs. J'ai si souvent imaginé cette arrestation, je les vois s'introduire de force chez lui et le plaquer au sol. Je n'ai pas demandé à l'inspectrice s'il vit seul. Mon père a peut-être une nouvelle épouse, d'autres enfants, qui ne vont pas tarder à découvrir sa véritable identité.

Je n'arrive pas à contenir le tremblement de mes mains. Ce matin, la peur m'a empêchée de fermer les yeux sous la douche, ce qui ne m'était pas arrivé depuis des années. Je ne sais pas ce qui me prend. Je ne cours aucun danger. Pourtant, j'ai déjà cassé deux tasses, et comme j'étais à genoux pour ramasser les morceaux et éponger le sol, je me suis surprise à vérifier qu'il n'y avait pas un homme derrière moi, prêt à me repousser brutalement si j'essayais de me relever.

J'ai la certitude qu'il va se tirer une balle. Il ferme sa porte à clé, passe dans une autre pièce et lève le canon d'une arme avant d'être arrêté. Cela explique en partie mon agitation. Le coup de feu peut se produire à tout moment. C'est peut-être déjà fait. Cette pensée me rend malade – malade de colère.

J'appelle Laila :

– Tu es libre aujourd'hui ? dis-je, d'une voix désespérée. On se retrouve quelque part ?

– Bien sûr, répond-elle en bâillant, et cela me réconforte instantanément.

On se donne rendez-vous au Holly Bush, à Hampstead. À peine suis-je sortie, et encore dans Sekforde Street, que mon mobile sonne. Incapable de le retrouver, je m'accroupis sur le trottoir, fourrageant à deux mains dans mon sac. C'est Rahul, qui me demande si je peux assurer ses gardes ce week-end. J'accepte, et reste là, accroupie, la figure dans les mains.

Dans le métro, je ferme encore les yeux, secouée par la rame. Ce n'est pas lui ; ce n'était pas lui, les autres fois.

Quand j'émerge de la station à Hampstead, la rue principale est pleine de badauds qui font du lèche-vitrines, sortent de la teinturerie avec des costumes, font la queue au stand de crêpes, sur le trottoir d'en face. Cette foule me laisse rêveuse, après la quiétude de mon appartement. Des gens s'approchent de moi au carrefour dans l'intention de traverser la rue. Je recule un peu au passage d'un bus, comme si quelqu'un était susceptible de me pousser sous ses roues.

Le Holly Bush est un établissement discret, situé en retrait de l'artère principale, là où la petite rue forme un coude. Laila est attablée près de la cheminée. On s'embrasse et, au moment où je m'assois, elle me lance :

– Qu'est-ce qui ne va pas ?

– Rien. Pourquoi ?

– Tu as l'air...

– Crevée ? J'ai mal dormi cette nuit.

– C'est Robbie ?

– Non.

Ce n'est pas tout à fait vrai. Je suis toujours inquiète quand je pense à mon frère. Et ça me gêne de lui avoir caché la visite de cette inspectrice, il sera furieux quand il l'apprendra.

– Insomnie classique. Tu as faim ?

Elle commande un poulet rôti, moi un wellington végétarien. Je l'interroge sur son week-end, et on parle boulot. Elle envisage d'ouvrir son propre cabinet à la campagne, ou de passer médecin suppléant. Lorsqu'elle sort pour répondre à l'appel d'une infirmière de proximité, je contemple la salle, les poutres au plafond, le feu de bois, les autres clients, les baies blanches du gui, nacrées comme des perles.

Le repas se conclut sur un plum-pudding servi avec un ramequin de beurre au brandy. Je m'applique à napper mon dessert, mais ces pensées – l'ont-ils trouvé, l'ont-ils arrêté ? – qui m'accaparaient lorsque j'étais seule chez moi m'obsèdent toujours autant ici. Ça m'étonne toujours qu'on puisse être préoccupé par deux choses à la fois, deux choses diamétralement opposées.

On se sépare devant la station de métro. Plutôt que de rentrer directement à la maison, je décide de traverser le parc pour aller prendre le bus à Highgate. Des arbres noirs et squelettiques s'inclinent au-dessus du chemin, le sol est gelé et truffé d'ornières. J'ai froid au nez.

Au bout du grand pré, Highgate se dresse sur une colline. Clocher d'église, quelques toits et cheminées entre les arbres, on se croirait à la campagne. Je continue vers le clocher, le sol crisse sous mes bottes. Mon mobile va sonner, là, maintenant, j'en suis persuadée.

Il se met à neiger. Peu, mais suffisamment pour blanchir les prés et les sentiers. J'avance, tandis que les flocons se posent sur les arbres et que le froid glacial raffermit et purifie mon visage. Je commence à réfléchir à ce que je lui dirai.

7

– Tu peux encore changer d'avis, déclara mon grand-père à maman, au milieu des trilles des oiseaux et du chant des grillons.

Au loin, le moteur d'un tracteur cala et redémarra.

Elle bâilla.

– Tu crois qu'on a le temps ?

Bientôt, un appariteur viendrait les chercher. Il y avait déjà deux cents invités à l'intérieur, les familles prenaient place. Lorsque Colin avait parlé d'une « chapelle » sur le domaine familial, elle s'était figuré une construction pas plus grande qu'une cabane à lapins, mais c'était une vraie belle église. La porte était cloutée, et elle y passa le doigt pour voir si on pouvait se blesser. Gene tira sur sa cravate. Il avait revêtu son propre complet plutôt que de louer une queue-de-pie. À sa vue, Deborah, la mère de Colin, avait étouffé un cri.

Faye se tapota la jambe avec son bouquet. Le soleil tiédissait son dos et ses épaules, des papillons voletaient au-dessus de la prairie. Une selle était posée sur une barrière.

– Ils chassent à courre ? demanda Gene.

– À ton avis ?

Dans la famille de Colin, on avait la passion du cheval, en particulier Deborah. À sa première visite, Faye avait remarqué un objet verni sur une desserte.

– Qu'est-ce que c'est ?

– Souvenir de mon grand-père. Quand son cheval préféré est mort, il a transformé ses sabots en encriers.

Faye avait essayé de ne pas penser aux diverses étapes qu'impliquait ce processus.

L'appariteur ouvrit la porte et leur fit signe. Faye ramena le voile par-dessus son visage. Lesté par une bande de broderie anglaise, l'ourlet lui arrivait à la poitrine. Elle se serait bien passée de ce voile, mais, dans la famille Spenser, aucune jeune mariée n'avait dérogé à la tradition depuis deux cents ans. Au bras de son père, elle monta les marches usées, sentant le soleil dans son dos et la fraîcheur de l'église à l'intérieur. Le voile se collait à sa figure tandis qu'elle avançait et se plaisait à s'imaginer en sirène émergeant des flots.

Quand elle arriva à l'autel, Colin lui sourit et elle comprit qu'il pensait la même chose qu'elle : nul ne saurait jamais la vérité. Ils étaient déjà mariés – les formalités avaient été accomplies un an plus tôt au bureau de l'état civil de Chelsea, deux mois après leur rencontre. Faye portait une minijupe en daim et des cuissardes ; les clochettes de son petit bouquet de muguet se balançaient à chacun de ses pas.

Après cette seconde cérémonie, Colin déclara :

– Au fond, me voilà bigame, non… ?

La noce traversa la vaste pelouse jusqu'au barnum. Une tente toute blanche, parée de trois oriflammes. Faye prit une coupe de champagne. Ces oriflammes faisaient penser au camp d'une armée ennemie. Et l'ennemi, c'était elle, sans doute.

Rose l'embrassa.

– Bravo ! lui souffla-t-elle, et elles se firent toutes petites au milieu du ballet des serveurs, qui circulaient avec des cocktails de crevettes et du homard en verrines.

Elle reprit du champagne, s'amusant comme une simple invitée. À un moment donné, elle rentra dans la maison avec Sabrina et Christy, et les trois amies s'allongèrent côte à côte dans un lit à baldaquin, buvant des brandys Alexander.

– La première année de mariage, déclara James dans son discours, est la plus difficile. Mais je crois qu'il y a de bonnes chances pour que, à la fin de cette année-là, vous soyez aussi heureux qu'aujourd'hui…

Il était dans le secret, bien entendu, ayant été l'un de leurs témoins.

On servit du poulet poché au lait, puis un gâteau au glaçage travaillé pour ressembler à de la dentelle. À l'autre mariage, le vrai, ç'avait été une pièce montée.

Au cours du dîner, elle s'était sentie esseulée. Au bout de la propriété, une barrière en bois était restée ouverte et elle la regardait battre au gré du vent.

– Vous êtes allée à Bedales ? s'enquit l'une des invitées.

– Non, à l'école d'enseignement secondaire de Stafford.

– Ah… Vous avez aussi fait vos études supérieures dans les Midlands ?

– Je n'ai pas fait d'études. J'ai voulu très vite travailler.

– Et où travaillez-vous ?

Faye la regarda et pensa : « Elle veut savoir si nous avons signé un contrat de mariage. » Elle faillit lui dire la vérité. La famille de Colin avait insisté, mais Colin avait refusé, et tant mieux car ils étaient déjà mariés depuis une année et s'en passaient très bien.

Un petit groupe l'encercla et lui demanda comment ils s'étaient rencontrés. Ils s'attendaient à mieux. Ils s'attendaient à une beauté d'exception.

– Il m'a draguée dans un resto, dit-elle.

Après un silence, l'un d'eux déclara : « Et vous êtes ensemble depuis lors », d'une voix extasiée.

Le lendemain soir, ils retrouveraient le studio de Dean Street. Ils feraient l'amour, prendraient une douche. Il mettrait un disque, et elle, elle enfilerait l'un de ses pulls à lui et les longues chaussettes moelleuses qu'il lui avait achetées pour rester à la maison. Ils se feraient des pâtes à la sauce tomate, boiraient du vin rouge. Ils liraient, discuteraient, ou projetteraient un film sur le mur, et elle se loverait contre lui, tenant son verre contre son ventre.

Faye laissa ses amis pour aller retrouver son père, et tous deux firent bande à part dans un coin pour parler du pub.

– J'ai fait quelques améliorations, déclara-t-il.

– Oh, pitié, non !

Pendant un certain temps, il avait offert des boissons gratuites aux femmes, le jeudi soir, et ça n'avait pas été une réussite.

Au fond de la tente, Colin bavardait avec James, mains dans les poches. James secouait la tête, passait la main dans ses cheveux. Elle aurait bien aimé savoir ce qu'ils pouvaient se dire. Colin ferma les yeux, comme s'il se crispait. Elle n'était pas la seule à les observer. Elle avait déjà remarqué ce phénomène, quand elle était avec lui. Dans les grands dîners, des convives placés à une relative proximité s'interrompaient pour se pencher et tendre l'oreille.

Colin quitta James, et, quelques instants plus tard, il réapparaissait avec une bouteille et des verres pour son père et elle. Il l'embrassa et consulta sa montre :

– À quelle heure a-t-on le droit de les foutre dehors ?

– Ma foi, dit Deborah après la réception, ce fut un succès…

Elle s'était arrangée pour qu'une de ses relations leur prête sa maison en Provence, pour leur lune de miel.

– En fait, avait annoncé Faye, on va en Inde.

Et lors du voyage de noces, une semaine plus tard, dans une embarcation légère qui tournoyait sur une rivière, à Hampi, elle s'était cramponnée au cadre en vannerie et avait ri, ri – de tout son cœur.

*

Après leur mariage, mes parents allaient souvent à l'étranger avec ses amis à lui, séjournant dans des villas louées en France, en Sardaigne, à Majorque. J'ai visité celle de Majorque quand j'avais vingt-deux ans, après avoir économisé pendant des mois pour me payer le billet d'avion.

J'y étais allée en septembre, époque où cette villa était inhabitée. Le macaron d'un système d'alarme rivé sur la clôture en façade ne m'avait pas dissuadée d'ouvrir la grille et de me diriger vers la piscine en contournant la maison. Des cigales stridulaient dans les broussailles. Des citrons étaient éparpillés dans l'herbe.

Ce long trajet en bus m'avait donné mal au cœur, et j'avais cueilli un citron sur l'arbre près de la piscine. Quand elle était venue ici, maman était enceinte de moi et sujette à d'affreuses nausées matinales. Une note dans son journal intime indique qu'elle écartelait les citrons avec les doigts pour se gorger de leur jus – un remède contre ses nausées. Mes dents se plantèrent dans l'écorce, et le jus coula sur mes mains, brûlant la peau à vif autour de mes ongles. Je m'imaginais en vampire. Elle avait raison : je me sentais mieux.

La villa se dressait sur une falaise, au-dessus de la mer. Empruntant un escalier raide, j'avais atteint un ponton branlant. Ayant exprimé tout son jus, j'avais jeté dans l'eau les restes du citron qui avaient flotté à la surface, pris dans l'écume qui clapotait contre les rochers.

Maman n'avait pas eu une grossesse facile, entre ses nausées matinales, qui avaient été suffisamment graves pour justifier une hospitalisation à plusieurs reprises afin de la réhydrater, et sa peur du lendemain. Elle était tombée enceinte sans le vouloir, les antibiotiques prescrits contre son angine à streptocoques ayant annulé l'effet de la pilule. Mon père était aux anges. Durant ce voyage, il était allé au marché à Deià et m'avait acheté un hochet en bois orné de petits chevaux stylisés.

J'étais si lasse. J'avais réservé sur le vol le moins cher, d'où l'obligation d'être à l'aéroport à quatre heures du matin. Avant de venir ici, j'étais passée par l'hôtel pour me doucher et enfiler une robe bleu marine à manches courtes. Je l'avais choisie avec soin, cette robe, car une part de moi-même espérait revoir maman ici – ma récompense pour être venue de si loin. En m'entendant, elle redresserait vivement la tête, radieuse, et prononcerait mon prénom, le vrai, avant de m'ouvrir les bras.

Le ponton grinçait sous la caresse des vagues, et je pleurais à présent à chaudes larmes, même si cet autre moi-même gardait espoir. Peut-être allais-je quand même ressentir quelque chose, sa présence ? Peut-être trouverait-elle le moyen de me consoler ? Au bout d'un long moment, j'avais séché mes larmes, m'étais penchée pour tremper mes bras dans l'eau fraîche. Inutile, elle n'était plus là.

Vue du quai, l'eau était si limpide qu'elle en semblait huileuse. Amarrés dans la crique, deux voiliers paraissaient suspendus dans le vide, au-dessus de leurs ombres sur le fond sablonneux. Par transparence, on voyait les petits crustacés blancs et verts accrochés aux rochers.

Ici, maman faisait de la plongée. Elle m'avait dit un jour qu'elle aimait nager dans cet état-là ; son gros ventre comme un sous-marin.

Si je m'étais trouvée sur ce quai, à ce moment-là, je l'aurais vue : le tuba qui dépasse de l'eau tandis qu'elle gagne le large, les palmes noires, sa longue silhouette, son ombre qui la suit, glissant par-dessus les rochers.

Ce soir-là, j'étais allée au bar dépendant de l'hôtel. Une bande de routards m'avait invitée à leur table, puis nous étions allés dans un autre bar. J'avais marché au côté de Nick, qui venait d'Australie, qui portait un T-shirt jaune délavé, et qui me taquinait gentiment, affectueusement, tel un vieux copain. Je feignais de ne pas avoir déjà remarqué sa bande, comme si je n'étais pas descendue au foyer exprès pour les voir.

Dans l'autre bar, nous avions bu de la bière et de la tequila. Sa main négligemment posée sur ma cuisse, Nick bavardait tranquillement avec ses potes, et, quand nous étions retournés au comptoir pour repasser commande, il m'avait enlacée – mais c'est moi qui avais dû l'entraîner dans les toilettes.

Sur le chemin de l'aéroport, je pensais, encore et encore, à nos ébats, comme s'ils avaient été le but de ce pèlerinage.

8

Mon mobile n'a pas sonné dans le parc. En arrivant à la maison, je suis transie et je grelotte. Jasper se met à pleurnicher dès qu'il entend mes clés. Il presse le sommet de sa tête contre ma poitrine dès que je m'accroupis et je gratte son doux pelage derrière ses oreilles. Les radiateurs sifflent. Dehors, il ne neige plus, et des nuages bas et violacés pèsent sur la ville. Je m'accorde une douche brûlante et je me trouve toujours sous le jet quand le téléphone sonne.

– Claire, dit l'inspectrice Tiernan, d'une voix posée, mesurée, tandis que je me tiens, dégoulinante, dans la salle de séjour.

J'ai la main sur la bouche, et presque le sourire. Les jambes un peu molles, je suis sur le point de m'incliner, la main sur mon cœur, et de dire : « Merci. Et maintenant ? »

– Je suis désolée.

À la fin de cet appel, je repose le téléphone et reste là, le regard vide. « Il ressemblait tellement à votre père. On y a cru jusqu'au retour des analyses ADN. »

La laisse de Jasper est enroulée sur la table. Il faudra penser à payer celui qui le promène, demain. Le plus difficile, c'est cet instant, comme toujours. Comme c'est pénible de reprendre le train-train quotidien, de se réinsérer après une fausse alerte. Je sais d'expérience que, pendant quelques semaines, tout ce que je ferai me coûtera des efforts. Il me faudra des pense-bêtes même pour les tâches les plus élémentaires. Et cette fois, ce sera pire. C'est plus long depuis que j'ai consulté des forums ou cherché les noms de ses amis. Moi qui croyais avoir progressé.

Dans la salle de bains, j'extrais la bombe anti-agression de sa cachette, derrière une rangée de shampooings et savons. C'est illégal, en Angleterre. Je commande ces sprays en ligne une fois par an, et ils arrivent dans un paquet banalisé. Je me suis souvent demandé si je pourrais m'en servir à temps. Si, après avoir entendu l'intrus ouvrir la porte de la salle de bains, je serais capable de viser avant d'avoir la tête fracassée contre le mur. Cette bombe, j'en martèle le flanc de la baignoire jusqu'à ce que le métal en soit tout cabossé.

*

Ç'a été difficile de travailler, aujourd'hui. Ma première patiente de la matinée avait une appendicite, et j'ai dû attendre l'ambulance avec elle, parler à un médecin à l'hôpital, et envoyer son dossier médical, ce qui a décalé le reste de mes rendez-vous d'une vingtaine de minutes. Notre gestionnaire m'a dit qu'un patient avait déposé une réclamation contre moi à cause de ces retards systématiques. De plus, le dernier était en colère parce que la liste d'attente du spécialiste vers lequel nous l'avons orienté est très longue. Il hurlait, me montrait du doigt.

Je l'ai regardé et j'ai pensé : « Je vais m'en aller. Je prends la porte et je sors. »

La paperasse m'occupe le double du temps habituel. Lorsque j'en ai fini avec les rapports de pathologie, je vérifie, convaincue d'avoir commis une faute d'étourderie. Je repense à ce que m'a dit l'inspectrice : le suspect avait acheté cette flasque auprès d'un prêteur sur gages, dans le Dorset, il y a vingt ans. Donc, mon père ne l'avait jamais fait sortir du pays, elle avait été glissée dans un carton et sans doute envoyée avec le reste de ses affaires à ma grand-mère, avant de se perdre en cours de route, ou d'être volée.

Je me demande si les journalistes auront vent de cette fausse alerte, et cette idée me répugne. Leur goût pour le macabre, la façon dont ils se sont délectés de cette tragédie.

C'était un cas de violence conjugale. Rien d'extraordinaire, rien de mystérieux dans cette affaire, excepté sa maladresse. Au Royaume-Uni, deux femmes meurent chaque semaine sous les coups de leur compagnon. Soit plus d'une centaine par an. Personne ne se serait ému outre mesure, personne ne se serait occupé de mon père, sans sa fortune.

Les questions administratives réglées, j'éteins les lumières et quitte le cabinet. S'il avait été innocent – si je n'avais pas eu besoin de prendre ma revanche sur la société –, serais-je devenue médecin ? Je ne suis pas comme Laila ou Rahul. L'un et l'autre avaient la vocation, contrairement à moi. Laila a suivi une formation de secouriste quand elle était étudiante, à l'université de Northumbria, Rahul est devenu auxiliaire médical alors qu'il fréquentait encore la fac. Aucun n'a jamais envisagé une autre profession.

Une fois rentrée à la maison, j'emmène Jasper au bord du canal. À la lueur du crépuscule, nous contemplons les péniches prisonnières des glaces. Je ne veux plus vivre ici.

Après mes études de médecine, j'avais été acceptée par deux hôpitaux pour mon internat. L'un à Londres, l'autre à Édimbourg. Nous étions partis vivre en Écosse après le meurtre, à Crail, un village sur la côte est, et j'avais passé mon diplôme à l'université d'Édimbourg. Il fallait choisir : soit rester à Édimbourg, où je me plaisais beaucoup, soit aller à Londres où, en vivant dans la même ville que les amis de mon père et les policiers qui avaient mené l'enquête sur lui, je pourrais peut-être découvrir où il se cachait.

J'ai fait le mauvais choix. J'aurais dû rester à Édimbourg. Dans une autre vie, je possède un appartement dans le quartier chic d'Easter Road. Je bosse comme journaliste ou secrétaire de rédaction dans un bureau, à Merchiston. Le soir, je vais parfois au cinéma, ou bien retrouver mes amis ou mon frère dans une pizzeria sur le port.

J'ai ces idées-là depuis mes douze ans. Idées légèrement pathétiques, j'en conviens, et inspirées des quelques images glanées au hasard de ma première visite d'Édimbourg. Un bureau en open space lumineux, un resto plein à craquer, une femme sous la marquise d'un cinéma.

Londres est tellement moins charmant qu'Édimbourg. Ni déglingué ni mystérieux. Pas de personnages pour se découper en ombres chinoises au sommet d'Arthur's Seat, pas de maisons noires de suie, ni d'orages menaçants depuis l'estuaire du fleuve Forth. On n'y trouve pas les mêmes poissonneries bon marché à l'éclairage blafard, avec leurs raisons sociales inscrites en lettres cursives au néon, ni les trattorias ouvertes il y a des dizaines d'années par des immigrés italiens. Il n'y fait pas jour jusqu'à onze heures du soir en été, on n'est pas à proximité des Highlands, il n'y neige pas autant. Mais Londres n'avait aucune chance de soutenir la comparaison, de toute façon : cette ville me rappelle mon père, et l'Écosse, ma mère.

9

Mon père reposa son journal et proposa à maman d'aller se promener avec lui. Ils firent deux fois le tour de St. James Park, se reposant ensuite sur un banc, près de l'étang gelé.

– On ne s'amuse plus comme avant, soupira-t-il.

Faye étouffa un petit rire.

– Et le week-end dernier ?

Ils avaient été tout un groupe à louer une villa à Mykonos, laissant les enfants à la garde de leurs nounous ou des grands-parents.

Il haussa les épaules.

– Tu n'as pas eu l'air de t'embêter, pourtant... ?

Il y avait une piscine, des scooters pour faire un tour en ville, et un hamac où il l'avait attirée contre lui afin d'y faire la sieste après qu'ils avaient vidé une bouteille d'ouzo.

Il soupira encore.

– On ne fait jamais rien de nouveau.

Sam avait amené quelques filles à Mykonos. Le premier jour, il s'était planté dans le grand bain avec une bouteille de champagne. Ses invitées venaient à la nage s'agripper au bord, elles renversaient la tête en arrière et il versait le champagne dans leur bouche, à la régalade, en aspergeant leurs seins.

– Qu'est-ce que tu voudrais faire ?

– N'importe quoi.

– C'est au sujet de la nuit dernière ?

Un collègue les avait invités à un dîner informel chez lui – une longue soirée ennuyeuse. « Il va dire : "Je ne veux pas qu'on ressemble à ça." »

– Non. La soirée était sympa. J'aime bien Edward.

– Ah…

Robbie n'avait que cinq mois. Alors, c'était plutôt la responsabilité d'un deuxième enfant, l'épreuve de l'enfantement. Deux jours de travail, sa tension qui avait chuté, nécessitant une césarienne en catastrophe. Elle avait la tête d'un côté du rideau, consciente, tandis qu'on la charcutait. On ne lui avait expliqué la procédure qu'après. Pour Colin aussi, cela avait été difficile. Il avait vu les deux côtés du rideau, il avait cru qu'ils allaient mourir.

Elle avait froid dans ce parc et se demandait quand ils pourraient se mettre à l'abri.

– Ça ira mieux avec les beaux jours, dit-elle, et elle tapa des pieds pour se réchauffer.

Il la regarda, et son cœur se serra. En dehors du bruit de ses bottes sur le sol gelé, on n'entendait plus rien.

– Tu m'aimes ? dit-elle.

– Oui, mais ce n'est plus comme avant.

À la fin du mois, alors qu'il n'était toujours pas rentré à la maison, elle alla chez le dentiste et ferma les yeux dans le fauteuil tandis que le praticien s'affairait au-dessus d'elle.

L'anesthésique agissait, mais elle sentait tout de même qu'il s'escrimait. Deux dents de sagesse avaient souffert et devaient être arrachées. Elle qui n'avait jamais eu de carie… mais rien de surprenant : sa chance avait tourné.

Ensuite, elle descendit Belgrave Street avec la bouche à vif, sanguinolente. Elle avait des disques de coton dans son sac, il faudrait remplacer le premier quand il serait complètement imbibé. Le dentiste l'avait prévenue que les douleurs reprendraient dès que les effets de l'anesthésie se seraient estompés. Déjà, elle ressentait des élancements, des pointes qui lui vrillaient la mâchoire.

La maison était vide à son retour, quand elle alla dans la salle de bains changer le coton rougi, quand sa mâchoire retrouva toute sa sensibilité et qu'elle tenta d'oublier sa douleur devant un vieux film.

Elle avait toujours craint qu'il y en ait une autre, mais c'eût été préférable. Colin n'était pas tombé amoureux d'une rivale, à sa connaissance, il commençait seulement à s'ennuyer vaguement en sa compagnie.

Elle voulait être seule afin de pouvoir penser à lui. Ainsi, c'était comme dans les premiers temps de leur histoire. Le soir, il lui tardait d'aller se coucher pour avoir la liberté d'y penser sans être interrompue.

Quelques semaines plus tard, Rose lui ouvrait sa porte en robe droite, déchaussée. Sa valise était ouverte derrière elle, dans le vestibule, elle venait manifestement de rentrer. Elle avait travaillé sur une affaire à Belfast pendant ces six dernières semaines, et Faye avait attendu son retour pour lui parler de Colin de vive voix. Elle huma son léger parfum, savon surgras au miel. C'était un plaisir de la revoir, en général elles dînaient ensemble au pub du côté de Cheyne Walk une fois par semaine.

– Comment était-ce, l'Irlande ?

– Très bien, dit Rose.

Ce qui signifiait qu'ils avaient gagné le procès.

Faye croisa son regard limpide, intelligent. Une bonne avocate, qui comprenait pourquoi certaines personnes se comportaient de telle ou telle façon, même quand ça allait à l'encontre de leurs intérêts. Elle saurait pourquoi Colin l'avait quittée, et, une fois informée, Faye pourrait rétablir la situation.

– On va au Cross Keys ?

Rose fit non de la tête.

– Ah, c'est vrai, tu dois être fatiguée. Restons ici. Je vais chercher une bouteille de vin ?

– Je ne peux pas.

Faye eut un rire jaune et regarda la bouche pâle, non maquillée, de son amie, l'angle aigu de sa clavicule, souvenir d'une chute de cheval.

– Tu n'es pas sérieuse ?

– Désolée, dit Rose. Je le connais depuis plus longtemps que je ne te connais.

10

J'ai passé Noël en Écosse avec Nell. J'avais invité Robbie, mais il m'avait répondu qu'il n'avait pas envie de se joindre à nous. J'essayais de ne pas penser à ce qu'il ferait à la place. Nell vit à Crail, à présent, son mari et elle sont repartis là-bas après la naissance de leur fils. On faisait de longues balades sur le sentier côtier, et je lui ai parlé de l'homme qui avait été arrêté, et qui n'était pas mon père.

– On ne le retrouvera jamais, disait-elle.

Son leitmotiv depuis nos seize ans.

Mes yeux me brûlaient et je tentais d'argumenter, mais elle avait raison. C'était tellement évident à ce moment-là, avec Rory cavalant devant nous après Jasper, les vagues, l'air moite et salin. Je voulais en finir, je voulais me délivrer de cette histoire.

Ces cinq derniers mois, j'ai travaillé, vu des amis, des spectacles, visité Robbie dans son appartement à Peckham. Je me suis inscrite à un cours de boxe, suggestion de Nell, et à un cours de poterie, suggestion de Laila, me découvrant assez douée pour la boxe et nulle en poterie, même si j'adore. Le dernier week-end prolongé, je suis allée à Brighton avec Laila et Harriet, et je n'ai pas du tout pensé à mon père. Le printemps fut agréable, et voilà pourquoi, aujourd'hui, je m'efforce de ne pas trop réfléchir à ce que je fabrique.

Je ne l'ai pas cherché. Une coïncidence. Je suis abonnée à la *newsletter* du Royal Court Theatre et, début avril, j'ai reçu une invitation à leur soirée de gala. À l'origine, je n'avais pas bien regardé. J'aurais pu la jeter à la poubelle sans en prendre connaissance, mais j'attendais, plantée devant la bouilloire en train de chauffer, et l'enveloppe était là, sous mes yeux. À l'intérieur, une liste des parrains de la soirée, au troisième rang de laquelle James Fraser.

J'ai acheté un billet en ligne, l'invitation toujours à la main. Je redoutais qu'il n'y en ait plus. Ce billet coûtait deux cents livres, plus que ce que je ne dépense en général en une semaine, mais j'ai saisi le numéro de ma carte de crédit et l'adresse de facturation. Le tout machinalement, comme si je n'avais même pas eu à me décider, puis je suis retournée à la cuisine pour finir de préparer mon thé.

Aujourd'hui, 5 mai, je traverse le square en face du théâtre, imaginant ce que Nell dirait si jamais elle savait. Elle me dirait de rentrer chez moi, me demanderait si je tiens à me retrouver dans l'état où j'étais pendant les semaines qui avaient suivi ce signalement en Namibie, morne, abattue, léthargique. Un bus remonte King's Road. Si je me signale, le chauffeur s'arrêtera. Je peux encore m'en aller. Mais je pense alors à mon père enrobant de chatterton son tuyau de plomb, et je rejoins la foule massée devant les portes du théâtre.

Je montre mon sésame et suis le mouvement général jusqu'au bas d'un escalier, guidée par le brouhaha provenant d'une vaste salle au sous-sol. Je la traverse en direction du bar, mais James n'est pas là. Je continue à me frayer un chemin parmi la foule alors que l'affluence grossit et que circuler devient plus problématique. Je ne suis pas sûre qu'il ait fait le déplacement. Il a pu se contenter d'envoyer un chèque.

À l'étage, les portes d'une petite salle de spectacle modulable sont ouvertes et je m'assois face à la scène vide et défraîchie en m'efforçant de prendre une décision. Si mon père pouvait me voir maintenant, il aurait sûrement pitié de moi, ce stratagème lui paraîtrait lamentable. Mon visage est déformé par des tics. La première fois, c'était à l'école primaire, à Crail, alors que j'avais dit une bêtise en classe qui avait déclenché des rires – oh, l'idée que mon père m'observait et avait honte de moi ! – et je m'inquiète d'en souffrir encore à l'âge adulte.

Je vais jeter un coup d'œil dans la ruelle, même si James ne fume pas, avant de rechercher les toilettes pour hommes. Au fond d'un couloir, près des bureaux du théâtre, des voix et des bruits de casseroles.

Un type sort par une porte avec un plateau de cakes au citron, et je m'efface pour le laisser passer. Depuis le seuil, je découvre un vaste espace de type industriel, sous des néons. Peut-être l'endroit où l'on stocke les costumes en temps normal, mais aujourd'hui c'est plein de tables à tréteaux couvertes de moules et de récipients. J'aperçois des fruits rouges dans l'un d'eux, le jus ne demande qu'à déborder. Trois personnes s'affairent à des postes différents, deux hommes et une femme, à un rythme soutenu. Je les regarde vaguement, quand la femme se retourne, et tout mon être se raidit.

J'ignorais qu'elle était de retour. Après la fac, Alice était allée à San Francisco. Elle était toujours aux États-Unis aux dernières nouvelles, ce doit être récent. Sa tête est penchée, elle ne me voit pas approcher. Pliée en deux, elle garnit de crème pâtissière un plateau d'éclairs à la poche à douille avec la dextérité d'une professionnelle.

– Bonjour. Désolée de vous déranger…

Elle se redresse, me sourit, dans l'expectative. Toujours fidèle à elle-même. Elle n'a jamais ressemblé à sa mère. Les joues rouges, des taches de rousseur, et des cheveux blond foncé coiffés en natte.

– Claire, dis-je.

Je retiens mon souffle. Que dire, si jamais elle me reconnaît ?

– Alice.

On ne se serre pas la main, elle tient toujours sa poche à douille. J'imagine qu'elle a hâte de finir son plateau tout en dissimulant son impatience. Elle porte une chemise en jean, avec un tablier en toile de jute noué par-dessus. Ses manches sont retroussées mais elle n'a pas retiré ses bijoux, quelques fins bracelets d'or et des bagues. Sa politesse apparente ne fait place à rien d'autre. Elle a deux ans de moins que moi, elle n'en avait que six la dernière fois qu'on s'est vues, et j'ai changé davantage. Une part de moi-même est néanmoins déçue, comme si je m'attendais à ce qu'elle me saute au cou.

– Ce buffet est une merveille.

– Oh, merci, dit-elle d'une voix chaleureuse, légèrement enrouée.

– Vous avez une carte ?

Tandis qu'elle va en chercher une, je me rappelle, pour la première fois depuis toutes ces années, ce miroir à Ashdown avec son cadre en bois de cervidés blanchis. Chacune mettait l'autre au défi de se planter devant. C'était étrange de voir son propre reflet dans la glace, comme si ce miroir était censé nous montrer tout autre chose.

11

Après leur séparation, mon père avait élu domicile dans un appartement sur Ebury Street. C'était tout près, maman s'attendait toujours à l'apercevoir dans le quartier, mais quand ils se revirent, ce fut deux mois plus tard, dans un bar de Covent Garden où une amie de Sabrina fêtait son anniversaire.

Elle :

– Qu'est-ce que tu fais ici ?

Lui :

– Sam fréquente Catherine.

– Qui est-ce ?

– Une copine de Paula. Et toi, qu'est-ce que tu fais là ?

– C'est une collègue de travail de Sabrina.

Il avait acquiescé.

– Qu'est-ce que tu bois ?

– Rhum-Coca.

– J'aurais dû m'en douter ! dit-il avec un sourire.

Il s'était retourné pour commander, mais en gardant la main au creux de ses reins. La musique beuglait et il parlait tout près de son oreille, au point qu'elle pouvait sentir son souffle chaud dans ses cheveux.

Elle l'avait amusé une fois ou deux, et il avait baissé la tête, toujours souriant. Il était de nouveau lui-même, ce n'était plus l'étrange et sardonique individu qui était venu à la maison pour faire ses cartons. Qui, lorsqu'elle avait demandé ce qui avait pu motiver une décision aussi brutale, avait soupiré :

– Non, je l'avais prise depuis longtemps.

– Allons, dit-elle, nous devrions parler aux autres.

– Pourquoi ?

« Ah, mon mari », avait-elle songé. Ils n'étaient même pas officiellement séparés, la rupture s'était produite deux mois plus tôt.

La conversation s'était poursuivie, et elle avait continué à dire ce qu'il fallait, à faire des réflexions drôles, fines ou charmantes. Il était le plus chaleureux des hommes, et elle s'illuminait à son contact. Elle aussi pouvait donc avoir du magnétisme, briller en société.

Lui :

– Je n'ai plus souvent l'occasion de faire cela. Les mondanités ne m'intéressent plus.

Faye l'avait regardé attentivement. Elle pouvait s'en aller, sauter dans un taxi et rentrer. Un jour, elle ne penserait plus à lui à chaque seconde et son esprit en serait délivré. Elle s'était efforcée de voir en cela la perspective la plus tentante.

Il l'avait prise par la main pour sortir du bar, hélant ensuite un taxi.

Elle :

– Tu es déjà sorti avec quelqu'un d'autre ?

– Non. Toi… ?

Elle avait fait signe que non. Un taxi s'était arrêté à leur hauteur. En arrivant à l'appartement, ils étaient tous deux grisés, s'étaient réciproquement intimé silence dans l'escalier, bousculés sur le seuil, comme s'ils avaient été séparés contre leur gré.

Ensuite, elle s'était regardée dans la glace. Ses pupilles étaient noires et dilatées dans l'étrange lueur, on lui aurait donné dix-neuf ans. Colin avait mis un disque. Elle s'était lovée sur le sofa, et il avait déposé un baiser sur sa tête.

À trois heures du matin, il avait fait griller de la baguette et y avait glissé des carrés de chocolat à fondre. C'était son péché mignon à elle depuis leur voyage à Perpignan où ils avaient dormi au-dessus d'une boulangerie, et il lui faisait souvent ce plaisir. Debout dans la cuisine, ils se régalaient, les doigts pleins de chocolat.

Faye s'était éveillée la première. Posant les pieds sur le sol froid, elle avait senti quelque chose à demi glissé sous le lit. Elle avait soulevé le drap et s'était penchée. Une barrette, avec quelques cheveux blonds entortillés.

Dans la cuisine, la feuille d'alu détachée de la baguette était encore sur le plan de travail, le chocolat gouttait toujours par terre. Elle avait ouvert le lave-vaisselle et vu deux tasses blanches et leurs soucoupes, plus deux assiettes barbouillées de chocolat. Pas les leurs. Les leurs étaient toujours dans l'évier. Il en avait fait à une autre.

Elle était restée dans la cuisine jusqu'au moment où elle l'avait entendu prendre une douche, puis elle s'était rhabillée et avait attendu qu'il sorte de la salle de bains.

– Tu es libre, ce soir ? avait-elle demandé, par pure perversité.

– J'aimerais bien, mais j'ai un client à dîner.

Ce n'était pas son ton habituel, et il gardait les yeux baissés tout en se frictionnant les cheveux avec la serviette.

— Compris, je me sauve…

Il l'avait embrassée. Il avait la joue fraîche et humide de la douche et n'avait pas croisé son regard. Elle avait descendu l'escalier. La voiture de Colin était garée devant l'immeuble, et elle s'était arrêtée pour la considérer. Flanquer une brique dans le pare-brise – est-ce que cela aurait été suffisant ? Non, sûrement pas.

12

Après cette soirée de gala au Royal Court, je ne me couche pas tout de suite, mais cherche des renseignements sur Alice. Elle exerce l'activité de traiteur à présent, James a dû la pistonner pour cette manifestation. J'explore le site web de son entreprise, parcourant une interview parue dans un magazine, examinant les photos d'un mariage dont elle a assuré la partie restauration la semaine dernière. Ses comptes sur les réseaux sociaux sont confidentiels, mais je constate que nous avons six amis communs. Quatre de mes connaissances à l'université, le neurochirurgien avec qui j'ai travaillé au St. George's, et la cousine de Laila, Reza.

Avant l'arrivée de nos premiers patients, je frappe à la porte de la salle de consultation de Laila.

– On se boit un verre quelque part, ce soir ?

– Surtout pas, dit-elle, désignant le double espresso sur son bureau. Je suis crevée. Tu viens plutôt chez moi regarder la télé ?

À la fin de la journée, nous prenons des sushis sur le chemin de son domicile. Tout en enfilant une tenue décontractée, elle me lance :

– Ils m'ont emmenée dans une boîte de nuit à Stoke Newington. Je ne suis rentrée qu'à quatre heures du matin.

C'était l'anniversaire de sa sœur, hier soir.

– Yasmine s'est amusée ?

Elle opine. Assises en tailleur sur le canapé, nous ouvrons les boîtes de sushis.

– On peut regarder *Bake Off* ?

– C'est si bien ?

– Oui.

Elle trouve la chaîne.

– Regarde, ils font des pavlovas ce soir...

– Tu connais Alice Fraser ?

Laila fait non de la tête.

– C'est une copine de Reza.

– Oh, elle ! Oui, oui. Elle est sortie avec un ami de Reza. Pourquoi ?

– Je l'ai vue à un truc, hier soir.

– Quel truc ?

– Soirée de gala au bénéfice du Royal Court.

– Qu'est-ce que tu faisais à ce pince-fesses ?

– J'aime bien le Royal Court. Tu la connais bien ?

– Non, c'était il y a très longtemps, elles allaient encore à l'école. Il reste du wasabi ?

Je lui tends le petit pot.

– Tu crois qu'elle reconnaîtrait ton nom ?

Elle hausse les épaules.

– Mon nom de famille, oui. Reza a le même.

– Je ne pourrais pas la suivre depuis ton compte ?

Elle ne pose pas la barquette de miso qui est dans sa main. Sans quitter l'écran des yeux, elle dit :

– Comment as-tu connu Alice ?

– Ses parents étaient des amis de mon père.

Lèvres pincées, elle souffle sur le bouillon pour le refroidir. Je ne lui ai jamais rien dit sur mon père, à part qu'il est parti quand j'étais petite et que j'ignore où il est aujourd'hui.

– Comment Alice pourrait-elle t'aider ?

– Je ne sais pas encore. Ses parents sont peut-être encore en contact avec lui.

– Passe-moi ton mobile…

Quelques instants plus tard, elle me le rend. Elle a téléchargé l'application, saisi son nom d'utilisatrice et son mot de passe.

Je la remercie, mais elle élude d'un geste de la main.

– De rien. Je ne m'en sers jamais, de toute façon.

Étalant un plaid sur nos genoux, elle ajoute :

– Attention, il va y avoir du suspense. Il ne faut pas que les meringues brûlent !

À la fin de l'émission, Alice n'a toujours pas accepté l'invitation. Laila s'étire, dit « À demain », et je rentre par le bus de nuit, connectée à son compte *via* mon mobile.

Alice a pu entendre quelque chose. Ses parents doivent être plus détendus pour en parler, surtout sous leur propre toit. Ils lui ont peut-être même rendu visite. C'était il y a des décennies, ils ne sont plus sous surveillance.

Une fois à la maison, je ressors pour promener Jasper, et je m'apprête à me coucher quand le téléphone sonne.

– Claire Alden ?

Tandis que mon interlocuteur se présente, je traverse la pièce, prends un verre, le repose. L'appartement a rapetissé, ce n'est plus le même, je m'y sens étrangère, comme abrutie.

– Votre frère a fait une crise d'épilepsie, dit le médecin.

Il est encore en vie. Je ne sais jamais à quel point il faut avoir peur quand je reçois des appels pareils – ou si quelqu'un venait en personne m'annoncer le pire. Je ferme les yeux, l'écouteur à l'oreille, tandis qu'il demande si j'ai besoin d'indications pour venir à l'hôpital, le St. Thomas à Lambeth. J'enfile un jean et un sweat-shirt, dévale l'escalier pour aller héler un taxi dans Farringdon Road.

Il est plus de minuit, pas de circulation. Seize minutes plus tard, on franchit Blackfriars Bridge.

– Quelle porte ? demande le chauffeur.

– Les urgences, s'il vous plaît, dis-je, et ma voix me paraît distante, comme si j'avais les oreilles bouchées.

Je me présente au guichet des urgences, et j'attends le médecin de mon frère, qui m'explique les circonstances de cette crise. Robbie s'est effondré à un arrêt de bus. Un témoin a appelé une ambulance. Il a fait une crise généralisée.

– Vous lui avez fait un électroencéphalogramme ?

Le médecin acquiesce.

– Rien d'anormal.

– Combien de temps a duré la perte de conscience ?

– Trois minutes.

Je tressaille. Je ne puis m'empêcher d'assister par la pensée à ses convulsions. Enfin, il n'était pas seul. Le témoin est resté auprès de lui jusqu'à l'arrivée de l'ambulance, elle lui tenait la main.

– Vous lui avez proposé d'aller en cure de désintoxication ?

– Il n'a pas encore accepté.

Lorsque je trouve sa chambre, mon frère est assis sur son lit. Il est si maigre qu'on voit saillir les tendons du cou.

– Salut, Robbie.

– Salut…

Je le serre dans mes bras, l'embrasse sur la tempe.

– Tu as mal ?

– Un peu.

Nous ne parlerons pas cure de désintoxication ce soir. Il a besoin de repos. On lui a donné un tranquillisant pour soulager les symptômes du sevrage, mais il transpire toujours et se gratte le bras depuis que je suis entrée.

Il bouge pour me faire de la place, et nous suivons ensemble un concours de chant à la télévision. Robbie plaisante sur l'émission. Il a toujours de l'humour et c'est un bon imitateur. Toutes ses qualités – sa gentillesse, sa douceur, son intelligence – sont toujours là, mais le Tramadol a changé son apparence et sa voix. Il n'a plus la même odeur corporelle.

À la fin de l'émission, je me lève pour partir.

– Tu es bien installé ? Tu n'as pas besoin d'eau ?

– Ça va.

– Je reviendrai demain matin. Tu as tout ce qu'il te faut, c'est sûr ?

Il hoche la tête.

– On m'a apporté mon sac.

Un sac à dos rouge est près du lit, à portée de sa main.

Je descends par l'ascenseur et attends le bus. J'ouvre la porte de mon chez-moi, où m'attendent mon lit bien chaud, mon réfrigérateur bien garni, mon boulot, mes amis et mes rendez-vous. Je songe à mon frère, essayant de s'endormir à l'hôpital, un bras passé autour de son sac.

Il y a trois ans, alors qu'il en avait vingt-quatre, Robbie m'a appelée au travail pour me dire :

– Je crois que je me suis abîmé le genou.

– Tu souffres ?

– Hmm… Pas génial.

Cela signifiait que c'était atroce.

– Va aux urgences.

– J'ai un séminaire, ce soir.

Il suivait un programme postdoctoral à l'université de Bristol, consacré au génie mécanique. Son rêve était de concevoir de la robotique pour des membres artificiels.

– Tu pourras rattraper plus tard.

J'ai pris la voiture pour me rendre à Bristol, ce soir-là. Il s'était arraché un ligament croisé au genou droit et devait subir une opération. Il fallait attendre six jours. Je me revois dans sa salle de bains, en train de me brosser les dents et disant :

– On t'a donné quoi contre la douleur ?

– Tramadol.

Je lui ai demandé de me montrer la boîte. Son médecin avait prescrit cinquante milligrammes par jour. C'est un antalgique opioïde, comme la codéine ou le fentanyl, et tout aussi addictif. J'ai demandé à Robbie s'il avait pris connaissance des précautions d'emploi, des effets secondaires, après quoi – et ça, je ne le comprendrai ni ne me le pardonnerai jamais – je lui ai rendu la boîte.

Ça devrait être simple. On lui a prescrit ce médicament pour soulager ses douleurs, il ne souffre plus, donc il devrait être capable d'arrêter.

Il a essayé. Quand il cesse d'en prendre, il a des symptômes de sevrage. Ses oreilles commencent à siffler, et ces acouphènes vont crescendo. Il a des picotements dans les membres. Des insomnies. Des nausées, comme le mal des transports, qui ne s'arrangent pas même après avoir vomi jusqu'à rendre de la bile. Il a des vertiges, le nez qui coule, des sueurs. Une voix persistante dans sa tête lui répète qu'il n'est pas quelqu'un de bien, qu'il est lamentable, et il lui résiste, mais c'est épuisant.

À ma connaissance, il a tenté de décrocher à quatre reprises. Il y a sans doute eu d'autres tentatives. J'ai pris des rendez-vous pour lui dans des centres de désintoxication et de réadaptation, et il a failli s'y rendre, mais à chaque fois il s'est dérobé.

Quand je repense à notre légèreté, le soir où il s'est blessé, à Bristol... Robbie, je m'en souviens, était déçu de ne pas pouvoir jouer au football en été, et moi j'avais peur de poser des jours de congé afin d'être disponible pour lui après l'opération. Nous avons bavardé, enclenché le lave-vaisselle, avant d'aller dormir, la petite boîte de cachets posée dans la cuisine.

J'aurais dû m'en douter. Il ne s'était jamais beaucoup soucié de sa santé, oubliant de manger, passant ses nuits à étudier, n'utilisant pas son spray même quand son asthme l'oppressait.

Robbie ressemble à notre père. Parfois, je me demande si c'est la raison pour laquelle il se maltraite lui-même. C'est la seule vengeance possible.

C'était il y a trois ans. Aujourd'hui, il achète du Tramadol en ligne, et il en est à six cents milligrammes par jour. Il fera d'autres crises s'il n'arrête pas, ou ce sera pire encore.

Je lui ai acheté un auto-injecteur de naloxone l'an dernier. S'il fait une overdose, il doit tenir l'auto-injecteur contre sa cuisse, presser, et ce produit empêchera la dépression des voies aériennes. Moi-même, j'en ai toujours un sur moi, bien qu'il y ait peu de chances pour que je sois présente à ce moment-là.

Lorsque je retourne à l'hôpital, dans la matinée, Robbie est alité, en train de boire à un gobelet fermé par un couvercle en papier d'aluminium.

– Je t'ai apporté des albums.

Il aime les bandes dessinées depuis toujours. J'avais demandé conseil au libraire.

– Merci, dit-il en les feuilletant. Oh, j'avais envie de lire celui-là… On en a dit du bien dans la presse.

Je regarde sa jambe sous la couverture. Il a suivi des séances de kiné, c'est guéri. Il peut marcher et courir sans problème. Cette opération aurait à peine dû affecter sa vie.

– Ils vont te garder trois jours.

– Je sais.

Je lui tends la plaquette sur Penbridge et le regarde en prendre connaissance. Il s'agit d'un séjour de vingt-huit jours dans une vieille maison de brique, dans l'Oxfordshire. Un grand jardin, la cuisine est bonne. Je sais que ce ne sont pas des arguments pour lui, mais peut-être que cela aidera quand même à le convaincre.

– Tu y réfléchiras ?

– Oui.

Mon frère n'avait que quatorze mois quand maman a failli être assassinée. Il ne se souvenait de rien, on lui a dit la vérité quand il a eu seize ans. Je crois que ça doit être pire pour lui. Il est dans un état de colère permanent. Moi aussi je le suis, mais c'est plus flagrant chez lui.

13

Alice a accepté l'invitation tandis que j'étais dans la chambre de Robbie. Elle ne poste pas souvent, une ou deux fois par semaine en moyenne, mais elle a ce compte depuis quatre ans. Je ne sais pas comment enregistrer toutes ces données, le contenu des albums de photos, les lieux, ses légendes, les commentaires, ses réponses. Je crée un tableau, donne un nom aux colonnes, et commence à les remplir. Bientôt, une dizaine de cases sont pleines, et il ne s'agit que des deux premières semaines de photos.

Alice avait vingt-huit ans quand elle a ouvert son compte. Elle vivait encore à San Francisco et travaillait dans un restaurant, dans le parc du Presidio. La plupart des clichés de cette époque ont été pris dans la nature, lors de randonnées ou d'excursions en camping à Big Sur, Point Reyes, Bolinas. Sur l'un, elle nage dans Mirror Lake, dans le Yosemite. Le suivant montre son amie – la plus intime, semble-t-il, dénommée Amelia – autour d'un feu de camp. Puis, la même à un mariage. Alice est invitée à une foule de mariages. Une dans la région de Cumbria, une en Provence, une à Ashdown où s'est mariée sa cousine.

Sur la photo d'Ashdown, on voit des agneaux paître sur la pelouse, à l'arrière-plan de la noce. Ils ont des couronnes de verdure autour du cou, confectionnées pour l'occasion. C'est vraiment jeter l'argent par les fenêtres, même si l'effet est plaisant.

Il y a deux ans, elle a posté la photo d'un certain Matthew en snow-boots et tee-shirt. Dès lors, on le revoit souvent. Elle en a posté une d'un marché de nuit, à Hong Kong. Il devait faire chaud, elle porte une petite robe blanche et des sandales, et il lui sourit en l'enlaçant d'un bras. On le voit aussi sur un sofa, quelques mois plus tard, avec un sapin de Noël au fond et des tas d'emballages cadeaux par terre. Je ne vois pas grand-chose d'autre, mais il ne m'en faut pas plus pour reconnaître le salon à Ashdown. Sur la dernière photo, il brandit une bouteille de sherry avec une étiquette manuscrite où l'on peut lire : « Bois-moi ! »

Alice est rentrée en Angleterre il y a un an environ. Elle a posté une photo de ses nouvelles clés et des plats chinois qu'elle avait commandés tout en défaisant sa valise, mais rien sur la raison de ce retour ni pourquoi Matthew ne l'a pas accompagnée. Elle s'est lancée dans la restauration peu après être revenue à Londres et s'est mise à poster plus d'images sur le sujet. Langoustines au beurre d'oranges, *linguine alle vongole,* paella. Une table en bois dans une prairie avec un ordinateur portable, un calepin, et une tranche de cake aux olives. « Mon bureau », dit la légende. Elle a déjà fait cela, poster une photo prise dans le sud de la France montrant son ordinateur, un verre de rosé et des huîtres sur un lit de glace, présentées sur un plateau d'argent. Avec cette légende : « Déjeuner de travail. »

Sa copine Amelia apparaît rarement après ce déménagement, mais il y a une photo de son bébé, dont Alice est la marraine, en grenouillère rayée, avec ses yeux clos aux paupières fripées, son petit nez retroussé.

L'été dernier, elle a posté celle de deux amies sur la terrasse d'Ashdown, en leggings et tunique, avec des tasses de thé et des journaux. On dirait qu'elles viennent de se réveiller. J'examine ce cliché et mon pouls s'accélère. Donc, elle invite des copines chez ses parents.

À quatre heures de l'après-midi, je m'accorde une pause pour sortir Jasper. Je m'engage dans la rue principale. Des tas d'ordures débordent des poubelles et des prospectus pour un service de livraison sont éparpillés sur les pas de porte ou piétinés, incrustés dans la terre. Il y a une boîte de fast-food aplatie sur la chaussée, un os de poulet avec du cartilage.

Quand j'aperçois mon reflet dans la devanture d'un pub, je me dis : « Quelle dégaine ! » Mon imperméable est tout bouchonné par-dessus mon pull, mon jean est trop serré, mes cheveux frisottent sous la pluie. J'essaie de rectifier ma tenue. Je passe devant les gens sous l'auvent sans croiser de regards.

Je sais ce qu'Alice photographierait, ici – la rangée de vieux lampadaires en fer forgé dans Clerkenwell Green. Mais elle ne posterait sans doute pas ces photos.

Ma balade se poursuit pendant presque une heure sous la bruine et, lentement, l'effet se dissipe. C'est comme sortir du cinéma dans l'après-midi.

Le dimanche matin, je retourne voir Robbie à l'hôpital. Il a meilleure mine, quoiqu'il n'ait pas bien dormi malgré le somnifère qu'on lui a administré. Parfois, un tremblement parcourt son visage. Il n'a jamais été privé de Tramadol aussi longtemps.

On parle, on suit un match d'Arsenal, on joue aux cartes. Je voudrais lui parler d'Alice, de ce plan qui prend forme, mais ce serait égoïste, ce n'est pas ce à quoi il doit penser pour le moment. Il a accepté d'aller dans le centre de désintoxication dans trois jours. Qui sait si ce n'est pas le bout du tunnel, qui sait s'il n'est pas prêt à tourner la page ?

Le fondateur d'un des laboratoires qui vendent le Tramadol a une belle propriété à Maida Vale. Au printemps dernier, la mère d'un garçon en Irlande du Nord qui est mort d'une overdose de Tramadol a campé devant sa demeure pendant trois semaines pour protester. Je lui ai apporté un Thermos de thé et de sandwiches, même si elle prétendait qu'elle n'en avait pas besoin, ses soutiens lui préparaient plus de plats cuisinés qu'elle ne pouvait en consommer.

J'envoie un mail à Alice lundi matin après l'avoir reformulé dans ma tête une dizaine de fois au cours du week-end. Je lui rappelle qu'on s'est rencontrées au Royal Court et demande si elle serait disposée à organiser une fête à la fin de l'été, à l'occasion de l'anniversaire de mariage de mes parents.

Je n'ai pas le temps, entre deux patients, de consulter ma messagerie avant deux heures de l'après-midi. Alice a répondu, brève et courtoise réponse. Elle me remercie pour mon message et propose qu'on se parle au téléphone à ce sujet. J'indique des créneaux horaires, puis j'ajoute : « Ou bien, je peux venir à votre bureau ? »

« Nous n'avons pas encore de bureau. Je teste toutes les recettes à la maison. J'habite dans le quartier de Chelsea. Ça vous convient ? »

On s'accorde sur jeudi à dix-neuf heures trente et elle me donne son adresse.

Après le travail, j'achète un pot de cirage noir et j'écoute la radio tout en astiquant mes chaussures. Il y a une photo sur le compte d'Alice, à laquelle je n'arrête pas de penser. Je ne sais pas pourquoi ça me met dans tous mes états, elle n'est pas pire que les autres.

On y voit une baignoire à Ashdown avec un plateau de bois en travers. Sur ce plateau, un gros roman et une tasse de thé vert. La baignoire est face à une fenêtre aux volets intérieurs ouverts. On peut admirer la vue d'un après-midi hivernal, avec des arbres aux troncs éraflés et de sombres nuages. On discerne quelques moutons sur la pelouse. Elle a dû prendre cette photo quand elle était dans son bain, même si on ne voit pas son corps. « Tu es là-bas pour combien de temps ? » a demandé un ami, et elle : « Juste pour la journée. »

Pas en colère, exactement. Jalouse. Elle, elle peut voir sa mère chaque fois qu'elle en a envie.

14

Maman m'attendait à la grille de l'école, avec Robbie dans son landau. Elle portait un manteau et des collants de laine. Le landau était un modèle à l'ancienne, haut et encombrant. « Un non-sens, dans une grande ville », disait-elle souvent. Une fois dans notre rue, Robbie se mit à pleurer, et elle lança un « Presque arrivés ! ». Je marchais à sa hauteur dans mon uniforme, une jupe bleu marine et un blazer, le long de l'enfilade des maisons blanches aux numéros noirs.

Maman souleva Robbie dans ses bras et s'empressa de monter les marches du perron. Là, elle le déposa dans l'entrée, vagissant, et je m'accroupis auprès de lui en attendant qu'elle revienne, tractant le landau qui butait à chaque marche. La porte refermée, elle cogna celui-ci contre le mur. Pas pour la première fois : il y avait des marques dans le plâtre sur toute la longueur du vestibule.

Elle emmena Robbie à l'étage, tandis que je descendais à la cuisine retrouver Emma.

– Bonjour, dit-elle en m'embrassant. Tu m'aides à faire la cuisine ?

Emma était notre nounou, même si elle ressemblait assez à maman pour être prise par la plupart des gens pour notre tante, ce qui me plaisait.

– Je fais une tarte Tatin.

Elle portait une robe chasuble bleu marine et un chemisier blanc. La robe était à elle, le chemisier à maman.

Emma empruntait souvent des vêtements et des cassettes à maman. Elle faisait main basse sur le vin de la cave, les livres de la bibliothèque, le contenu du frigo. Chaque fois qu'elle demandait la permission, maman haussait les épaules : « Vas-y. Ce n'est pas moi qui ai payé. » Elle paraissait aimer l'idée d'elle-même et Emma pillant le contenu de la maison, tout ce qui avait été acheté par mon père, ou ma grand-mère.

Emma était arrivée neuf mois plus tôt, peu après le départ de notre père, et elles étaient devenues très proches. « Vivre sous le même toit, ça crée des liens, disait maman. – Comme la fac ! » prétendait Emma, et maman approuvait, quoique ni l'une ni l'autre n'eussent fait d'études supérieures.

Souvent elles se chamaillaient, criant en haut de l'escalier, poussant de gros soupirs, marmonnant : « Elle est impossible », et souvent elles riaient à s'en étouffer, s'agrippant au plan de travail de la cuisine, en pleurs.

Emma cuisinait, maman nettoyait. Elles sortaient les poubelles à tour de rôle. Emma était la plus douée pour calmer Robbie à l'heure de la sieste, mais il tendait toujours les bras vers maman quand elle entrait dans une pièce, ou la suivait des yeux.

En semaine, quand elle ne nous gardait pas, Emma se rendait à des auditions et des répétitions, achetant parfois des billets de dernière minute pour des spectacles. Son auteur favori était Caryl Churchill, elle avait vu *Fen* douze fois à l'Almeida. Elle laissait des scripts reliés à la maison, et parfois m'en lisait des passages à haute voix.

Ce soir-là, Emma attendait les résultats d'une audition. Elle cuisinait toujours beaucoup quand elle attendait. Les producteurs devaient choisir entre elle et une autre comédienne, et ils annonceraient leur décision à la fin de la semaine.

– Ils prennent leur temps, non ?

J'acquiesçai. Elle soupira et s'essuya le front d'un revers de la main, se décoiffant. Ses yeux étaient noisette avec un cercle noir autour de l'iris.

Elle avait passé les semaines précédant cette audition à travailler l'accent du personnage. Elle se préparait toujours à fond pour chaque rôle, apprenant même une fois à jouer du piano. « Tu devras jouer sur scène ? avait demandé maman. – Non. C'est pour moi. Je construis le personnage. »

Au fond de la cuisine, des portes vitrées ouvraient sur le jardin à l'arrière et le ciel maussade. Je me tenais là, mon visage contre la vitre froide. Quelqu'un passa devant la porte ménagée dans le mur. Cette porte communiquait avec une ruelle, en général déserte. Je restai là, à guetter pendant un moment, mais il n'y eut plus aucun mouvement.

– Tu peux laver les pommes pour la tarte ? demanda Emma, et je m'approchai de l'évier.

Je posai sur la planche à découper les fruits encore mouillés qu'elle découpa en tranches avec un couteau bien aiguisé. Bientôt, maman descendit avec Robbie qu'elle jucha sur sa chaise haute. Il gigotait sous les sangles, détournait la tête quand elle tentait d'enfourner des cuillerées dans sa bouche. D'abord des coquillettes, qu'il flanqua par terre, puis de la banane. Il se mit à pleurer, son petit corps potelé penché par-dessus la tablette, se barbouillant les mains de banane. « Bon, d'accord ! » dit maman, qui l'extirpa de la chaise pour le ramener à l'étage. Quelques minutes plus tard, on entendait la baignoire se remplir.

Je passai une éponge sous le robinet et j'essuyai la chaise. Tandis que la pâte à tarte reposait dans le frigo, Emma réchauffa le bouillon de poule qu'elle avait confectionné un peu plus tôt. La cuisine embaumait. On dîna à la longue table de réfectoire en chêne, qui pouvait accueillir huit convives, ce qui n'arrivait plus jamais depuis le départ de papa.

Il avait pris un appartement dans le quartier et on le voyait le week-end. Maman s'absentait toujours de la maison quand il devait venir nous chercher. Parfois, elle me demandait ce que nous avions fait, de quoi nous avions parlé, et elle écoutait avec un calme apparent, grattant avec ses ongles la peau autour des pouces.

Elle redescendit dans une tenue maculée d'humidité, et Emma désigna la casserole sur le feu. « Il en reste. » Maman la remercia mais ne se servit pas, pas plus qu'elle ne s'attabla. Après s'être rempli un verre de vin blanc, elle l'emporta à l'extérieur. Le jardin était dans le noir, mais je pouvais la voir à la lumière de la cuisine, debout, les bras croisés. Nos cuillères tintaient contre les bols tandis qu'Emma et moi, nous parlions de mon concert à l'école, d'un ami à elle qui tournait un court-métrage dans Battersea Park ce week-end – fallait-il, ou non, aller le voir ? Nous entendîmes des pleurs dans la nursery, puis plus rien. « Il doit être épuisé », dit Emma. Elle souffla la bougie et une échelle tordue de fumée s'éleva de la mèche.

Tandis que la tarte cuisait, je faisais mes devoirs et Emma lisait *L'Anniversaire*, les pieds croisés sous la table.

Le bas de son collant était poussiéreux, grisâtre au niveau de la plante des pieds. Elle avait laissé l'éclairage du four, dont la grille et la paroi noircie rougeoyaient. Tout près, le minuteur émettait son tic-tac. Après le dring, Emma mit un disque de Nick Cave et nous dégustâmes la tarte en l'écoutant.

Daisy descendit l'escalier à petits sauts. C'était un cadeau de mon père, une lapine naine néerlandaise, blanche à taches brunes. La veille, Emma était rentrée du jardin avec elle, blottie contre sa poitrine. Quelqu'un avait laissé la porte ouverte et Daisy était sortie dans la ruelle. Elle se dressa sur son derrière, croisant ses petites pattes de devant, moustaches frémissantes. Je mis un peu d'extrait de vanille sur mon doigt, qu'elle lécha.

– Ça commence, lança maman depuis l'étage, et nous montâmes regarder *House of Eliott*.

Je m'appuyai à elle sur le sofa. Quand elle bâilla, je sentis ses côtes s'écarter. Elle m'entoura d'un bras, ses bracelets cliquetant, et je me nichai contre elle. Là, je pouvais l'entendre saliver et se racler la gorge. Elle sentait l'orange et le vin blanc.

Comme j'avais mis la tête sur ses genoux, elle passa la main sur mes cheveux. À l'écran, Charles suivait Bea sur le toit de l'hôtel. La main de maman marqua un temps d'arrêt, puis se remit en mouvement.

Deux heures plus tard, Emma lisait un script devant le plan de travail. Tout le monde était allé se coucher et la pièce était sombre, éclairée seulement par la suspension. Un homme entra. Il était ganté et armé d'un tuyau de plomb.

À sa vue, Emma tendit la main vers le couteau posé sur l'égouttoir. C'était juste hors de sa portée. Elle essaya de tirer l'égouttoir à elle, mais celui-ci bascula et s'écrasa par terre, à l'autre bout du plan de travail, projetant le couteau encore plus loin.

Il lui assena un coup sur la tête et ses jambes fléchirent. Elle lui donna des coups de pied, le griffa, le repoussa et réussit ainsi à ne plus être clouée contre le plan de travail. La porte du jardin était toujours ouverte derrière eux, et elle se battait avec lui. Le sol devenait glissant sous ses pieds. Elle parvint presque à passer la porte. Puis, elle se défendit sur place, s'efforçant de parer ses coups. Il la frappa de nouveau, et elle continua à lutter même quand le sang commença à jaillir de son crâne.

Lorsque maman entendit du bruit provenant du sous-sol, elle descendit de sa chambre et se retrouva nez à nez avec lui dans le vestibule. Elle essaya de courir vers la porte, mais il l'attrapa par le bras et lui érafla la poitrine avec l'extrémité acérée du tuyau. Elle se dégagea, mais il lui fracassa le crâne contre le mur. Quand elle retrouva ses esprits, il la maintenait contre le mur et la frappait.

Il enfonça sa main dans sa gorge. Elle ne pouvait plus respirer, cette main l'étouffait. Mais elle lui donna un coup de genou à l'entrejambe et il fit un bond en arrière.

Elle passa la porte en titubant, se retrouva dans la rue et courut jusqu'au pub. Debout sur le seuil, en robe et collant, couverte de sang, elle réussit à articuler : « À l'aide. »

À l'étage, dans ma chambre, j'entends un râle, un déchirement. Comme si quelqu'un avait du mal à respirer. Au début, je crois que c'est mon imagination, puis un coup sourd, assez violent pour ébranler le mur de ma chambre, et ensuite plus rien. Je ferme les yeux, mais mon corps tremble sous la couverture.

Je vais d'abord dans la chambre de maman, mais son lit est vide, les couvertures rabattues. Je descends l'escalier dans le noir. La porte d'entrée est ouverte et l'air glacial s'engouffre dans la maison. Mes dents s'entrechoquent.

Maman n'aurait jamais laissé la porte ouverte. Il faut la refermer, car quelqu'un pourrait entrer, mais je ne parviens pas à m'en approcher. Il y a quelque chose d'humide du côté de cette porte. Quoi, je ne sais pas, mais ça bouge, dégouline le long du mur.

Le cœur battant à grands coups, je descends à la cuisine. Un faible cercle de lumière, provenant de la suspension, luit sur le script d'Emma et un verre de vin rouge, mais le silence règne.

Quelqu'un a renversé l'égouttoir, et l'un des couteaux gît près de mon pied. Il y a une horrible odeur de rouille dans la pièce. Je contourne le plan de travail – Emma est étendue sur le dos, le bras replié devant sa figure. La pièce est dans l'obscurité mais je vois que sa tête est gluante.

Je rampe jusqu'à elle. Le sol glisse sous mes mains et mes genoux. Je commence à écarter les cheveux de son visage, mais mes doigts sont pataufs, malhabiles. Je me penche davantage, jusqu'à voir les traces de vin rouge dans les plis de sa bouche. Elle sent le santal.

Lorsque j'entends des voix, je crois que les méchants sont revenus et je me précipite dans l'autre pièce pour m'y cacher. Je me réfugie derrière un siège et en contemple le dossier, les deux mains sur ma bouche. Du haut de l'escalier, on allume la lumière au sous-sol et je me couvre la tête de mes bras.

Un homme se penche pour m'attraper. Je continue à gémir, et il dit : « Ne crains rien, ma petite, tu es en sûreté. » Il me soulève, mes bras se nouent autour de son cou, ma bouche grande ouverte se colle à sa veste. Il me dit de fermer les yeux. Il dit : « Je compte jusqu'à dix. »

Mais je les rouvre trop tôt et, par-dessus son épaule, je vois Emma allongée par terre, à la lumière. Il y a du vernis doré, écaillé, sur ses ongles, et un coup de tampon pâli sur sa main, souvenir du concert auquel elle a assisté la veille. Le sol est taché de rouge, et il y en a aussi sur mes bras et mes jambes, ma chemise de nuit.

Le lendemain matin, un policier trouva la voiture de mon père à une centaine de kilomètres de Londres, abandonnée dans un champ surplombant la mer. L'une des portières était grande ouverte, et il y avait des taches sur le siège avant, comme si le conducteur avait été couvert de sang de la tête aux pieds.

Deuxième Partie

Affaires étrangères

15

Les recherches commencèrent là où la voiture avait été retrouvée. Bientôt, des dizaines de policiers se déployèrent autour du site. On ignorait si le sang sur le siège était le sien, s'il était l'une des victimes de l'agression, s'il était allé se traîner jusqu'à une cachette, à proximité.

Le champ était bordé par une falaise, un à-pic vertigineux au-dessus de la mer. Un Zodiac avec des plongeurs de la police fut dépêché sur place depuis les environs du promontoire. Il pouvait avoir sauté. Son portefeuille, avec des billets de banque à l'intérieur, avait été retrouvé dans la boîte à gants. Il n'avait pas tenté d'effacer les taches de sang et l'automobile avait été abandonnée dans un champ, bien en vue du village, en évidence.

S'il n'avait pas sauté, il pouvait avoir marché jusqu'au village de Newhaven, être monté à bord du ferry qui traversait la Manche et avoir débarqué en France. Il aurait laissé son véhicule au bord de la falaise exprès, afin de faire croire à un suicide. À l'heure où ces informations avaient pu être collectées, les deux premiers bateaux étaient déjà partis. On avait interrogé tout le monde au port, et à Dieppe des enquêteurs fouilleraient les ferries à leur arrivée.

Les investigations se prolongèrent dans Newhaven. Des policiers frappèrent aux portes, grimpèrent dans des greniers, visitèrent les rangées de cabines de plage peinturlurées. La petite ville a été bâtie autour du port et, sur les quais, les enquêteurs regardaient sous des enchevêtrements de filets et de bouées, à la recherche de taches de sang ou de traces de pas. Tout possesseur d'un bateau avait reçu l'ordre de vérifier qu'il n'avait pas disparu. Mon père s'y connaissait en navigation, il avait fait de la voile sur les Broads du Norfolk.

Une centaine de réservistes de l'armée s'étaient joints aux recherches. La police s'était vu accorder des moyens exceptionnels. Cette affaire faisant la une des journaux, les autorités ne voulaient pas commettre d'erreurs.

De Newhaven, soldats et policiers s'étaient transportés dans les South Downs, où ils avaient eu besoin de faux pour tailler les ajoncs. La battue s'était poursuivie toute la nuit, tandis que la pluie se transformait en neige fondue.

Le deuxième jour, on avait signalé la disparition d'un bateau à moteur. Un petit canot en bois, avec une bande verte. Un habitant du coin en possédait six qu'il louait aux touristes, et il lui en manquait un.

L'embarcation avait un moteur hors-bord et une barre. Elle était faite pour de courtes distances, mais, en théorie, pouvait traverser la Manche. N'en ayant pas loué depuis le mois d'août, le propriétaire ne savait pas de quand datait cette disparition. Il y avait eu une grosse tempête quelques semaines auparavant, le bateau avait pu rompre ses amarres.

Celui-ci ressemblait au bateau que mes parents avaient loué à Positano, des années plus tôt. Ils allaient se balader en mer avec une bouteille de chianti et des gressins. Un jour que mon père s'était assoupi, le courant les avait emportés en pleine mer, si bien qu'ils n'avaient pu rentrer qu'à la nuit. Ils m'avaient raconté cette histoire. À mon avis, c'était parce qu'il avait trop bu, mais ils avaient passé ce détail sous silence. Soleil et alcool n'avaient pas dû faire bon ménage. Maman aurait dû lui nouer un foulard autour du cou – au lieu de s'allonger contre lui sur le banc, soulevant son bras lourd pour le passer autour de ses épaules, et laissant le bateau dériver toujours davantage.

*

Un phénomène étrange se produit quand je lis tout ce qui concerne ces recherches. C'est comme s'il n'y avait aucun rapport avec les journées qui ont suivi à Londres, ni avec ce qui s'était passé chez nous, ni avec moi aujourd'hui.

On dirait une mise en scène. Quand je regarde ces policiers dans un champ sur les photos, je ne peux pas croire qu'ils aient jamais espéré le trouver.

Il y a six ans, je me suis rendue à Newhaven. J'ai traversé ce champ où son véhicule avait été abandonné et je me suis penchée au bord de la falaise. C'est plein de rochers, difficiles à éviter si on voulait tomber dans l'eau. Mais je sais qu'il n'a pas sauté. Ses amis n'auraient pas pris autant de risques pour le protéger s'ils n'avaient pas eu la certitude qu'il était vivant.

16

Les premiers jours s'étaient déroulés dans un calme feutré. Il pleuvait. Je ne mangeais plus, dormais énormément. Maman était toujours à l'hôpital et nous vivions chez Sabrina, dans son appartement à Edgware. Je ne me rappelle pas en être sortie. Sabrina me faisait la lecture et on jouait avec Robbie. Je ne savais rien de ce qui se passait ailleurs, au même moment. L'ampleur, la frénésie de ces recherches. Sabrina m'empêchait de regarder la télévision, et d'ailleurs je ne me souviens pas de m'être intéressée. J'ignorais que mon père était soupçonné. Je croyais que c'étaient des cambrioleurs qui avaient fait ça.

Tandis que la police fouillait les Downs, Sabrina m'enveloppait les mains d'une serviette chaude. Elle essuyait mes paumes, entre mes doigts. Je m'attendais à voir des taches rouges et brunes sur la serviette, mais non, elle m'avait mise sous la douche la nuit précédente, dès qu'on était arrivés chez elle.

Elle frotta mes phalanges, la peau entre chaque doigt, puis remplit un bol de petits cailloux et d'eau tiède.

– Les petits cailloux, c'est pour quoi ?

– Aucune idée, dit-elle.

Quand je remuais les doigts, cela cliquetait. Un bruit agréable, comme sur une plage de galets.

Elle m'avait fait un nid douillet avec des duvets et un ours en peluche dans un coin de son lit. Parfois, au cours de la nuit, je criais si fort que des vaisseaux sanguins éclataient au-dessus de mes yeux, laissant un pointillé rouge vif.

Sabrina secoua un flacon de vernis couleur corail et passa le petit pinceau sur chacun de mes ongles avec une lenteur appliquée. L'odeur montait à mes narines, annihilant celles de la veille.

Le vernis n'avait pas encore séché quand elle m'emmena voir maman à l'hôpital. Une infirmière nous guida le long d'un couloir et jusque dans la chambre où maman était en train de cracher du sang dans un gobelet. À notre vue, elle s'essuya la bouche d'un revers de la main. Je restais figée sur le seuil. Sabrina était déjà auprès d'elle, l'embrassant, prenant le gobelet souillé, demandant de l'eau à l'infirmière.

Maman me regarda, avec espoir au début, puis son visage se décomposa quand elle comprit que j'avais peur d'elle. Il y avait toujours des traînées rouges autour de ses lèvres, et Sabrina lui tendit un Kleenex. Je fis un pas en avant. Ses joues étaient bleues et enflées, comme si elle avait plein de petites pommes dessous. Elle avait beau essayer de me le cacher, je voyais les endroits où ses cheveux blonds avaient été rasés, son cuir chevelu recousu avec du fil noir. Sa blouse d'hôpital était assez fine pour montrer les bandages sur sa poitrine et son ventre. Elle en palpa un, comme s'il se passait quelque chose de ce côté-là, ou comme si elle souffrait.

Comme je m'asseyais sur son lit, elle me prit la main, alors même que deux de ses doigts étaient pris dans des attelles.

– Oh, ma chérie. Je sais que ce n'est pas facile de me voir dans cet état, mais j'ai quelque chose à te dire…

Elle parlait lentement, s'efforçant de ne pas bredouiller.

– Ton père était en colère contre moi. Pas contre toi.

Je ne comprenais pas pourquoi elle me disait cela. Je n'avais jamais pensé qu'il m'en voulait, même si, moi, j'étais furieuse contre lui. Il n'aurait pas dû s'installer dans le studio d'Ebury Street, il aurait dû être là pour nous défendre contre ces cambrioleurs.

– Il t'aimait beaucoup, dit-elle, avant de se taire et de baisser les yeux.

Elle avait de la peine à respirer. Derrière elle, Sabrina pleurait, le visage levé vers le plafond et les yeux clos.

– Ton père nous a fait du mal, à Emma et à moi.

– Ils l'ont tué ?

– Qui ?

– Les cambrioleurs.

– Non. Ce n'étaient pas des cambrioleurs. Personne n'est entré dans la maison à part lui.

J'acquiesçai, mais seulement pour qu'elle se taise. Je ne la croyais pas.

Le lendemain, tandis que Sabrina s'occupait de Robbie dans la salle de bains, j'appelai ma grand-mère. Quelqu'un d'autre décrocha – une domestique – et je patientai, le regard braqué sur la porte, tout en guettant des bruits de baignoire en train de se vider.

– Où est papa ? demandai-je, quand elle fut au bout du fil.

– On ne sait pas.

Sa voix était encore plus sèche au téléphone.

– Maman dit que c'est lui.

– Elle confond. C'est bien normal, dans ces circonstances. Ton père passait devant la maison quand il a vu qu'on se battait au sous-sol. Il est allé s'interposer et l'agresseur a pris la fuite.

Je n'en fus pas soulagée, à vrai dire : je savais bien, depuis le début, que maman se trompait.

– Il va se ressaisir, ajouta-t-elle. Il va bientôt revenir, et tout s'expliquera.

Si elle savait cela, c'était qu'il lui avait envoyé une lettre.

– Et à moi, il a envoyé une lettre ?

– Je ne sais pas. Où es-tu ?

Je regardai par la fenêtre et essayai de penser à un bobard.

– Chez Sabrina.

Ma grand-mère soupira.

– Tu devrais être parmi les tiens.

J'avais eu tort de l'appeler, et maintenant ce serait mon châtiment, la maison glaciale dans le Norfolk.

– J'aimerais parler à Sabrina.

Dans la salle de bains, Sabrina enveloppa Robbie d'une serviette éponge et me prit le téléphone, calant mon frère contre sa hanche.

– Bonjour, Deborah.

Elle me jeta un coup d'œil et je baissai les yeux, penaude.

– Hum..., fit Sabrina. Non, Faye préfère que les enfants restent ici.

Elle se rendit dans le salon, mais j'entendais encore sa voix.

— Vous voulez venir les voir… ? Tant que Faye sera à l'hôpital, je crois qu'il vaudrait mieux ne pas faire intervenir d'avocats, qu'en pensez-vous ?

Après cet appel, elle alla dans la cuisine et se mit à matraquer le plan de travail avec un sachet de fraises congelées.

— Pardon, dis-je.

— Ça ne fait rien, c'est ta grand-mère, tu as le droit de lui téléphoner.

Jetant une poignée de fraises dans le blender, elle ajouta du lait.

— Tu veux du miel ?

Comme je ne répondais pas, elle ajouta :

— Mon cœur, il faut essayer de manger un peu.

— Papa a envoyé une lettre.

Il me semble que Sabrina mit une éternité à traverser la pièce pour se planter devant moi.

— C'est une erreur. Maman croit que c'est lui, mais c'est pas lui.

Elle était immobile.

— Cette lettre… il l'a envoyée d'où ?

*

Au moment où elle m'en avait parlé, ma grand-mère avait déjà apporté la lettre à la police. Mon père lui avait sans doute demandé de la produire pour sa défense. Le timbre avait été oblitéré dans le Sussex, le village où vivaient Rose et James Fraser.

Dans son livre, l'inspecteur chargé de l'enquête se met en scène, demandant à Rose :

— Colin Spenser est-il venu chez vous le 18 novembre ?

— Oui.

– Pourquoi ne pas nous l'avoir dit ?

– Je n'ai pas cru que c'était utile.

Cette nuit-là, elle était seule à la maison. James travaillait à Londres et Alice était en pension. Selon sa déposition, elle s'était étonnée de voir le véhicule de mon père à la grille. Il était sous le choc, et presque incohérent.

Il avait déclaré avoir vu quelque chose à travers la fenêtre de la cour anglaise et s'être précipité pour intervenir. L'agresseur avait pris la fuite, mais maman était grièvement blessée, confuse, et elle l'avait accusé d'avoir tenté de l'assassiner.

– Pourquoi n'a-t-il pas alerté la police ?

– Il a paniqué. Il a pensé qu'on ne le croirait pas, que ce serait sa parole contre celle de sa femme. Elle sait se rendre sympathique, quand elle veut.

Lorsque l'inspecteur avait évoqué les taches de sang dans la voiture, Rose avait répondu qu'il y en avait sur ses vêtements quand il était arrivé chez elle. Il avait essayé de ressusciter Emma, qui baignait dans son sang, et s'en était à peine aperçu. Elle lui avait donné du cognac pour se remettre, et il avait promis d'appeler la police dans la matinée pour s'expliquer. D'après elle, il était allé se coucher, mais quand elle s'était réveillée le lendemain, il avait disparu.

Rose est avocate. Elle devait avoir pesé chacune de ses paroles pour ne pas risquer d'être accusée d'entrave à la justice.

La police avait fondu sur Ashdown. J'ai vu des photos aériennes de leurs recherches, il y avait tant de véhicules dans l'allée que certains étaient garés dans l'herbe. Des dizaines de policiers de la police technique et scientifique en combinaison blanche, à genoux sur la terrasse ou la pelouse. D'autres fouillaient du côté des écuries, et deux policiers retiraient la bâche protégeant la piscine. Il y en avait un, debout à l'intérieur du jardin clos, l'air fantomatique dans sa tenue pâle. Il avait quelque chose d'étrange là-bas, à l'écart des autres, comme s'il s'était perdu.

Il s'était écoulé quarante-huit heures depuis le meurtre. Désormais, la police pensait qu'il n'était jamais allé à Newhaven, qu'un de ses amis avait laissé sa voiture dans ce champ pour leurrer les enquêteurs, que les recherches là-bas et dans les South Downs avaient été superflues. Rose niait avoir conduit la voiture jusqu'à Newhaven. L'inspecteur demanda :

– Où est allé lord Spenser après avoir quitté votre domicile ?

– Je ne sais pas. Mais il devrait revenir bientôt.

Deux inspecteurs prirent le personnel à part et commencèrent les auditions à bord d'une des fourgonnettes garées dans l'herbe. Ils apportèrent des photographies. La première montrait Emma sur le pont Marie, à Paris, assise sur le parapet, en pull et jean retroussé. Derrière elle, un hôtel sur l'île Saint-Louis, avec de petits stores jaunes à chaque fenêtre. Ses cheveux étaient lâchés sur ses épaules, son regard était vif et chaleureux.

Sur la seconde, elle était sur le dos, les cheveux tirés. Elle avait des hématomes aux épaules, là où mon père l'avait molestée, et une marque rouge à la bouche là où il l'avait frappée. Certains domestiques avaient pleuré, mais aucun n'avait admis l'avoir vu le soir du crime.

Le lendemain, tandis que les policiers continuaient à perquisitionner, Rose avait conservé son habitude dominicale, qui consistait à se balader à cheval dans les bois derrière la propriété, puis à passer un bon moment à bouchonner son cheval. Et prendre un bain. Ni James ni elle n'avaient été arrêtés, ils avaient même dîné chez eux ce soir-là – dans la cuisine, comme c'était l'usage le dimanche.

Je me souviens de ce qu'elle commandait pour la fin des week-ends. Hachis Parmentier, croquettes de poisson, gigot d'agneau. Le genre de mets « tout simples » à ses yeux, même si leur préparation prenait des heures. Ils avaient dîné dans la cuisine à l'atmosphère chaleureuse, rideaux tirés pour ne pas être obligés de voir les lampes torches de la police au-dehors.

17

– Je viendrai te chercher à dix-neuf heures, dis-je à Robbie, tout en me demandant comment faire pour arriver à l'hôpital à temps, en venant du cabinet. On sera à Penbridge aux alentours de vingt heures trente, ils sont d'accord.

– J'ai parlé à mon patron…

Son job, c'est expert en assurances. Après une tempête, une inondation ou un incendie, sa compagnie l'envoie sur les lieux de la catastrophe afin d'évaluer les dégâts et décider du montant des indemnités à verser aux sinistrés à titre de dédommagement. Je ne crois pas qu'il fasse ce boulot par plaisir – plutôt pour éviter qu'un autre, moins compatissant, et qui pourrait chercher à réaliser des économies dans l'intérêt de son employeur, ne s'en charge. L'an dernier, il a été embauché après les inondations dans le Yorkshire à l'issue d'un bref entretien suivi d'une formation accélérée. La compagnie manquait cruellement d'experts. Il travaille en général plusieurs mois d'affilée, auxquels succède une longue interruption avant sa mission suivante.

— Bien. Tu as eu raison de le prévenir qu'il ne faudra pas compter sur toi ce mois-ci.

— On me demande dans le Lancashire.

— Non !

— Ça me fera du bien, ce changement de décor.

— Robbie, essaie seulement une journée là-bas. Tu pourras en partir quand tu en auras envie.

— J'ai besoin de travailler.

— On ne te renverra pas, si c'est un congé maladie. Tu n'es pas obligé de leur dire pourquoi.

— Peux pas. Bye, Claire !

Je l'appelle sur son mobile, qui est éteint, puis téléphone à l'hôpital. Une standardiste me connecte au service concerné, une autre me fait lanterner. Je contemple fixement la pendule au mur de ma salle de consultation. Six minutes d'attente, neuf. Elle dit :

— Désolée pour l'attente. Que puis-je pour vous ?

— Puis-je parler à Robbie Alden, s'il vous plaît ?

Elle pose le téléphone. Je patiente, pianotant sur mon bureau avec mon stylo.

— Il vient de signer sa décharge, dit l'infirmière.

J'accuse le coup, les yeux sur la moquette, les bras croisés. Je repense à Robbie hier, absorbé par sa lecture dans son lit d'hôpital, comme quand il était petit, une mèche barrant son front. J'essaie d'avoir un souvenir bien net, au cas où ce serait ma dernière image de lui.

*

Pendant des mois après le meurtre, chaque matin, quand j'allais à l'école, je m'attendais à voir mon père sur le trottoir d'en face. Je m'attendais à le voir mettre son doigt devant ses lèvres, pour s'assurer de ma discrétion, et qu'il me demande de l'accompagner ensuite dans le parc au bout de la rue. Il aurait l'air différent. Un manteau plus râpeux. La barbe. Plus mince. Il dirait : « C'était une terrible erreur. » Il m'appellerait par mon ancien prénom. Mon père avait toujours une façon bien à lui de prononcer mon prénom, donnant l'impression qu'il était plus long, ou plus significatif, comme s'il comportait plus de syllabes.

J'ai mis beaucoup de temps à cesser de l'aimer. J'ai encore peur de découvrir qu'il subsiste en moi un attachement à son égard, et que si je veux le retrouver c'est seulement pour lui dire que je ne suis plus fâchée, qu'il n'a plus à garder ses distances.

Je le revois, de l'eau jusqu'à la taille, sur la côte du Dorset, resserrant la sangle d'un masque de plongée avant de me le tendre en disant : « Essaie maintenant, qu'on voie si ça va mieux. »

Ou brandissant deux foulards sur un stand, au marché de Noël. « Bon, lequel pour maman ? »

Maman répondant au téléphone en riant, la main sur le cœur : « Oh, mon Dieu, j'ai cru que vous aviez eu un accident. »

Lui, tenant Robbie dans ses bras, dans notre jardin, et désignant du doigt un vol d'oies migratrices.

Tout cela, nous l'avons vécu, et pourtant c'est comme si ça n'avait jamais existé. Quelques mois avant de se blesser au genou, avant de prendre du Tramadol pour la première fois, Robbie s'était tourné vers moi, dans le métro, pour me dire : « Tu n'en as pas assez de penser à lui ? Moi, si. »

*

Le jeudi, je m'engage dans la rue d'Alice par une belle soirée de printemps. Elle vit à Chelsea, à la limite de Fulham. Je ne connaissais pas ce quartier. Le ciel est marbré de nuages roses, et il y en a beaucoup, les constructions étant assez basses pour laisser voir le ciel. Sous les nuages, des enfilades de maisons aux portes laquées, deux églises et un pub avec des chaises en osier installées sur le trottoir. Les maisons, qui sont carrées, avec des toits plats et des fenêtres aux contours soulignés de blanc, ont l'air banales et d'un prix abordable, sauf qu'on est à Chelsea et que ce n'est ni l'un ni l'autre.

Je sonne, rectifie ma tenue et ma coiffure. J'ai mis un jean, des bottines, et un nouveau pull en cachemire gris ardoise acheté pour l'occasion. Une abeille bourdonne autour de moi, et je suis en train de la chasser quand les verrous coulissent et la porte grince sur ses charnières. Alice porte une marinière et un jean retroussé au-dessus de ses pieds nus.

– Bonjour, dit-elle en se penchant pour me faire la bise.

Une petite chienne me renifle les jambes.

– Elle, c'est Stella. Désolée, j'ai oublié de vous demander si vous aimiez les chiens.

– Bien sûr que je les aime. Elle doit sentir le mien, dis-je, comme les gens font dans ces cas-là.

Je la suis dans le couloir jusqu'à la cuisine, qui a de grandes fenêtres, des plans de travail polis, et un fourneau à l'ancienne avec des boutons en laiton.

– Thé ? Café ?

– Du thé, merci.

Alice remplit la bouilloire et la met à chauffer. Je reconnais la cuisinière pour l'avoir vue sur la photo qu'elle a postée ce dimanche, celle d'un poulet rôti aux citrons grillés.

– Vous avez apprécié la soirée au Royal Court ?

J'acquiesce.

– C'est mon théâtre préféré.

– Moi aussi. Vous avez vu *Hangmen* ?

– J'ai adoré.

Tandis qu'elle tend la main vers une étagère pour attraper deux mugs, nous parlons de la pièce. Je lui avoue en avoir été tellement marquée que j'ai fait à pied les six kilomètres jusque chez moi après la représentation, ce qui est la vérité, et Alice affirme qu'elle-même y est retournée le lendemain.

Elle revisse les couvercles de quelques bocaux de farine et de sucre.

– Désolée pour le bazar…

– Mais non.

Sur le comptoir, des bols en pierre, et des étagères ouvertes où s'empilent verres et assiettes. Tout dans cette cuisine est ingénieux, même le liquide vaisselle. Les boutons en laiton du fourneau ont des rayons comme les roues de gouvernail des navires. Ici, ce n'est ni comme chez moi ni comme chez mes amis. Pas de menus de fast-food graisseux, ni de barres Mars entamées, et je serais étonnée qu'elle en ait planqué dans les tiroirs avant mon arrivée.

Elle dégage un espace sur la table à manger, écartant ordinateur portable et agenda, et feuillette un calepin jusqu'à trouver une page vierge.

– Bon, parlez-moi de cette réception.

– C'est l'anniversaire de mariage de mes parents…

– Ah oui, vous me l'aviez dit. Depuis combien de temps sont-ils mariés ?

– Quarante ans. Cette fête est une surprise.

Nos accents sont similaires. J'ai essayé de changer le mien en Écosse, mais sans y parvenir tout à fait.

Elle m'interroge sur la date et le lieu. Tandis qu'elle prend des notes, j'admire les fleurs et les plantes du jardin. On se croirait à la campagne. Une raquette de tennis est calée contre la clôture, et un hamac bordé d'une frange au crochet est tendu entre deux arbres. Sûrement celui rapporté de son voyage à Hydra.

On sonne à la porte, et Stella aboie. C'est une chienne ravissante, on dirait un husky miniature, avec des taches crème sur fond gris, et des yeux de couleur différente.

– Un instant, dit Alice.

J'entends la porte qui s'ouvre, puis sa voix claire lorsqu'elle signe un bordereau de livraison. Je retourne l'agenda vers moi et parcours un gribouillis de rendez-vous et réunions. Lorsque son pas résonne dans le couloir, je le remets à l'endroit.

– Désolée. Bon, vos parents ont-ils des préférences ?

– Maman raffole des crêpes.

Elle en faisait au beurre noisette à certaines occasions.

– Et votre père ?

– Lui, c'est les grands classiques : steak-frites, rôtis.

Il aimait aussi la mousse de lapin ; déjà, c'était suspect.

Alice hoche la tête. Elle a une petite marque en creux au-dessus du sourcil, blanchâtre, certainement la varicelle. On ne la voit pas sur ses photos, seulement à cette distance. Elle me parle des réceptions qu'elle a déjà organisées, s'enquiert de mon budget, explique les termes du contrat, propose de m'envoyer un exemple de menu. Une fois que tous les points ont été abordés, je la remercie et recule ma chaise.

– Et vous ? dit-elle en me raccompagnant à la porte. Qu'est-ce que vous faites dans la vie ?

– Je suis médecin généraliste.

Je me tiens sur le pas de sa porte et elle s'appuie au chambranle tout en m'interrogeant sur mon métier. On parle si longuement que la chienne vient s'asseoir sur son derrière à côté de nous.

Alice semble gentille. Je me l'étais dit au Royal Court, et encore aujourd'hui. Si c'est bien le cas, tout cela n'est peut-être pas indispensable. Je n'avais pas besoin de trouver un prétexte, de mentir. Si je révèle ma véritable identité, elle acceptera peut-être de m'aider.

Elle se penche pour retirer une graine de bardane accrochée aux poils de sa chienne. Je lui dirai tout, le jour où l'on se reverra, je crois, quand j'aurai trouvé par quoi commencer.

– Bon, j'y vais...

– Oui, pardon de vous avoir retenue. On se reparle.

À l'angle, je me retourne pour la voir sur le seuil, le bras levé, faisant signe à la chienne de rentrer.

Sur le chemin du métro, j'appelle Robbie sur son mobile. Il m'a envoyé un SMS hier, disant qu'il était bien arrivé dans le Lancashire mais qu'il était trop occupé pour parler.

C'est un contractuel. La plupart du temps, il se gère seul, visitant les sinistrés, menant des entretiens, remplissant des liasses de papiers pour chaque déclaration. Personne dans sa boîte ne soupçonne qu'il prend six cents milligrammes de Tramadol par jour. Ce n'est pas comme l'alcool, ça ne se voit pas, ni ne se flaire, sauf si on est déjà averti. Ce doit être épuisant pour lui, de se cacher.

Pendant ses trois jours d'hôpital, il a dû faire sans, peut-être n'a-t-il pas encore repris ? Il est encore jeune. Il peut continuer ainsi jusqu'à la fin de ses jours, ou bien arrêter. Certains le font.

Je tourne dans Fulham Road au moment où mon appel atterrit sur sa messagerie. Quelques minutes plus tard, j'en suis à me faufiler dans la foule devant Tesco quand mon téléphone sonne.

– Salut, Claire…

Je souris, ma tête s'incline vers sa voix.

– Alors, comment est-ce, le Lancashire ?

– Pas mal. Enfin, une partie est sous un mètre d'eau.

Le ton est enjoué, mais je sais : sa voix a quelque chose de légèrement artificiel, comme s'il imitait presque à la perfection nos conversations d'autrefois. Dès que je le sens, je suis saisie d'effroi.

Robbie me parle des maisons qu'il a déjà expertisées, de leurs propriétaires, mais je cesse d'écouter, ma paume pressée contre mon front.

– Bon, je te laisse…, dit-il. Je suis devant la suivante.

– Ça donne quoi ?

– Ils habitent au bord d'une rivière… alors, pas génial.

Une fois dans le métro, je passe ma carte magnétique, descends par l'escalator jusqu'au quai. Lorsque la rame arrive, ma voiture est presque vide. Je trouve un siège et ferme les yeux.

À la maison, je fais des recherches sur les traitements de la toxicomanie, les anciens, les nouveaux. Je me renseigne sur l'électro-acupuncture, la méthadone, la désensibilisation par mouvements oculaires, la thérapie équine, les cérémonies de l'ayahuasca.

Les cérémonies de l'ayahuasca, c'est intéressant. On s'envole pour le Pérou ou le Mexique, on se rend dans un centre de chamanisme pour boire un breuvage à base de lianes, un purgatif qui fait vomir et rend fiévreux. Ensuite, les hallucinations commencent. On en revient transformé, selon les dizaines de témoignages que j'ai parcourus, de personnes qui étaient dépendantes à l'héroïne, aux analgésiques, à l'alcool, et qui sont devenues sobres à l'issue de cette cérémonie.

Le problème, c'est que Robbie n'est pas motivé. Si seulement je pouvais le faire à sa place. J'assumerais la phase désagréable, la purge, et plutôt deux fois qu'une, si ça pouvait l'aider. Ce n'est pas juste qu'il souffre de ça et moi pas. J'ai sept ans de plus que lui. Peut-être est-ce pour cela que je m'en sors mieux, comme si la tendresse de maman avait été une couveuse qu'on avait débranchée trop tôt pour lui.

*

Je suis au travail quand un message d'Alice arrive avec un menu, un budget, et le contrat. Elle a ajouté un gâteau composé de couches de crêpes, pour maman, je présume. Je signe et suis les indications pour virer les arrhes sur son compte. Dire la vérité et solliciter son aide semblait aller de soi, chez elle, jeudi dernier, mais elle est proche de ses parents, elle a grandi avec leur version des faits. Elle n'aurait aucune raison de me croire plutôt qu'eux.

Le virement vient de passer quand un homme franchit le seuil de ma salle de consultation.

– Gil, entrez. Comment ça va ?

Il cale sa canne contre un fauteuil.

– J'ai attrapé un rhume de cerveau, enfin je crois.

– De la fièvre ?

– Non.

– Vous voulez bien vous lever ? Je vais vous ausculter.

Au cours de cette matinée, j'examine l'eczéma d'un bébé et prescris une pommade aux stéroïdes, je rédige un certificat d'arrêt de travail pour un patient qui s'est déchiré un muscle du dos, je parle à une étudiante de ses crises de panique et lui donne le numéro d'un psy. J'examine la prostate d'un homme, qui est enflée, et l'oriente vers l'hôpital pour un dépistage, je regarde dans les oreilles rouges d'un bambin et prescris un antibiotique.

Maeve est ma dernière patiente de la matinée. Elle se tient très droite sur sa chaise, les mains sur ses genoux et les lèvres si pincées qu'elles en blanchissent. Son regard ne m'a pas quittée depuis qu'elle est entrée, qu'elle s'est assise. Elle a une bague en or en forme de lièvre, et je me demande si elle l'a mise aujourd'hui pour se porter chance.

– J'ai une bonne nouvelle, Maeve, c'est bénin.

Les larmes lui montent aux yeux, je souris et lui tends des Kleenex, manipule de la paperasse le temps qu'elle enregistre.

– Si vous souhaitez qu'on enlève ce kyste parce que ça vous ennuie, on peut en parler, mais il n'y a plus aucune raison de s'inquiéter.

Après son départ, j'emporte mon téléphone dans la cuisine du personnel et prends connaissance de mes messages tout en préparant du café. Robbie n'a pas appelé, Alice si. Il semble exclu de lui parler d'ici, comme si un quelconque règlement me l'interdisait, et pourtant voilà que je compose le numéro et qu'elle me répond.

– J'ai votre contrat, dit-elle. Le menu vous convient ?

– J'ai pensé à ceci : mon père est dingue des beignets à la crème du Saint-John. Vous croyez pouvoir faire quelque chose d'équivalent ?

– Certainement, dit-elle, et j'entends un stylo-plume gratter du papier. Encore que je n'y aie jamais goûté. Je ne suis encore jamais allée au Saint-John.

Je le savais, bien sûr, c'était dans un commentaire sous l'une de ses photos.

– C'est tout près de chez moi. On y va ensemble ?

– Avec plaisir. Un midi, ce week-end ?

Comme on se salue, Laila et Anton entrent dans la pièce. Glissant mon mobile dans ma poche, je m'attable avec eux, et on bavarde jusqu'à ce que l'idée de revoir Alice s'éloigne, perde son caractère effrayant.

À midi et demi, ce samedi, je descends St. John Street. La rue aboutit au Smithfield Market, les anciens abattoirs – aujourd'hui, une vaste halle aux viandes. Alice attend devant le restaurant, en sandales et petite robe rouge. L'enseigne du restaurant, une boîte blanche striée de rouille, est suspendue au-dessus de sa tête. On se fait la bise.

– Il y a de l'attente ?

– Non, il reste une table.

Les murs de la salle sont en brique chaulée de blanc, des suspensions de style postindustriel pendent au plafond. Une lucarne de toit très en hauteur est maintenue en position fermée par des chaînes. Alice promène autour d'elle un regard satisfait.

– Vous prendrez du vin ?

Je hausse les épaules.

– Je ne suis pas de garde.

– Alors, prenons une bouteille, dit-elle, et sa voix est si détendue que je me demande si une part d'elle-même ne se souviendrait pas de moi.

Ce souvenir ne serait pas très précis, mais j'ai peut-être tout de même un air familier. Tout en attendant d'être servies, nous parlons de mon quartier, et du sien.

– Vous habitez Chelsea depuis longtemps ?

– Juste une année. Je vivais en Californie.

Je prends un morceau de pain et me rappelle que je ne suis pas censée le savoir.

– Ah bon ? Où ça ?

– San Francisco.

Elle ajoute que la Californie lui manque beaucoup, surtout les excursions sur la côte ou dans les montagnes. J'évoque ma propre expérience du camping à Glencoe, dans les Highlands, où nous allons chaque été, Nell et moi, depuis nos dix-sept ans.

– Pourquoi revenir ? dis-je.

– Pour être près de mes parents. C'était dur, toute cette distance…

Elle soulève son verre de vin.

– Et l'an dernier, maman est tombée malade.

– Oh, désolée. Et maintenant, comment va-t-elle ?

– Bien, je crois. Elle avait un cancer du sein, mais sur les derniers examens, c'est nickel.

Mon estomac se noue. J'imagine Rose durant et après les séances de chimiothérapie, et combien Alice a dû avoir peur – doit encore avoir peur. Je repense à Maeve et à mes autres patientes, attendant de connaître les résultats d'une biopsie, le dos bien droit, les phalanges blanchies. Je baisse les yeux, les lève vers la lucarne, regarde Alice.

– Une épreuve difficile, certainement…

– Elle a repris le travail. C'était le plus dur pour elle, être obligée de rester à la maison.

– Que fait-elle dans la vie ?

— Avocate.

Un jour, je m'étais assise sur un banc, devant l'un de ses bureaux de l'Inner Temple, et je l'avais vue transporter un classeur jusqu'à sa table. Elle était vêtue d'un chemisier blanc bien repassé, avait des lunettes d'écaille sur le nez, et j'étais restée là tandis qu'elle sortait les documents du classeur et les annotait.

— Vous avez toujours voulu être médecin ?

— Non. Ç'a été une décision plutôt soudaine.

On parle de la faculté de médecine et de l'université. Elle cite des noms d'amis à elle qui faisaient leurs études à la fac d'Édimbourg à la même époque que moi.

— Non, ça ne me dit rien, mais je n'ai pas la mémoire des noms…

J'aurais évité ses amis. J'évitais les étudiants d'Eton, Harrow, Bedales et Cheltenham. Ce n'était pas difficile, d'ailleurs, ils pratiquaient l'entre-soi.

Elle m'interroge sur mes frères et sœurs éventuels, et je déclare que j'ai un frère cadet, qui travaille actuellement dans le Lancashire, ce qui m'apparaît comme un nouveau mensonge, pourtant je n'en dirais pas davantage à quelqu'un d'autre.

Nous commandons deux beignets à la crème et, après y avoir goûté, Alice affirme :

— Ça, c'est dans nos cordes.

— Ah, tant mieux !

Elle bâille.

— Pardon. J'ai eu une séance de Pilates ce matin, très tôt.

Je lui demande si elle aime, et elle :

— Non, quelle horreur, je préfère les activités de plein air.

Je me rappelle la raquette de tennis calée contre la clôture et dis :

– Moi aussi. Je jouais au tennis, mais toutes mes amies semblent avoir abandonné.

– Il y a un court près de chez mes parents. Ça vous dirait qu'on joue ensemble ?

– Pourquoi pas ?

On se sépare sur le trottoir, dans les odeurs de fer portées par l'air humide depuis la halle aux viandes. Alice tourne le dos à ce marché, et derrière elle un homme chaussé de bottes en caoutchouc est en train d'arroser le pavé.

En retournant chez moi, je me demande si Alice a vu le documentaire sur mon père diffusé à la télévision il y a deux ans. Rose y apparaissait sur de vieilles bandes d'actualités, quittant le tribunal en blouse de soie et jupe de tweed, cheveux relevés par une barrette dorée. À sa place, j'aurais été curieuse de connaître le rôle que mes parents avaient pu jouer dans cette affaire.

Il m'a fallu du courage pour aller jusqu'au bout de ce documentaire. Je multipliais les pauses. Le pire, c'était les photos d'Emma sur la scène du crime. Elle était étendue sur le dos, la tête de côté, et autour d'elle le sol était barbouillé de taches noires. Certaines étaient petites et régulières. Les miennes. C'étaient mes propres traces de pas.

18

Il n'y a jamais eu de procès pour mon père – il s'était volatilisé, et on ne l'a pas jugé par contumace – mais une enquête du coroner fut diligentée pour déterminer les circonstances du décès d'Emma. Au cours de ma seconde année de fac, j'en ai demandé une transcription au service national des dossiers, à Londres. C'est arrivé dans ma boîte postale, à la résidence universitaire, par une froide journée de grésil du mois de février. J'ai apporté le paquet dans l'amphi, puis dans une salle de classe déserte, afin de le lire.

Le tribunal était situé à Westminster, dans Horseferry Road. Dans le silence de la salle, j'ai pris des notes. J'avais cru que ça me faciliterait la tâche, mais, déjà, la nervosité me rongeait. Ce n'était que la fin de l'après-midi, mais le chauffage semblait déjà éteint pour la nuit et je n'avais pas quitté mon manteau.

Le coroner avait interrogé les ambulanciers, les policiers, les experts médico-légaux, qui avaient vu Emma cette nuit-là ou examiné notre maison par la suite. Sa mort n'étant pas naturelle, il avait aussi interrogé des enquêteurs, des voisins, des témoins, des amis à elle et notre famille – sans oublier maman.

Il avait mené ces interrogatoires au cours d'audiences publiques, agissant comme une sorte de juge ou de procureur. Je n'ai pas eu la force de lire la première partie de la transcription, celle où il interrogeait le médecin légiste au sujet de l'autopsie. La deuxième, la déposition des ambulanciers, avait également été éprouvante. Mes mâchoires se crispaient, j'en étais presque à grincer des dents.

Impossible d'imaginer maman assise dans ce prétoire à écouter ce témoignage alors que les amis de mon père se trouvaient derrière elle. Quelques années plus tôt, j'avais vu ces fameuses photos qui donnent l'impression qu'elle était venue nu-pieds. Assise sur un banc, devant le tribunal, en robe bleue, sans souliers. Sa robe est bien trop courte, trop colorée, coupée dans un tissu brillant, comme une nuisette, et elle arbore un sourire lointain, hébété. Elle a un air décontracté et étrangement enfantin, avec ses mains de part et d'autre du banc et ses jambes qui se balancent. Les pieds sont bizarres, aussi, les talons rugueux et craquelés, les ongles couverts d'un vernis orangé. Cette photo a été reproduite des centaines de fois.

Elle m'avait avoué que ses souliers étaient trop serrés, elle n'avait fait que se déchausser ponctuellement. Mais ses pieds nus et son regard vitreux lui donnaient l'apparence d'une femme dérangée, déséquilibrée, malade, autant de qualificatifs que les amis de papa avaient employés à son sujet.

Avant l'enquête, Rose, James, Sam et les autres avaient affirmé dans des interviews que maman était détraquée. Selon eux, elle avait recruté un homme de main pour tuer Emma et faire accuser mon père. Ils mentionnaient volontiers que ses blessures étaient sur la partie antérieure du corps et trouvèrent un médecin pour affirmer que oui, en théorie, elle aurait pu se les infliger elle-même.

Et ils avaient ajouté plein de détails pour rendre l'accusation plus vraisemblable, comme le fait qu'elle convoitait la fortune de mon père. Qu'elle était si instable qu'elle avait un jour barbouillé le mur de sang menstruel à la suite d'une dispute. Qu'elle avait d'étranges goûts sexuels, aimait porter des combinaisons en PVC et faire usage d'un aiguillon électrique au cours des rapports sexuels.

L'un des amis de papa déclara qu'elle parlait la bouche pleine. Moi, je ne l'avais pas remarqué, mais c'était habile de sa part, un détail assez insignifiant pour faire vrai. Ils avaient dû bien s'amuser au Clermont, à lui inventer une flopée de penchants scabreux. Ces gens-là avaient toujours aimé les jeux de société.

J'avais compris pourquoi ils voulaient la discréditer. Si mon père était un jour condamné, les Fraser pourraient être jugés pour recel de fugitif ou complicité de meurtre, et les autres, pâtir de l'avoir fréquenté. Les résultats des analyses médico-légales prouvaient que mon père s'était trouvé sur place, mais non qu'il eût agressé les victimes – il n'avait pas laissé de fragments de peau sous leurs ongles, ni de cheveux. Ainsi, le principal élément à charge était maman, c'était le seul témoin. Ils voulaient s'assurer que personne ne croirait un traître mot de ce qu'elle dirait.

Pendant la pause, maman avait mangé toute seule à la cafétéria tandis que les amis de papa étaient allés au pub d'en face. Elle les avait peut-être aperçus, riant et parlant à des tables encombrées de pintes de bière et de *fish and chips*.

Je ne sais pas pourquoi maman s'était rendue seule au tribunal, si elle ignorait qu'elle avait le droit de se faire accompagner, ou si elle avait estimé que ce serait encore pire.

Après la pause, le coroner avait interrogé Rose. Dans la transcription, elle raconte l'apparition de mon père à Ashdown, la nuit du meurtre, et comment il avait prétendu que, passant à pied devant la maison, il avait vu qu'on s'y battait. Le coroner :

– Pourquoi lord Spenser passait-il devant la maison ?

Rose :

– Il s'inquiétait pour ses enfants.

– Pourquoi ?

– Il ne la croyait pas faite pour être mère.

– Pourquoi cela ?

– Faye avait traversé une mauvaise passe après la naissance de sa fille. Un jour, elle m'a dit qu'elle avait peur de s'approcher du bébé si elle avait un couteau à la main.

Tout mon corps tressaillit, comme si je m'étais tordu la cheville sur l'arête d'un trottoir. Je ne voulais plus être dans cette salle de classe, avec ses becs Bunsen et ses bouteilles de peroxyde d'hydrogène dont l'odeur m'écœurait. Fuyant le bâtiment, je me retrouvai dans Buccleuch Street et commençai à marcher en direction de Grassmarket. Édimbourg était dans le noir, fourmillant de gens rentrant chez eux à l'issue d'une journée de travail ou d'école. J'aurais voulu arrêter quelqu'un pour lui demander de l'aide. C'était absurde de ne pas pouvoir appeler maman pour lui dire : « Alors, tu as voulu me supprimer ? Tu regrettais ma naissance ? »

Je n'étais pas informée comme aujourd'hui sur ce qu'on appelle la « dépression post-partum ». Beaucoup de mères se voient lâcher leur enfant dans l'escalier, le noyer dans son bain, pousser le landau sur la route. Cela ne signifie pas qu'elles passeront à l'acte, ni qu'elles le souhaitent en secret. Ces fantasmes sont une façon de se tester, de s'assurer que son enfant ne craint rien.

Mais maman ne devait pas le savoir, à l'époque. J'imagine que ces idées la torturaient, qu'elle se demandait si elle était saine d'esprit, et s'il était indiqué de rester seule avec moi. Elle avait dû aller chercher de l'aide auprès de Rose, et voilà l'usage que celle-ci avait fait de ses confidences.

19

Je m'entraîne contre le mur, près des courts publics qui se trouvent non loin de chez moi. Des années que je n'ai pas joué au tennis, et je m'interroge sur son niveau. Alice a appris à jouer à Ashdown. C'est un point que nous avons en commun, mon père m'a donné des leçons là-bas. C'était un bon professeur, il ne s'impatientait jamais, même quand j'envoyais la balle par-dessus la haie et qu'il fallait aller la chercher.

Le soir tombe, les plafonniers viennent de s'allumer dans la cage d'escalier du HLM qui surplombe le terrain. Je rate mon coup suivant et Jasper court après la balle.

Je me demande si mon père joue toujours au tennis. Souvent, je m'interroge sur la façon dont il occupe son temps. Il était membre du Beaufort Hunt, peut-être a-t-il acheté un cheval ? Cela doit lui manquer. Parfois, la chevauchée durait toute la journée, vingt chevaux et leurs cavaliers en redingote noire, galopant à travers champs. Ou bien, il s'est mis à la cuisine. À la peinture.

Ces pensées me font toujours enrager, et je tape dans la balle à en avoir mal au bras et au dos.

*

Alice est déjà de l'autre côté du filet quand j'arrive. Burton Court est un club privé, il faut qu'elle vienne m'ouvrir. La main en visière, j'admire les vastes pelouses qui entourent les terrains de tennis. Tout cet espace, au cœur de Chelsea, ça semble encore plus stupéfiant vu de l'intérieur.

– C'était quoi, à l'origine ?

– Terrain de manœuvres, je crois. Aujourd'hui, propriété du Royal Hospital.

Elle est vêtue d'un short blanc et d'un pull bordeaux à rayures universitaires. Ce pull semble vieux, peut-être un souvenir de la fac. Devant nous, deux dames jouent en jupette plissée blanche. Moi-même, j'ai des leggings et un haut gris, je n'aurais jamais cru que certaines arboreraient encore des tenues blanches.

– Laquelle est la maison de vos parents ?

Elle me désigne la maison de ville couverte de lierre, de l'autre côté du terrain. La distance est trop grande pour voir à l'intérieur des pièces, on distingue seulement le marteau de porte doré.

– On fait d'abord quelques échanges ? propose-t-elle.

La balle vole au-dessus du filet. Quand elle roule au sol, je regarde la maison. Nous sommes un samedi matin, ses parents sont peut-être là.

Alice est meilleure joueuse que moi, mais elle est rouillée. Elle n'a sans doute pas passé cette semaine à s'entraîner, mais gagne néanmoins les trois premiers sets. Ensuite, nous sommes hors d'haleine, et les fins cheveux qui entourent son visage ont bouclé à cause de la chaleur.

– On va bien dormir ce soir…, dit-elle.

Cette sensation, comme un électrochoc. L'une des formules de maman. Elle faisait toujours cette réflexion quand nous avions passé la journée sur la plage, ou à excursionner sur le sentier côtier, et, en entendant ça, je me sentais extrêmement fière.

Maman me manque. Il aurait fallu qu'elle me dise quoi faire au sujet de Robbie. Il est toujours dans le Lancashire, il ne rentrera pas à Londres avant un mois, minimum, et je n'aime pas l'imaginer seul dans un hôtel. Au moins, il est occupé : après une tempête, les experts ont du pain sur la planche.

En retraversant les pelouses vers la sortie, Alice me raconte une histoire à propos de son père. J'écoute, pose des questions, pensant : « J'ai passé trois mois à l'espionner – ton paternel. Je l'ai suivi jusqu'à son bureau, son domicile, la gare. Je l'ai vu entrer dans un spa pour un massage et j'ai attendu qu'il en ressorte. »

On se sépare et, tandis qu'elle s'éloigne vers King's Road à la recherche d'un taxi, je prends l'autre direction, passant devant la belle maison. Le vent s'est levé et le lierre frémit sur la façade. En regardant l'imposte, je revois James traînant sa valise à roulettes jusqu'à cette porte, la dernière fois que je l'ai filé.

James a connu mon père en pension. Ils sont allés à Eton ensemble, avec Sam. J'ai visité un jour Eton dans le cadre de mes recherches. Là-bas, mon père a été heureux. Quel effet ça fait, de fréquenter un établissement avec une entrée de service pour les fournisseurs ? Où l'on vous prépare chaque soir un repas soigné qui se conclut par un plateau de fromages et des crackers ?

Où les touristes viennent vous photographier ? Cela a forcément des conséquences. On doit s'attendre à ce que la vie tourne à son avantage. Sans cette assurance, jamais il n'aurait pu planifier ce meurtre. Il croyait pouvoir s'en tirer.

À Eton, James et lui vivaient à Godolphin, et Sam non loin, à Waynflete. Ils ont grandi ensemble, de treize à dix-huit ans. Lorsque mon père a eu besoin de leur aide, vingt ans plus tard, ils ont dû être contents d'avoir l'occasion de faire leurs preuves. Ils n'auraient pas pu, dans l'enfance, inventer meilleur scénario pour tester leur courage et leur loyauté. S'ils avaient été pris à aider mon père à quitter le pays, ils seraient allés en prison. Ils ont choisi de l'aider à leurs risques et périls. Je suppose qu'ils aiment encore penser à cela, repasser tous les détails dans leur esprit, et que ce souvenir les réconforte.

M'éloignant de chez les Fraser, je tourne dans Flood Street. J'appelle une nouvelle fois Robbie, mais il ne répond pas et, de toutes mes forces, j'essaie de ne pas imaginer son mobile en train de sonner dans sa poche alors qu'il gît quelque part, inanimé.

20

Lorsque j'avais seize ans, maman rapporta un ordinateur de son bureau. Son patron avait dit qu'il allait le jeter, de toute façon, puisqu'il en avait commandé d'autres. Il fallait le redémarrer souvent, et la connexion par téléphone était si lente que, en général, j'avais le temps d'aller manger un morceau dans la cuisine pendant que la page se chargeait. Robbie avait pris l'habitude d'imiter le ronron du modem en train de commuter quand il passait devant ma chambre.

Dès que maman l'avait rapporté, j'avais compris ce que cet ordinateur signifiait, et j'avais failli déclarer que je n'en voulais pas, ou le faire tomber exprès du bureau.

Jusque-là, je n'avais jamais cherché des renseignements sur mon père. J'aurais pu demander au bibliothécaire de Crail de m'aider à trouver des articles sur lui, ou me servir du labo informatique de l'école, mais je n'aurais eu aucune intimité. Et je préférais tout oublier de cette nuit-là. Pendant toute une année, j'avais eu du mal à marcher sans sursauter et me reprendre ensuite, comme si j'avais failli écraser quelque chose.

Une semaine après l'apparition de cet ordinateur, maman déclara :

– Je dois aller chercher mes nouvelles lunettes à St. Andrews, tu m'accompagnes ?

Tandis qu'elle attendait chez l'opticien, je marchai jusqu'à mon bâtiment universitaire préféré, le manoir néogothique à la lisière de la petite ville, au-dessus de la mer, qui abritait les départements de philosophie morale, logique et métaphysique. J'avais de bons résultats aux examens, jusque-là. Je pouvais prétendre à m'inscrire à St. Andrews l'année suivante, suivre un cursus dans ce bâtiment, en logique et métaphysique. Cette idée me réjouissait, même si je n'avais pas d'idée précise sur le contenu d'un tel cursus.

Un groupe de filles avec des sacs à dos de cuir souple et des accents prononcés passa sur la route, et je me détournai. Mon ancienne école, Francis Holland, envoyait un tas de filles à St. Andrews, et je craignais d'en croiser une.

Même si elles venaient effectivement de mon ancienne école, elles ne m'auraient sans doute pas reconnue. Huit ans avaient passé. Après l'enquête, on était venus vivre à Crail, un village de pêcheurs au nord d'Édimbourg. Là, personne ne nous avait démasqués. Avant de partir, maman s'était teint les cheveux en auburn et avait changé de coupe. En outre, elle avait pris du poids, n'était plus frêle. Et elle s'habillait autrement. Ce jour-là, elle portait un jean et un manteau à motif léopard défraîchi.

Je retraversai le campus jusqu'à la rue principale. À la librairie, je dépensai l'argent du baby-sitting dans l'achat d'un nouveau roman, que je montrai à maman et Robbie dans le restaurant chinois où nous nous étions arrêtés. Maman dégusta une soupe *wonton*, moi un *chow fun* et la plus grosse partie du riz frit de Robbie.

Je n'avais commencé mes devoirs qu'après neuf heures du soir, décidant d'y consacrer une heure, puis d'aller au lit et de me réveiller tôt pour terminer. Je commençai à souligner un chapitre de mon manuel de physique, puis me levai et allai fermer la porte. Laissant le manuel ouvert sur mon bureau, j'allumai l'ordinateur.

Je désirais encore tout oublier de cette nuit-là, et en même temps voilà que je saisissais son nom sur le clavier. La vision des cheveux ensanglantés d'Emma s'imposa à mon esprit et je fixai du regard mon manuel jusqu'à ce qu'elle ait disparu. Puis j'attendis, pendant une éternité, que les premiers résultats se téléchargent.

Le site présentait de petits caractères sur fond noir et se composait de quatre parties : « Contexte », « Crime », « Enquête » et « Répercussions ».

Je regardai autour de moi. Les livres sur la table de chevet, le monceau de fringues par terre, les affiches, les cartes coincées sous le miroir. Un frisson me parcourut, comme si celui qui avait conçu le site m'espionnait, et qu'il allait ajouter tout cela dans « Répercussions ».

J'avais la langue pâteuse, irritée, comme si j'avais mangé trop de bonbons. Je savais qu'il y aurait des choses en ligne sur ma famille mais pas dans quelle proportion. Le site avait un forum qui comptait des dizaines de membres actifs. Son créateur, un certain Neil, avait ouvert la section sur le crime par une description de notre repas ce soir-là.

J'interrompis ma lecture pour traverser le couloir jusqu'à la chambre de maman. Ses chaussons étaient près du lit, et sa poitrine se soulevait doucement sous la couverture. J'avais envie de la réveiller, mais pour quoi faire ?

Au rez-de-chaussée, tout était dans l'obscurité, sauf les guirlandes lumineuses sur l'arbre de Noël. Elles étaient raccordées à un minuteur, qui ne marchait jamais. J'allai à la fenêtre. Quelqu'un avait déjà répandu du sel sur la route, car il était censé neiger au cours de la nuit.

Je vérifiai qu'on avait bien mis le verrou à la porte d'entrée. Toutes ces personnes sur le forum se plaisaient à se documenter sur nous. Je me demandais si l'une d'entre elles avait découvert où nous vivions.

Par la fenêtre, Crail avait son apparence habituelle. Les petites maisons de l'autre côté de la route avaient des couronnes à leurs portes et des guirlandes lumineuses aux fenêtres. Ces maisons-là donnaient sur la mer, et ces lumières étaient là aussi pour guider les pêcheurs.

Soulevant notre chien, Finn, du sofa, je l'emportai à l'étage. Il se pelotonna sur mon lit, et je retournai au bureau en songeant : « À tout moment, tu pourras t'arrêter. »

Mon père avait dîné avant de venir chez nous, à en croire ma lecture. La police avait retrouvé des assiettes dans l'évier.

Un peu plus tôt, il était allé travailler, selon le site. Il avait assisté à des réunions, rappelé des correspondants, et était sorti en vitesse dans l'après-midi pour récupérer un costume chez un tailleur de Conduit Street. À dix-huit heures, il retournait chez lui. Il avait parlé au téléphone à son cousin et acheté un journal au kiosque. L'un de ses voisins l'avait vu, il avait troqué sa tenue de travail contre un polo gris perle.

Puis, il s'était préparé à dîner. La nervosité ne lui avait pas coupé l'appétit. Je ne pouvais pas imaginer ce qui se tramait dans son esprit. Comment savait-il qu'il serait capable de le faire ?

J'aurais voulu savoir à quoi il pensait quand il était venu chez nous à pied et qu'il avait escaladé le mur du fond. S'il avait eu peur. S'il avait failli tourner les talons. Si le jardin lui semblait étrange, ou familier. Il y avait passé tant de temps, plantant tous les arbustes et buissons qu'il longeait en s'approchant de la porte.

Combien de temps était-il resté dehors ? Du jardin, il avait dû voir une femme devant le plan de travail de la cuisine, lui tournant le dos, sous une suspension. Il avait dû la prendre pour maman.

Il avait cassé la serrure. Forcément très vite, car Emma n'avait pas eu le temps de s'enfuir. Elle avait tendu la main vers un couteau et renversé l'égouttoir par terre. Le récit des coups assenés me fit claquer des dents et saliver. Avaler, respirer, me demandait un effort.

Emma était parvenue à se retourner. Elle devait avoir le visage en sang, à ce moment-là, mais pas au point de masquer ses traits. Il avait dû s'apercevoir de sa bévue. Il aurait pu s'arrêter, mais il avait brandi de nouveau le tuyau.

Il savait que j'étais à l'étage. A-t-il cru que je n'entendrais rien ? Ou savait-il que je serais trop lâche pour descendre ?

La police avait trouvé la vaisselle de son repas du soir dans l'évier et un torchon abandonné sur le plan de travail. Il n'avait pas nettoyé son appartement ni fait ses bagages, il devait avoir prévu de rentrer chez lui ensuite, pour se doucher, jeter ses vêtements souillés, peaufiner son alibi, s'assurer l'impunité.

Il avait dû faire tellement de recherches. Il n'était pas idiot, il savait que la police le soupçonnerait, et qu'il fallait inventer un scénario plausible. Si tout avait marché, il aurait eu la garde de Robbie et moi. Nous serions allés vivre avec lui, et nous n'aurions jamais rien su.

– Tu as veillé tard, hier soir, dit maman.

Elle était attablée dans la cuisine, en jean et chemise à carreaux rouges et noirs.

– Quoi ?

– Je t'ai entendue aller aux toilettes.

– J'avais beaucoup de devoirs.

Elle acquiesça et me contourna pour atteindre la cafetière. Savait-elle ce que j'avais lu ? Elle était très intuitive. Souvent, elle sortait une aspirine avant même de m'entendre me plaindre d'un mal à la tête.

Elle bâilla, mit du pain dans le toaster, s'approcha de la porte du jardin et dit :

– Il ne devait pas neiger, cette nuit ?

Non, elle ne savait pas. Robbie arriva et maman lui tendit une tranche de pain grillé.

– Pas faim…

– Mange un peu, je finirai, dit-elle.

Il était petit pour son âge, elle essayait toujours de lui faire manger plus de pâtes, de beurre, de crème.

Je pris mon petit-déjeuner. De l'autre côté de la table, Robbie tentait de repousser le toast. Un moule en cuivre en forme de cœur était accroché au mur derrière lui, et une brochette de poupées russes s'alignait sur l'appui de la fenêtre. Tout dans cette pièce était familier, mais la maison de Belgravia l'était aussi.

Finn quémandait sous la table. C'était un skye terrier, comme Greyfriars Bobby, le chien qui pleura son maître sur sa tombe pendant quatorze ans. Chaque fois qu'on allait à Édimbourg, je m'efforçais de convaincre Nell d'aller voir sa statue avec moi, et elle m'accompagnait seulement parce que le pub du coin, également appelé Greyfriars Bobby, acceptait parfois de nous servir.

Ayant contenté Finn, je rassemblai mes livres de classe. Au moment où je me chaussais, maman était au téléphone avec Sabrina au pays de Galles, comme chaque matin.

– Claire, ta chemise est à l'envers…

Au téléphone :

– Les chèvres de qui… ?

En partant avec Robbie, je lui fis un signe d'adieu, auquel elle répondit, distraitement, couvrant le micro de sa main alors même qu'elle ne parlait pas.

Nell passa tout le trajet en bus courbée sur une feuille d'exercices.

– Pourquoi tu ne l'as pas fait hier soir ? m'étonnai-je, et elle soupira.

Le feuillet était grisâtre sur les bords et déchiré. Nell ayant quatre frères et sœurs, la plupart de ses affaires étaient en loques en ressortant de chez elle.

Elle se mordillait le pouce.

– Et celui-ci ?

– Mettre en évidence le facteur commun.

– Comment je fais ?

– x plus y, x moins y.

Elle répondit à la dernière question et rectifia sa queue-de-cheval. Un tracteur passa à côté de nous, répandant du sel étincelant sur la route avant la tempête de neige.

– Tu crois qu'on nous fera sortir avant l'heure ? dit-elle.

Je regardai les autres élèves dans le bus en me demandant ce qu'il adviendrait si elles apprenaient qui j'étais. Les filles à Francis Holland avaient cessé de me parler. Toutes, sans exception. Lorsque maman venait me chercher, je faisais en sorte d'avoir l'air de sortir en compagnie de camarades. Parfois, je me retournais ou j'agitais la main, pour donner l'impression de dire au revoir à une copine.

Ici, les réactions seraient différentes. Certaines pourraient m'apprécier davantage pour cette raison-là – et ce serait encore pire.

21

Alice et moi avons nos habitudes. Le samedi matin, on joue au tennis avant d'aller à pied jusqu'à Orange Square pour y prendre un café glacé et une viennoiserie en terrasse.

Nous avons assez de points communs pour n'être jamais à court de sujets de conversation, en particulier depuis que j'ai étudié ses photos. Je m'efforce de ne pas être trop familière, cependant, de garder une certaine réserve. On parle principalement boulots, bouquins, voyages. Je me suis documentée sur certaines destinations afin de pouvoir en discuter avec elle. Positano, Courchevel, les Maldives. Je me répète que ce n'est pas vraiment mentir, puisque j'y suis allée avec mes parents quand j'étais petite – seulement, je ne m'en souviens pas.

Je ne vais pas souvent à l'étranger. Mon père m'a gâché toute envie de dépaysement. À chaque fois, je me demande s'il vit dans cet endroit que je visite. En train ou en voiture, je regarde défiler villages et maisons, torturée par l'idée qu'il pourrait s'y trouver.

Il y a peu, nous avons commencé à aborder notre vie privée, ce qui est un soulagement car je n'ai pas besoin d'inventer quoi que ce soit. Elle m'a demandé si j'avais l'intention de me marier et j'ai dit non. Je n'ai pas ajouté : « Tu te marierais, toi, avec les parents que j'ai eus ? »

– Et toi ? dis-je. Qu'est-ce qui n'a pas marché dans ta dernière histoire ?

– Son autre copine m'a téléphoné…

– Non ! Je croyais que vous viviez ensemble.

– C'était le cas. Sa boîte avait un bureau à Seattle, il y passait la moitié de son temps. On a découvert qu'il parlait mariage avec chacune de nous. Je crois qu'il aurait continué. À soixante-dix ans, j'aurais pu découvrir qu'il avait une autre famille…

– Incroyable !

– Pas ma meilleure année…, dit-elle en coupant son croissant en deux.

Il me semble qu'elle m'aime bien, mais que je remplis un rôle aussi pour elle. Elle n'est pas rentrée à Londres depuis très longtemps. Ses amies vivent en Californie, et la plupart de celles qu'elle avait gardées ici ont à présent des enfants ; elle ne semble pas les voir souvent.

Ensuite, on va faire une petite pause verdure dans Ebury Square, le temps de finir nos cafés. Sauf une fois, où j'ai traversé le square avec elle pour acheter un bouquet de fleurs, et une autre où on a lu ensemble le journal.

Ce matin, comme j'annonçais devoir aller faire des courses à la boutique hors de prix qui borde le square, elle a dit : « Je viens avec toi, j'en profiterai pour faire les miennes. »

Elle a pris quatre steaks au rayon boucherie.

– Ce soir, c'est l'anniversaire de mon père. Je serai aux fourneaux chez eux.

Elle est fille unique, je me demande qui sera le quatrième convive.

Pendant qu'Alice s'active en cuisine, je retrouve Nell dans un resto chinois sur Wardour Street. Elle est venue à Londres ce matin pour le travail et a quelques heures de liberté avant d'attraper le train de nuit pour Édimbourg.

Il commence à pleuvoir et notre vitre se couvre de buée. Je me demande si Alice utilisera quand même le barbecue. Je l'imagine sous un parasol, retournant les steaks tandis que ses parents et leur invité prennent un verre à l'intérieur. Nell me regarde.

– Quoi ?

– Je t'ai demandé si tu devras emprunter un sac de couchage.

Je n'y suis pas. On se regarde en chiens de faïence, puis je me rappelle, avec un pincement au ventre, qu'on est censées aller camper à Glencoe en juillet.

– Nell, ne m'en veux pas, mais, cette année, je ne pourrai pas.

– Très drôle.

– Non, c'est vrai.

Je ne veux pas lui mentir, mais si je parle d'Alice, elle sera encore plus furax.

– Je vais être obligée de rester au cabinet.

– Tu n'as pas posé tes jours de congé ?

– Harriet va bientôt prendre son congé maternité, dis-je, ce qui est la pure vérité. Tout le monde doit y mettre du sien.

– En septembre, alors ?

J'acquiesce, même si je suis incapable de faire des projets à aussi long terme, car j'ignore à quoi ma manœuvre avec Alice aboutira. Une fois de plus je m'excuse, un serveur apporte notre bouteille de vin, et Nell prend une longue gorgée. Je l'interroge sur son rendez-vous. Nell traduit du suédois pour quelques éditeurs londoniens. Elle me montre un nouveau manuscrit, avec, dans les marges, les notes qu'elle a prises lors du rendez-vous.

Nos raviolis arrivent, nous mangeons de bon appétit, nous disputant la coupelle de sauce aux prunes. Nell remplit nos verres. J'ai un vieux pull sur moi, pas de maquillage, et ça m'étonnerait qu'elle ait remarqué ma tenue. Quel plaisir d'être avec elle. C'est comme si une alarme sonnant dans une pièce venait d'être tout à coup débranchée. Je n'avais pas prévu que ce serait si éprouvant de se faire passer pour une autre. Chaque fois que je vois Alice, je lui mens. Je croyais que ce serait comme suivre James, mais elle, je l'aime bien, elle n'est pas comme ses parents.

– Tu as fini de repeindre la maison ?

Nell acquiesce. Je vais souvent chez elle, et son chez-soi m'est aussi familier que le mien. La lame de parquet qui grince sous les tatamis, les fougères devant la fenêtre de la salle de bains, à admirer tout en prenant sa douche, le frigo laqué de rouge.

Elle me parle d'un nouveau bar à Merchiston, ce qui me remplit de nostalgie. Comme j'aimerais me promener dans Morningside Road, avec les collines de Pentland au loin.

– Comment va Robbie ? demande-t-elle.

– Toujours pareil.

– Pas d'autres crises d'épilepsie ?

– Non, mais ça risque de recommencer, maintenant qu'il en a eu une.

– Où achète-t-il ça ? Il a toujours une ordonnance ?

– Non, par Internet.

– Tu as pensé à le dénoncer à la police ?

– Il ne me le pardonnerait jamais.

– Je pense qu'il comprendrait, finalement… compte tenu de l'enjeu.

À la fin du repas, je partage un taxi avec elle jusqu'à King's Cross. Dans la salle des pas perdus, elle dit :

– Le centre médical où bosse mon amie cherche un nouveau généraliste.

– Où ?

– Édimbourg, du côté de New Town. Envie d'envoyer ton CV ?

– J'y réfléchirai.

Elle me fait signe depuis l'extrémité du quai, puis monte dans le train et moi je vais prendre le métro.

*

Je suis encore au centre, en train d'en finir avec la paperasse, quand mon mobile sonne. D'abord des grésillements, puis la voix de Robbie :

– Salut, Claire !

Mon cœur se serre. Je n'avais pas entendu sa voix depuis des semaines, il ne m'avait envoyé que des SMS.

– Salut, Robbie.

Nouveaux grésillements, puis un vrombissement.

– Je peux passer la nuit chez toi ?

– Bien sûr, où es-tu ?

– Dans le train. À la hauteur de Coventry.

– D'accord, à bientôt.

Il me reste une heure de boulot, mais je finirai demain matin. Dehors, il bruine, et je bataille avec mon parapluie. Coventry, c'est à une heure de chez moi, minimum, mais je presse tellement le pas que c'est tout juste si je ne cours pas. Je dois rentrer et faire en sorte que tout soit prêt. Robbie pourrait avoir faim. Je m'arrête au magasin bio près de chez moi pour prendre un plat à emporter, une barquette de riz avec du tofu et des légumes. Il aime la sauce de soja, par conséquent je demande des dosettes supplémentaires.

Ensuite, je vais chez Marks & Spencer et remplis mon chariot de produits d'épicerie, en plus de produits frais, mais je choisis aussi des pizzas surgelées et des sachets de chips. Il a besoin de matières grasses, il est plus maigre que lorsqu'il avait dix-sept ans. Que dirait maman ?

Je sais de quoi il peut se satisfaire. Pain de mie moelleux, paquets de beignets saupoudrés de sucre glace, soupes industrielles à prix réduit. À cause du Tramadol, il n'a guère d'appétit. Il doit avoir souvent faim, mais sans s'en rendre compte.

À la maison, je dépose le plat préparé sur le comptoir. Tout ranger prend un certain temps, je n'achète jamais autant à la fois. J'allume partout, trouve un jeu de serviettes-éponges propre, des draps pour faire son lit sur le divan. Ensuite, j'attends. J'essaie de lire, je tends l'oreille. Des taxis passent sous la pluie, mais aucun ne s'arrête. Je consulte sans cesse mon mobile. Le plat préparé a refroidi, et je suis en train de le mettre au frigo quand on sonne à l'interphone.

Robbie se tient à la porte, dehors. Comme on s'embrasse, mon menton vient s'encastrer juste au-dessus de son épaule.

– Ah, enfin ! Qu'est-ce que tu fabriquais ?

– Rupture de rail, dit-il.

Je le jauge. Il n'a pas l'air très solide sur ses jambes, et chacun de ses gestes semble exiger de lui une attention particulière.

À mon étage, il reste planté dans l'entrée, toujours chargé de son sac à dos. Ses cheveux sont mouillés et plaqués sur le crâne, ses chaussures trempées. Il considère mon appartement, et je me demande s'il me déteste à cause de ce qu'il voit. Quand il se baisse pour flatter Jasper, ce dernier est en extase, il se souvient toujours de lui.

Robbie loue une chambre dans une colocation, à Peckham. Il a peut-être un hôte, il l'a peut-être sous-louée temporairement, ou bien il ne veut pas y retourner pour l'instant. Je ne poserai pas de questions, je ne veux pas qu'il se braque contre moi. Il tire sur les poches de sa veste, comme s'il avait du mal à en extirper quelque chose. Enfin, il extrait un papier de chewing-gum plié, le contemple, le range.

– Tu veux prendre une douche ?

Il opine.

– Je peux laver ton linge sale.

– Je m'en charge.

Il le retire de son sac à dos et le tient serré sur son cœur. Je l'entends refermer la trappe de la machine et verser le détergent. Puis il passe dans la salle de bains en chaussettes et prend une longue douche.

– J'ai utilisé ton masque de beauté, dit-il ensuite.

– Non, c'est vrai ?

– On ne voit pas de différence ?

– Tu as faim ?

– Je mangerais bien un petit quelque chose.

Il forme chaque mot avec soin, comme si sa bouche était pleine de billes.

Je réchauffe le plat préparé. Il s'assoit sur le divan, l'assiette sur ses genoux. Son contenu disparaît en un clin d'œil, j'aurais dû demander deux portions.

On prépare son lit sur le canapé convertible. Je l'avais acheté en pensant à lui. À l'époque, il vivait encore à Bristol et je voulais pouvoir l'accueillir chez moi. Il se cale contre les oreillers, et Jasper se couche en travers de ses jambes.

– Encore faim ? J'ai autre chose, j'ai fait les courses récemment.

Il fait signe que non. Je nous prépare tout de même un chocolat chaud, avec de la crème fraîche au lieu de lait. Il est si maigre. Il se sourit un peu à lui-même quand je lui tends son mug, et j'ai l'impression d'en faire trop.

– Tu dois retourner dans le Lancashire ?

– Non, j'ai terminé.

On regarde une série télévisée. À côté de moi, il rit silencieusement, secouant ses épaules, et la main crispée à quelques centimètres de son visage. Il a l'air différent, moins fébrile, et sa voix aussi a changé – elle n'est ni étranglée ni éteinte.

– Je ne crois pas que je devrais être à Londres, actuellement.

Je ne bouge plus d'un millimètre.

– Où veux-tu aller ?

– À Penbridge.

– D'accord. On appellera demain matin.

On se souhaite une bonne nuit. Je ferme ma porte et me couche. Il souhaite aller dans un centre de désintoxication, et il me demande de l'y conduire. C'est la première fois. Jusque-là, il avait seulement essayé de décrocher tout seul.

Je me réveille de bonne heure. Je dois appeler Penbridge. Si jamais ils n'ont pas de place, il y a plein d'autres centres. Les adresses figurent sur un tableau dans mon ordinateur.

Ma chambre est baignée de soleil. Aucun bruit n'indique que Robbie est déjà réveillé. J'ouvre la porte et lâche un cri. Ses draps sont pliés sur le canapé. Son assiette et sa tasse, rincées et disposées sur l'égouttoir.

22

À Crail, je faisais du baby-sitting chez les Fennell presque chaque semaine. Ils habitaient dans Marketgate, une grande maison de pierre avec un pignon à gradins. Un soir, j'attendais sur le perron, les mains dans les poches de mon manteau, les yeux sur la couronne de Noël accrochée à leur porte.

– Bonsoir, dit Rebecca. Merci d'être venue. On se gèle, non ?

Tout en chaussant des escarpins, elle m'interrogea sur l'école d'une voix chaleureuse et familière. On se connaissait bien, j'avais débuté comme baby-sitter chez eux deux ans plus tôt, à l'âge de quatorze ans.

Max et Lucy se précipitèrent dans le vestibule et s'agrippèrent à mes jambes. Après le départ de leurs parents, nous jouâmes à un jeu de société. Max alla se coucher tout seul, tandis que, assise sur le bord de son lit, je lisais *Le Petit Monde des Borrowers* à Lucy, qui se serrait contre moi. Je me demandais si leurs parents me feraient encore confiance, s'ils savaient pour mon père.

Une fois Lucy endormie, je redescendis au rez-de-chaussée et ouvris le frigo. Une pizza Margherita, des Tupperware contenant du risotto et des gnocchis, et une tourte au poisson achetée chez un traiteur réputé d'Édimbourg. Pour ne pas opérer de ponction trop flagrante, je picorai un peu de tout, ce qui, en définitive, leur semblerait encore plus étrange s'ils s'en apercevaient.

Mes devoirs faits, je déambulai ensuite dans la maison, qui était plus vaste que la nôtre, avec des parquets cirés et des tapis berbères. Dans la salle de bains des parents, j'ouvris les produits de beauté de Rebecca, de petits pots blancs tout simples aux noms français. Ils différaient des produits de maman, les masques d'argile et autres crèmes de massage pour les pieds à la menthe poivrée qu'elle achetait en promotion à la coopérative.

J'avais les yeux battus. Je dormais mal depuis une semaine, depuis que j'avais consulté le site web consacré à mon père. J'appliquai un peu de la crème pour les yeux de Rebecca, avec pour seul résultat que, maintenant, ils étaient luisants en plus d'être gonflés.

Un tas de pulls en cachemire noirs, bleu marine, blanc cassé étaient pliés sur le lit. Je n'aurais pas dû les apprécier. Je ne voulais avoir rien de commun avec mon père. Ce qui signifiait aussi que je ne pourrais pas aimer les chevaux, les yachts et les villas, même si la question ne se posait pas.

Mes copines à l'école n'avaient pas de scrupules. Elles pouvaient commettre des infractions, cancaner et mentir sans vergogne. Pas moi. Mon père était un menteur, il était exclu que je lui ressemble.

Quittant la chambre, je descendis me planter devant la télévision. Les Fennell avaient toutes les chaînes hors de prix, et je regardai *Les 39 Marches*. Je faisais toujours d'autres choix chez eux, comme si je redoutais qu'ils découvrent ce que j'avais regardé et me jugent à l'aune de ce critère-là. Mais peut-être étaient-ce mes véritables préférences, et peut-être que leur agréable maison me convenait mieux. J'espérais que non, que c'était seulement le phénomène habituel : on est à la fois plus détendu et plus attentif dans la maison d'autrui.

Lorsque je rentrai à la maison, maman était au salon. Je m'affalai à côté d'elle, sur le canapé.

– Alors, c'était comment ? demanda-t-elle.

– Bien. Ils étaient au lit à huit heures et j'ai regardé *Les 39 Marches.*

– J'ai de vieux souvenirs de ce film. Ça t'a plu ?

J'opinai, me décalant contre elle.

– Rebecca Fennell a des pulls très chouettes.

Maman gloussa.

– Tu m'étonnes !

J'aurais voulu lui dire le reste. Ils étaient en cachemire, j'avais eu envie de les essayer ; ça prouvait que j'avais des goûts de luxe, que j'étais comme lui, que je lui ressemblais ?

Elle me tapota le bras.

– Je vais me coucher. Tu penseras à éteindre les guirlandes de Noël ?

– Oui.

– Hier, tu as oublié...

– Compte sur moi.

Je tâchai de me documenter davantage sur mon père *via* Internet, mais impossible de me concentrer. La crainte qu'il y ait un inconnu dans la maison me poursuivait. J'étais déjà descendue à deux reprises pour voir si la porte était bien fermée.

J'étais postée à la fenêtre, à contempler la rangée de réverbères noyée de brume, quand cette idée germa en moi. Créant un compte sur le forum, j'ouvris un sujet de discussion : « Quelqu'un sait où Faye et les enfants vivent aujourd'hui ? »

J'attendis des réponses pendant une heure, puis j'essayai de dormir.

Le lendemain, je pris mon petit-déjeuner dans la cuisine avec Robbie, qui était en train de tracer le plan très précis d'une maison en pain d'épice, et maman, qui lisait le journal. Je considérai son visage, son cou et ses bras. Les coups qu'elle avait reçus ne semblaient pas avoir laissé de marques. J'avais lu que, au cours de l'agression, il avait enfoncé ses doigts dans sa gorge. J'aurais voulu lui demander si cela aussi avait guéri, ou si parfois elle avait encore mal.

– Tu peux sortir Finn ? me demanda-t-elle.

Je le promenai le long de la grand-rue, passant devant l'auvent rayé du East Neuk Hotel, où Nell et moi travaillions comme femmes de chambre l'été, et poussant jusqu'au port. Sur le quai, des touristes prenaient en photo des pêcheurs de langoustes, qui feignaient de ne pas s'en apercevoir.

Je m'assis sur un banc. Des embruns blancs jaillissaient par-dessus les murs du port, et mon regard se porta vers la mer grise, houleuse, en direction du Danemark. Une tempête menaçait. Personne ne devrait prendre le volant ce soir-là, et tous les magasins fermeraient plus tôt.

Passant devant moi, un couple entra chez Reilly Shellfish pour en ressortir quelques minutes plus tard avec des sacs en plastique pleins de glace et de moules. En mer, le gréement de la balise flottante cliquetait. J'adorais ce bruit, surtout la nuit, quand la bouée était invisible.

Je mis les pieds sur le banc et j'enlaçai mes genoux. Les vagues frappaient les coques des bateaux de pêche, et quelques morceaux de bois flottaient sur l'eau. Nous les ramasserions sur la plage, après la tempête. Maman aimait les brûler dans la cheminée, elle disait que l'odeur était meilleure.

Je ne voulais pas partir, mais si un participant à ce forum savait qu'on vivait là, il faudrait que je le dise à maman, et nous serions peut-être obligés de déménager à nouveau.

À la maison, je me reconnectai sur le forum. « Ils sont en Irlande, disait la première réponse. Ils vivent à Dalkey en ce moment. »

Je me tassai sur ma chaise. Ce n'était pas notre secteur, loin de là. Quelqu'un d'autre avait écrit : « Vous êtes sûrs ? La vie n'est pas trop chère, là-bas ? »

Ces gens en savaient plus long que moi sur l'état de nos finances. Mon père n'avait pas emporté l'argent de ses comptes en banque quand il avait disparu, apparemment. Maman y avait toujours accès, donc, puisqu'ils n'avaient pas encore engagé les pourparlers du divorce, mais elle avait refusé d'y toucher, se dessaisissant de la maison et de l'ensemble des biens communs au profit de ma grand-mère. Ce qui expliquait pourquoi nous avions été si gênés durant nos deux premières années en Écosse, avant que maman trouve un boulot chez le podologue, et pourquoi elle payait toujours des agios à la banque pour cause de découvert.

Je surveillai l'activité sur le forum toute la journée, qu'enrichissaient les diverses réponses postées. Quelques-unes confirmaient que nous étions en Irlande. L'une d'elles disait : « Mon copain bosse dans la police. Ils sont bien en Irlande, mais à Wexford, pas à Dalkey. »

Nul ne citait Crail. J'étais si contente que je faillis tout dire à maman. Puis la tempête frappa la côte tandis que je lisais un roman dans ma chambre, tout en écoutant la pluie cingler le toit. Nous étions à l'abri. Personne ne nous épiait, personne ne testait la solidité de nos portes et de nos fenêtres en notre absence.

23

Alice arbore une petite robe blanche de tennis, auquel le soleil ardent donne un éclat éblouissant. Je joue mal, j'ai la tête ailleurs depuis le début de la matinée et multiplie les fautes. Nous sommes en nage, chacune de nous s'essuie les mains et le front avant de servir. Elle gagne le premier set, et dit :

– On s'arrête là ?

J'acquiesce et débouche la bouteille d'eau avec les dents.

– Ça va ?

Elle vient de tressaillir.

– Un peu mal à la tête. Tu as de l'aspirine ?

– Pas sur moi.

– Ça t'embête si on va d'abord chez mes parents ?

Nous traversons Burton Court jusqu'à St. Leonard's Terrace et leur domicile. Je m'efforce de garder mon calme lorsqu'elle ouvre la porte du jardin, que nous remontons l'allée jusqu'à la porte et entrons. Je jette un coup d'œil à l'escalier habillé d'un tapis, à la salle à manger rouge, aux enveloppes déposées pêle-mêle sur un buffet. Alice me précède dans le couloir qui débouche sur la cuisine, où une verrière empiète sur le jardin.

Elle regarde dans un tiroir, soupire.

– Je reviens. Il y a de la limonade au frigo, si tu as encore soif.

Tandis qu'elle monte à l'étage, j'ouvre un placard pour prendre un verre. Voilà donc à quoi ressemble leur maison, à l'intérieur. Ses parents lisent ces journaux-là, froissés sur la table. Ils ont choisi ce service en porcelaine. Cet ordinateur portable appartient à l'un d'eux. J'ai du mal à ouvrir la bouteille de limonade avec mes mains moites de sueur.

Les épais murs georgiens absorbent les bruits, je ne saurais dire à quel endroit précis se trouve Alice en ce moment. J'ouvre l'ordinateur. On me demande un mot de passe, et je m'efforce de deviner celui qu'ils pourraient bien utiliser, quand une clé s'introduit dans la porte. Je m'écarte de l'ordinateur et me rapproche de l'évier au moment où un homme grand, filiforme, en polo bleu marine, entre dans la pièce. À ma vue, il fronce les sourcils.

– Bonjour, je m'appelle Claire… Alice est en haut.

Il me considère, et je suis consciente d'être en sueur, d'avoir des auréoles sous les bras, des mèches collées au front, d'être une intruse. Il regarde le verre dans ma main, et je songe alors à lui dire que c'est Alice qui m'a proposé de la limonade, je n'ai pas pris l'initiative de me servir à boire.

– Elle a mal à la tête, dis-je, finalement.

– C'est fréquent. Bon match ?

– On a fait mieux.

James est légèrement voûté. Il perd ses cheveux et je peux voir des taches de rousseur sur son crâne. Il commence à trier le courrier sur le plan de travail. Je ne sais pas quoi faire de mon verre – le laisser dans l'évier ou le mettre dans le lave-vaisselle ? L'un comme l'autre, nous semblons un peu gênés.

Enfin, Alice revient, dit bonjour à son père, prend une pêche dans une coupe, m'en offre une.

– Prête ?

Je pose mon verre dans l'évier et la suis au-dehors, dans le jardin où Rose est en train de déballer les envois d'un pépiniériste.

– Mon amie Claire, dit Alice, et Rose m'adresse un sourire distrait.

Je la regarde en songeant : « On a failli être placés en famille d'accueil à cause de toi. »

Alice parle de sa migraine, de l'aspirine, et Rose dit :

– J'ai compris que tu revenais cet après-midi, c'est bien ça ?

Sa fille opine.

– Je dormirai peut-être ici. J'ai l'impression de couver quelque chose.

– Je demanderai à ton père d'aller chercher Stella chez toi. Il doit aller à Putney, dit Rose, et je dois me retenir de lui demander pourquoi.

Alice prend congé, quelques minutes plus tard nous passons commande à notre café et, quand je songe à ma piètre prestation, j'en ai mal au cœur.

À la maison, je sors une bière du frigo et en explore le contenu. J'avais oublié toutes ces victuailles, les pizzas et les soupes surgelées, les gnocchis frais et les légumes verts, les agrumes que j'avais achetés dans l'idée que Robbie voudrait se faire un jus. Je ne pourrai jamais manger tout ça.

Une alarme de voiture se déclenche dans la rue. J'entends des voix qui proviennent de l'appartement du dessous, et l'air est saturé d'ozone. Je consulte mon planning pour ma journée de garde, lance une machine et m'assure que j'aurai des tenues propres pour la semaine.

Je me suis plantée. Les circonstances dans lesquelles James m'a vue – seule chez lui, prenant mes aises –, ça ne pouvait pas être pire. Ses parents ont noté mon embarras, j'en suis sûre. Ils en ont peut-être parlé à leur fille. Il me semble entendre Rose lui dire : « Quel besoin de te faire une nouvelle amie ? Tu en as déjà des milliers ! »

James paraît avoir beaucoup vieilli ces derniers temps. Je trouve la photo du Ramsden Club, découpée dans un journal, sur laquelle figurent huit jeunes gens en queue-de-pie, dont mon père, James et Sam. Tous trois ont l'air assez contents d'eux-mêmes. Ils avaient subi avec succès l'initiation : choisis parmi tous les étudiants de premier cycle à Oxford, ils allaient intégrer un club dont certains membres étaient devenus juges, acteurs, espions, ministre des Affaires étrangères, Premier ministre.

Je me suis renseignée sur l'une de leurs soirées. Le lieu – quelque part dans un pré, à l'extérieur d'Oxford – avait été tenu secret. Les invités, en majorité des filles, y avaient été amenés en bus. À tous, on avait distribué des masques blancs et des toges noires. Il y avait des têtes de cochon plantées sur des piques, et un grand feu au centre de leur cercle.

Mais il faisait légèrement trop froid. Et les masques tenaient grâce à un élastique, que certains trouvaient irritant. Quelques hôtes les avaient repoussés sur leur front, comme des lunettes de soleil. Des jeunes filles avaient enfilé des manteaux par-dessus leurs toges pour se réchauffer.

Ils paraissaient tous désœuvrés. Dans un tel cadre, parler des examens, cancaner, ou raconter des blagues, comme on le faisait d'habitude à une soirée, semblait inapproprié, mais il n'y avait pas d'activité de substitution. À la place, les gens déambulaient, se plantaient près du feu, regardaient la peau cireuse des têtes de cochon.

Deux des membres du club s'étaient mis à boxer dans la boue, ce qui était excitant au début, les flammes bondissant sur leur peau glacée, leurs cheveux noirs retombant dans leurs yeux, mais le combat s'éternisait et devenait ennuyeux.

L'un des chauffeurs de bus dormait derrière son volant, l'autre lisait le journal tout en piochant dans son sachet de chips. Leur parfaite indifférence à cette soirée était contrariante pour les membres du club. Ils auraient plutôt cru que ces types voudraient regarder, et peut-être même participer, auquel cas il aurait fallu freiner leurs ardeurs.

Les invités avaient faim. Personne n'avait apporté à manger, on n'y avait pas pensé. La fête était censée se prolonger jusqu'à l'aube mais à minuit la plupart des invités avaient commencé à rentrer en stop à Oxford.

Tôt le lendemain matin, un jeune participant était arrivé à l'hôpital avec trois côtes cassées, mais il avait refusé de dire ce qui s'était passé. Aujourd'hui, il siège au Parlement. Je me demande où il serait, s'il avait parlé.

24

— Bonne nouvelle, déclara Nell, dans le bus qui nous ramenait chez nous. Le frère de Caitlin va au Vix, ce soir.

— Il a de la place dans sa voiture ?

— Oui !

Chez Caitlin, on avala des Haribo cerise et but de la vodka tout en se préparant. L'une de nos amies m'avait dit que, si on filtrait de la vodka bon marché cinq fois de suite, ça avait le même goût que des marques de luxe. Je me rappelais cette info chaque fois que j'en buvais, même si je ne trouvais pas cela particulièrement intéressant, et je n'avais jamais eu l'intention d'essayer.

— Ferme les yeux, dit Caitlin, avant de tracer un trait d'eye-liner au ras de mes cils.

Nell changea la musique et troqua sa vodka contre mes Haribo. De grosses bulles se déplacèrent dans la bouteille quand je portai le goulot à mes lèvres.

Elle arborait un débardeur gris par-dessus une brassière jaune fluo et, pour ma part, j'avais emprunté une minirobe zippée. Nous enfilâmes nos duffle-coats, et je notai cette sensation spécifique qu'on n'a qu'en sortant l'hiver, celle des bras nus contre l'étoffe grossière.

Le frère de Caitlin et ses amis s'étaient regroupés dans la cuisine, et eux aussi buvaient de la vodka, mais sans bonbons. Il nous regarda.

– J'aurai pas assez de place pour vous trois.

– On se tassera, dit Nell.

– Salut, dis-je dans la voiture au garçon sur les genoux duquel je m'étais assise.

– Salut. C'est confortable ?

J'opinai, repris la bouteille de vodka à Nell, bus, l'offris à ce garçon, tout en me courbant pour lui laisser la place de manœuvrer.

– Tu peux monter le volume ? demanda Nell.

– Moi, c'est Tom, dit le garçon.

– Si on ne vous laisse pas entrer, je ne vous ramène pas, déclara le frère de Caitlin.

– T'en fais pas, dit cette dernière.

Nous étions allées toutes les trois dans un *head shop* à Édimbourg pour acheter de fausses cartes d'identité, que nous avions testées dans tous les bars de Grassmarket. Le seul endroit où l'on nous avait refoulées, c'était un club de strip-tease, ce qui n'était pas plus mal, à la réflexion. À la place, nous étions allées au kebab d'à côté et on s'était engueulées à cause d'une discussion sur la prostitution. Nell affirmait qu'il fallait la légaliser, et défendre les « travailleuses du sexe ». J'étais pour, à condition que les femmes se prostituent par choix, et non pas parce qu'elles n'avaient pas d'autres options.

– Et celles qui travaillent dans des centres d'appel ? Il faudrait interdire ces centres, à moins que les filles aient d'autres options ?

– Parfaitement !

– Si je reprends des frites, vous en voudrez aussi ? intervint Caitlin.

Nous acquiesçâmes.

Son frère se gara, et nous fîmes la queue devant le Vix.

– Tu crois qu'on va nous laisser entrer ? demandai-je à Nell.

Elle opina.

– On ne les a pas encore testées ici.

– Arrête !

On arriva à la porte, le videur me rendit ma carte et je suivis les autres à l'intérieur du club. Nell commanda une vodka tonic, et j'en fis autant. Je me servais d'elle comme d'un régulateur, ce cycliste dans les marathons qui précède les coureurs. Il me semblait que c'était préférable pour moi, d'en avoir un. Mon enfance ne m'avait pas spécialement préparée à savoir me fixer des limites.

Au bar, je parlai à Tom de son cours d'histoire. Quand j'inspirais, je sentais ma robe se plaquer contre ma cage thoracique, la froideur du zip sur mon ventre et ma poitrine. Nell commanda deux kamikazes pour elle-même, et je m'aperçus que j'aurais dû choisir un autre régulateur. Avec Nell, c'était comme ne pas en avoir du tout.

Tom m'accompagna dehors pour fumer une cigarette, puis nous allâmes sur la banquette de la voiture du frère de Caitlin. À notre retour, Nell lança : « Je lui dis qu'il faudra laver sa caisse ? » Ce qui nous fit rire. Sur le chemin du retour, je somnolai sur les genoux de mon amie, entre ses bras.

Je savais ce que les gens du forum auraient dit, s'ils m'avaient vue dans cette voiture avec Tom. Ils auraient pensé que je me mettais en danger, comme si se taper un garçon à l'arrière d'un véhicule, c'était dangereux. À les entendre, je voulais me punir, mais la punition était déjà là, et je voulais seulement profiter de la vie.

*

Ce lundi-là, à mon retour de l'école, la maison était vide. Je fis le tour des pièces en gardant mon manteau. Personne n'avait répondu sur le forum que nous vivions à Crail, mais cela ne voulait pas dire qu'on ne craignait plus rien. Mon père avait tenté d'assassiner maman – et il était toujours en vie. Il pouvait recommencer. Lui ou l'un de ses amis. Ou quelqu'un du forum, comme ce type qui avait posté la photo d'une femme – pas maman, mais elle lui ressemblait – nue, avec une bille métallique fourrée dans sa bouche.

La porte de ma chambre était juste assez entrouverte pour qu'un individu puisse se cacher derrière. Je la poussai, retenant mon souffle, m'attendant à ce qu'elle me revienne à la figure. La poignée heurta le mur et je poussai un soupir de soulagement avant de regarder sous les lits, à l'intérieur des penderies, derrière le rideau de douche.

Lorsque maman revint, j'étudiais à la table de la cuisine.

– Qu'est-ce que ce marteau fait là ?

L'outil était sur la table, près de mes livres de classe et de mes notes. Je désignai le sol.

– Un clou qui a du jeu…

Un marteau était apparemment plus fiable qu'un couteau. On n'avait pas à se soucier autant de précision.

Je me demandais s'il me serait difficile de me procurer un fusil de chasse. La plupart des grands propriétaires terriens dans les Highlands, à quelques heures de route plus au nord, avaient des armes. Des gens comme les amis de mon père étaient des chasseurs, et je trouvais injuste qu'ils puissent être armés et pas moi.

Des années auparavant, j'avais séjourné dans l'une de ces demeures. La famille de Sam avait un domaine près d'Inverness, et nous y étions allés pour le « Glorious Twelfth », jour d'ouverture de la chasse à la grouse.

Ils avaient six cents acres de chasse réservée. Les enfants n'étaient pas admis, mais je me rappelle avoir vu les chasseurs progresser à flanc de colline, petites silhouettes en gilet de chasse et casquette, fusil à l'épaule.

J'aurais dû prendre l'un de ces fusils et le cacher dans les bois. Aujourd'hui, je pourrais aller le chercher. J'aurais eu amplement le temps. Les adultes étaient absents toute la journée, parcourant la lande, tirant des milliers de cartouches. Pendant ce temps, je jouais dans le torrent, appelé ici un *burn*, qui courait, large et peu profond, sur un lit de cailloux et passait sous un pont à deux arches.

Les adultes ne revenaient pas déjeuner. Un membre du personnel franchissait les collines avec un petit camion pour leur apporter des paniers garnis de poulet froid et de langouste. Du torrent, je voyais le véhicule danser sur le sol ondulé, tandis que l'eau glaciale se faufilait entre mes chevilles. Je ramassais des cailloux. J'aurais dû les lâcher à ce moment-là, escalader la berge et retourner à la maison déserte et à l'armurerie. J'avais besoin d'un fusil maintenant, à Crail, parce que ce n'était pas fini.

Un jour, pendant ce même séjour, ils n'avaient pas pu tirer à cause de la pluie battante. Alors, mon père avait emprunté une Jeep, et nous avions tous deux traversé la lande en direction du loch. La pluie giclait, balayée par les essuie-glaces, et il fallait crier pour se faire entendre. Mon père me racontait que la grand-mère de Sam prétendait qu'il y avait un monstre dans leur loch. Un jour, elle avait nagé à sa hauteur quand elle était petite.

– Elle a eu peur ?

– Non, elle disait que c'était l'un des plus beaux souvenirs de sa vie, elle avait toujours voulu en voir un.

– Quelqu'un d'autre l'a vu ?

– L'oncle de Sam. On pourra l'interroger ce soir, à table.

La Jeep rebondissait sur les rochers et était éraflée par les ajoncs. Droit devant, le loch reposait sous les sombres montagnes. Comme nous en faisions le tour, j'en scrutais la surface, à la recherche du monstre. Une partie de la piste avait été effacée par la pluie. J'étais soucieuse.

– Ce n'est pas dangereux ?

– On passera.

Il me disait souvent de ne pas m'inquiéter.

25

Alice est couchée sur le ventre, chevilles croisées en l'air. Tout en bavardant avec moi, elle se frotte le haut d'un pied avec les orteils de l'autre. Devant nous, des femmes se tiennent sur le ponton, plongent, traversent à la nage. Les arbres qui entourent Kenwood Ladies' Pond sont assez touffus pour abriter l'endroit des regards, l'isoler du reste du parc. Je ramène mes cheveux mouillés par-dessus mon épaule. Venir ici était l'idée d'Alice, elle n'en revenait pas que je ne connaisse pas cet endroit.

Sur le talus au-dessus de l'étang, tandis que nos maillots de bain sèchent, nous parlons de nos ancêtres. On en sait long, elle comme moi, à ce sujet. La tante d'Alice est férue de généalogie, et je lui laisse croire que mes renseignements proviennent également d'un membre de ma famille, que ce n'est pas moi qui ai ouvert un compte sur un site spécialisé et payant afin d'accéder aux archives.

J'y ai consacré un certain temps il y a quelques années, recopiant avec application l'arbre généalogique de maman à l'encre sépia, en remontant sur six générations. J'aime à contempler cet arbre et à me rappeler que je tiens un peu de ces personnes-là – pas seulement de lui.

– Mon arrière-grand-mère ne voyait plus ses frères et sœurs, dit Alice, tout en resserrant les liens de son bikini.

– Pourquoi ça ?

– Ils étaient trois enfants, et c'était la plus jeune. À l'adolescence, son frère et sa sœur sont tombés amoureux et ils se sont enfuis…

– *Ensemble ?*

– Oui, ils ont changé de noms, et on ne les a jamais retrouvés.

Je suis allongée, le menton dans les mains, face à une abeille collée à un brin de trèfle. Une femme plonge dans l'étang et glapit, surprise par la fraîcheur de l'eau.

– Quelle mauviette… Ma mère se baignait ici en hiver, à l'époque où on habitait à Hampstead.

Je me tourne vers elle. Les Fraser n'ont jamais vécu à Hampstead, ils ont ce château dans le Sussex et la maison à Chelsea depuis toujours.

– À quelle adresse ?

– Flask Walk.

J'entortille une touffe d'herbe autour de mes doigts et l'arrache. Peut-être que je me trompe, peut-être qu'ils ont séjourné là-bas temporairement.

– Ce n'est pas dur de garder le secret ?

– Pardon ?

– L'anniversaire de mariage de tes parents… Tu n'as pas envie de leur en parler parfois ?

Sur l'autre rive, le vent écarte les branches d'un saule pleureur, révélant toute la place dessous. Pour la première fois, je me laisse imaginer que je ne lui ai pas menti, que mes parents sont heureux en ménage et que je prépare bien une fête pour leurs noces d'émeraude.

– Ce n'est pas facile, j'ai failli me couper plusieurs fois…

– Où se sont-ils mariés ? demande-t-elle, et son expression semble concentrée, plus sérieuse que d'habitude.

– Pas à l'église. Les tiens se sont unis il y a longtemps ?

– Trente-cinq ans, dit-elle, avant de rouler sur le dos et de fermer les yeux.

Je ne sais pas ce qui vient de se passer, si c'est un test. Va-t-elle me demander l'adresse de ce bureau d'état civil, consulter les archives et s'apercevoir qu'il n'y a personne sous mon nom d'emprunt ? Je tâche de me rappeler si je me suis trahie quand on parlait de nos ancêtres, mais je ne me suis pas appesantie sur les détails, et je n'ai prononcé aucun nom.

Alice semble s'assoupir. Je regarde la ribambelle de gilets de sauvetage orange et tente de trouver des réponses aux questions qu'elle pourrait me poser. Finalement, elle se redresse sur son séant.

– Prête ?

On retraverse le parc, verdoyant et animé par les ombres projetées par quelques rares nuages élevés, les oiseaux, et nous-mêmes. Je ne sais toujours pas si elle m'a tendu un piège, tout à l'heure, ou si, maintenant, elle est juste d'humeur taciturne. Elle sort un sachet de Maltesers qu'elle grignote tout en marchant. Alors qu'on passe par une cuvette près de Pryor's Field, j'entends un bruit, comme un gargouillis, et elle se fige. Elle lâche le sachet, porte la main à sa gorge et ses yeux s'écarquillent.

Je me place derrière elle, l'enlace au niveau du thorax, comprime son estomac. Son corps est agité d'un soubresaut. Je recommence, plus fort, et elle recrache la boule de chocolat.

Elle respire bruyamment, pliée en deux, en se tenant la poitrine. Nous sommes seules, personne n'a rien vu, personne ne vient nous demander si tout va bien. Alice s'est mise à rire, follement, et je m'affale dans l'herbe. Autour de nous, les arbres majestueux remuent sous le vent.

— Oh, dit-elle, tu pleures !

Je m'essuie les yeux sur ma manche. Elle s'assoit auprès de moi, passe un bras sur mes épaules et dit :

— Merci, Claire.

Lorsque mes genoux ont cessé de s'entrechoquer, nous repartons, bras dessus bras dessous. Alice me raconte ce qu'elle a ressenti, les idées qui l'ont traversée. Elle doit trouver ma réaction bizarre pour un médecin, mais je ne peux pas lui expliquer. Quand elle s'est étouffée, ce n'était pas ma faute, je n'ai rien à me reprocher, mais je me sens tout de même coupable, comme si je l'avais souhaité pour qu'elle se sente redevable à mon égard.

26

Maman était dans le jardin, en train de couper du bois. La lame accrocha la lumière quand la hache s'abattit, elle devait l'avoir huilée récemment. Le rondin se fendit et ses deux moitiés tombèrent dans la neige. Sa tâche accomplie, elle laissa la cognée plantée dans la souche, son manche rouge en l'air, ce qui était imprudent, n'importe qui pouvait venir la voler. Je descendis la ranger dans la remise.

Ce soir-là, maman fit du feu avec le bois qu'elle avait débité. Tout en regardant les bûches, je songeais : « J'attends que ça prenne, ensuite je lui pose la question. » Elle était toujours agenouillée auprès de l'âtre, et des tortillons de papier noirci s'envolaient par le conduit de la cheminée.

– Pourquoi a-t-il fait ça ?

Parce qu'elle avait trop longuement contemplé le feu, maman dut cligner des yeux pour me voir.

– Je ne sais pas, dit-elle.

J'avais déjà posé la même question – et obtenu la même réponse. L'air au-dessus du feu ondulait à la chaleur.

– C'est parce qu'il craignait que tu lui piques tout son fric ?

– Non, la plus grande partie de sa fortune était investie dans des trusts, on ne pouvait pas y toucher en cas de divorce.

– Et la maison ?

– Je ne voulais pas qu'on y habite. J'étais sur le point d'en acheter une autre à Highbury.

Cette nouvelle me bouleversa, comme si nous aurions pu échapper au drame.

– Il voyait quelqu'un ?

– Nous étions séparés, dit-elle vivement. Ça n'aurait pas été un problème.

– Était-il inquiet pour sa réputation ?

– Qu'entends-tu par là ? fit-elle, en se tournant vers moi.

Avec sa bouche large et ses yeux enfoncés, elle ressemblait si peu à celle qu'on voyait sur les anciennes photos. Derrière elle, l'une des bûches s'effondra dans l'âtre.

– À cause du divorce. Il a cru que tu allais colporter des ragots sur son compte ?

Elle haussa les épaules, tendit la main pour déplacer une bûche qu'elle retira dans un pétillement d'étincelles.

– Tu as bien dû trouver une explication ?

– Il m'en voulait. Il devait croire que je le gênais.

– De quelle façon ?

– Je ne sais pas, Claire.

– « Gêner » en quoi ? Pourquoi ses amis l'ont-ils aidé ?

– Ils le connaissaient depuis plus longtemps que moi.

– Et Emma ?

– Ils n'en avaient rien à faire, d'Emma.

Il y a huit ans, je suis allée voir Nancy, sa mère, à Birmingham. Profitant d'un jour de congé, j'avais pris le train vers le nord, puis un taxi pour aller jusque chez elle, à Balsall Heath.

Je lui avais d'abord écrit, elle m'attendait. Nous avions pris place au salon et elle m'avait raconté comment elle avait vécu cette tragédie. Comment elle vivait cette tragédie. Moi, je restais immobile, clouée sur place tandis qu'elle parlait, les yeux rivés sur le tapis.

Elle s'était séparée de son mari, le père d'Emma, deux ans après l'assassinat de leur fille. Elle le revoyait de temps en temps, et tous deux espéraient qu'un jour ce ne serait plus aussi pénible, et qu'ils pourraient reprendre la vie commune.

Ils avaient dispersé ses cendres sur une colline en France, près de l'Aubrac, où ils avaient passé des vacances quand elle avait dix-sept ans.

— Elle s'y était tellement plu. Elle affirmait qu'elle n'avait jamais vu un paysage aussi magnifique.

Elle m'avait montré la photo d'un monastère qu'ils avaient visité et où, lors des tempêtes de neige, les cloches sonnaient pour guider le voyageur égaré.

Nous avions feuilleté des albums pleins de photos d'Emma. Nancy m'avait regardée fixement et je m'étais demandé si elle s'efforçait de le voir, *lui*, en moi.

— Ma mère aimait beaucoup Emma, avais-je dit. Elle s'est sentie coupable d'avoir survécu.

— Je sais. On s'est écrit.

J'avais sursauté.

— Ah bon ?

— Je suis allée la trouver après l'enquête, pour lui dire que ce n'était pas sa faute.

Là, j'avais fondu en larmes.

– On s'est vues plusieurs fois. Dans un salon de thé près de la gare d'Édimbourg. Comment s'appelle-t-elle, cette gare ?

– Waverley Station.

– Ah oui… Waverley Station.

27

Le tableau représente des huîtres et des citrons, peints il y a quatre siècles en Hollande, et il me fait pitié – fallait-il qu'il échoue ainsi dans cette salle pleine de braillards, dont l'un le rapportera peut-être chez lui ?

Alice me tend une flûte de champagne et reste ensuite à mon côté, elle regarde cette œuvre. Nous avons passé beaucoup de temps ensemble ces dernières semaines, depuis cet après-midi dans le parc. Je ressens toujours une certaine culpabilité, comme si j'avais souhaité cet incident, sachant à quel point voler à son secours servirait mes desseins. Il est vrai que notre amitié en a été changée presque instantanément. On s'est mises à se faire des confidences au téléphone, à se voir plus souvent, et elle m'a invitée à des balades, des restos, des séances de cinéma, et aujourd'hui ceci : un vernissage chez Sotheby's.

Nous nous trouvons dans une salle de natures mortes qui seront mises aux enchères la semaine prochaine. Je passe à une autre peinture – des tulipes rouges ébouriffées et une truite argentée –, et l'idée qu'un particulier aura bientôt le droit de se l'approprier me révolte. Alice me désigne les délicates écailles humides. Derrière nous, un type décrit sa fête d'anniversaire. « Le thème, c'est la figure du benjamin. Chaque table aura le nom d'un benjamin de légende. »

C'est la fin du mois d'août. Il y a quelques jours, j'ai dit à Alice que mon père s'était cassé la hanche et qu'il me fallait annuler la fête. Elle a été déçue pour nous et a déclaré que, bien entendu, elle ne me ferait rien payer. Elle voulait me rembourser les arrhes également, mais j'ai refusé catégoriquement.

Pour le moment, elle est toujours plongée dans la contemplation du tableau. C'est une compagne agréable dans cette circonstance, discrète et pensive, et semble-t-il capable de s'abstraire de ce contexte bruyant. Je bâille, envisage de m'en aller pour revenir demain matin, quand la galerie sera ouverte au public et débarrassée de tous ces gens prétentieux et grossiers.

J'ai passé la nuit à me ronger les sangs au sujet de Robbie. Et presque tous mes patients aujourd'hui ont été difficiles. L'une s'est plainte de l'attente, et je n'ai pas pu lui dire que, si j'étais en retard, c'était que la personne qui l'avait précédée m'avait confié qu'elle avait commencé à se mutiler avec un rasoir.

Je suis Alice dans une autre salle, me faufilant entre le chambranle et un groupe dans le passage. Au milieu, parlant haut et fort, Sam.

Mon pouls commence à palpiter partout dans mon corps, plus particulièrement mes veines, ma gorge, le creux de mes genoux. La dernière fois que je l'ai vu, c'était il y a trois ans, lorsque le journal avait publié l'article sur sa maison à Chelsea. Lui aussi m'avait vue, devant sa maison, sur le trottoir d'en face, et il m'avait dévisagée, l'air intrigué.

Il porte un pantalon jaune et une chemise blanche rentrée sous la ceinture. La ligne d'implantation de ses cheveux roux a commencé à régresser et, avec ses sourcils clairs, son front en paraît d'autant plus bombé. Il a un visage démodé, c'est sûrement en rapport avec ses yeux bleu clair et le grand espace entre son nez et sa bouche.

Il tient son poing contre ses lèvres en déglutissant, pour que personne ne prenne la parole. Sa cour attend qu'il se soit raclé la gorge.

– Hier, je suis rentré du squash et, comme j'étais vidé, je me suis posé devant le tableau, le temps de récupérer…

Il commence à décrire la nature morte qu'il possède, peinte par l'un des maîtres hollandais dont les œuvres seront en vente lors de cette adjudication. Je note que sa langue est blanchâtre. Une femme dit : « Je crois que cette période marque… »

– Alice !

Elle sourit à sa vue. Lui enlaçant les épaules d'un bras protecteur, il la présente au groupe.

– Voici ma filleule.

– Tu connais mon amie, Claire ? dit-elle.

Comme il me fait la bise, je suis assez proche pour flairer l'odeur de whisky imprégnant son haleine.

– Enchantée…

Il me toise, reporte son attention sur Alice. Il ne m'a pas reconnue.

– Que s'est-il passé avec ton comptable ?

– C'est un désastre, dit-elle.

– Bon, dînons ensemble cette semaine, tu me raconteras.

– Entendu. Tu as vu qu'ils servent ton vin ?

Sam possède un vignoble dans le Kent, nommé Dionysos. Il intercepte une serveuse et lui demande d'aller chercher une bouteille. L'étiquette indique que Dionysos était le dieu grec du Vin. Son quasi-homonyme était un tyran qui gouverna Syracuse dans l'Antiquité et ordonna des centaines d'exécutions, ce que je m'abstiens de mentionner.

– Et tes vignes ? demande Alice.

– Bien, bien, complètement remises.

Au groupe, il précise :

– Il y a quatre ans, nous avons subi le mildiou, et perdu presque toute la récolte.

Je retiens un sourire, je n'étais pas au courant.

– Il paraît que le sabotage est fréquent en France.

– Qui t'en voudrait à ce point ?

– Oh, j'en vois bien un ou deux, dit-il en souriant.

Il a eu jadis des ennuis à l'université. Une fille avait déposé une plainte à son sujet, mais elle s'était ensuite rétractée et n'était jamais allée au commissariat.

Je finis mon champagne. Pas une très bonne idée, trois flûtes à jeun. Je regarde les lignes blanches qui barrent la gorge de Sam, là où la peau n'est pas bronzée. Il taquine Alice sur l'un des garçons d'honneur à un mariage, le mois dernier, et elle lève les yeux au ciel. Comprenant qu'ils n'ont aucune chance d'être mêlés à la conversation, les autres se mettent à parler entre eux. Il y a un petit agitateur à cocktail dans son verre. J'en ai vu au bar, leurs pointes sont acérées. Je pourrais me saisir de celui-ci et transpercer sa carotide avec.

C'est incroyable qu'il ne devine pas qui je suis, qu'il me prenne pour une parfaite inconnue. Enfin, Sam consulte sa montre.

– Je me sauve. Je dîne au Rules.

Le Rules, le restaurant favori de mon père. J'y suis allée dans le cadre de mes recherches. Le plus vieux restaurant de Londres. Alcôves et moquette épaisse, peintures à l'huile représentant du gibier, serveurs découpant des tranches de bœuf Wellington sur un chariot. Ils ont les mêmes desserts qu'au Sweetings, et beaucoup de clients semblent se connaître.

Mon père doit regretter cela. Pas seulement l'établissement, mais cet aspect de l'Angleterre. Où qu'il soit en ce moment, il ne doit pas apprécier autant la cuisine et le paysage. Cette idée – qu'il puisse encore penser mériter tout ce qu'il a – me rend furieuse.

Alice et moi parcourons la suite de l'exposition tandis que Sam se dirige vers son restaurant. Et ensuite ? 5 Hertford Street ? Une boîte de strip-tease ? Je n'arrive pas à l'imaginer seul. Ça m'étonnerait qu'il le soit souvent.

Tout serait différent si Sam n'avait pas passé son brevet de pilote. Il possédait un Cessna sur un aérodrome privé dans le Kent, et la nuit qui avait succédé le meurtre, il avait volé. À la police, il avait dit être allé à Whitstable, mais il n'y avait pas de gardien à l'aérodrome pour le confirmer, ni de trace de son plan de vol, puisque tout cela s'était déroulé très au-dessous de l'espace aérien réservé aux vols commerciaux.

La police soupçonnait Rose et James d'avoir conduit la voiture de mon père jusqu'à Newhaven, tandis que lui-même se cachait à Ashdown. La nuit suivante, l'un d'eux l'avait emmené à l'aérodrome où Sam l'avait pris en charge et fait sortir du pays, allant jusqu'en Belgique, ou en Allemagne.

Le vol jusqu'en Allemagne aurait duré quatre-vingt-dix minutes. Je voudrais savoir de quoi ils ont parlé. Je crois que tous deux se seraient enorgueillis d'avoir une conversation normale dans ces circonstances, comme si cela prouvait qu'ils étaient plus courageux, plus flegmatiques que d'autres.

Un jour, mon père m'avait raconté l'histoire d'un pilote anglais dont l'avion avait été abattu au cours de la bataille d'Angleterre. Il avait réussi à sauter en parachute et avait atterri dans la campagne du Surrey, sur les terrains d'un club de tennis sur gazon. Le club lui avait offert un pantalon blanc et une raquette, et l'avait invité à jouer en attendant le fourgon de la RAF. Le pilote avait écrasé tous ses adversaires. Quand mon père me racontait cette histoire, je le voyais dans le rôle du pilote. Je me demande si lui aussi, il s'y voyait.

Après que Sam est reparti, il a dû marcher seul à travers la campagne. L'expérience devait lui rappeler tous ces récits de guerre, ces prisonniers évadés passant devant des fermes. Il a peut-être ressenti une parenté avec eux. Je me demande ce qu'il mangeait, où il dormait. Ces histoires ont pu lui donner des idées d'ordre pratique. Elles ont pu le préparer à prendre cette aventure du bon côté.

28

J'attends Alice à l'extérieur de la petite gare du Sussex, avec mon bagage à mes pieds et une bouteille de vin achetée à Waterloo Station. Quelques jours après l'exposition, elle m'a invitée à passer le week-end à Ashdown.

– Désolée pour ce retard, dit-elle en venant m'aider à porter mes affaires.

Le fond de l'air est frais, ici, à la campagne, et elle a enfilé un cardigan Fair Isle bleu et blanc, à petits boutons en bois.

Je range mon livre et me laisse guider jusqu'à la voiture. Stella jappe sur la banquette et je me retourne pour la caresser. Quand Alice s'arrête à un carrefour, le tic-tac du clignotant remplit l'habitacle.

– Beaucoup de gens, chez vous ?

– Mes parents, quatre de leurs amis, mes cousines, et ce collègue de maman qu'elle a invité un peu par hasard.

Nous passons devant un troupeau de moutons à la toison marquée de rouge. Je me demande quelle est l'espérance de vie d'un mouton, si ce sont les descendants de ceux que maman voyait quand elle venait ici.

Le ciel s'assombrit au-dessus des haies. Quand nous atteignons Maresfield et sa pancarte, j'entends mon père m'expliquer que, pendant la guerre, on l'avait peinturlurée pour égarer les Allemands, au cas où ils débarqueraient.

– En quarante ? Vous avez recueilli des réfugiés à Ashdown ?

Alice secoue la tête.

– Trop près de la côte. L'endroit n'était pas assez sûr.

Durant le Blitz, ma grand-mère avait hébergé des enfants évacués de Londres dans sa maison du Norfolk. Elle en parlait souvent, comme si ça compensait toutes ces années où la vaste demeure n'avait offert l'hospitalité à personne.

Alice tourne dans Hindleap Lane. Je me souviens de cette route, la traversée de la forêt touffue, les lions de pierre à l'entrée. Les battants du portail s'écartent en douceur, ouvrant sur une longue allée bordée de peupliers. Le vent souffle à travers le feuillage et, sous nos phares, les ombres sur le gravier se brouillent, courent et s'allongent.

Au détour du chemin, la maison apparaît, grandiose manoir palladien aux pierres tavelées de gris qui trahissent son grand âge. Des nuages nocturnes filent au-dessus du toit-terrasse. Mon père a dû être si soulagé d'arriver ici la nuit, de voir le portail se refermer derrière lui. Alice verrouille les portières, et sa personne s'éclaire de rouge au moment où les feux arrière clignotent.

Lorsqu'elle ouvre la porte d'entrée, deux chiens de Rhodésie se précipitent sur nous. Ils ont une crête dorsale le long de la colonne vertébrale, donnant l'impression qu'ils ont toujours le poil hérissé. Des voix filtrent d'un salon. Je voudrais tirer Alice par la manche, lui demander d'attendre un peu, mais nous entrons et le groupe nous encercle. Je fais la connaissance de ses cousines, Anna et Beatrice, d'un homme âgé en tweed, d'une femme à l'accent allemand, et d'un autre cousin, Luke, qui revient du Vietnam. Il a un petit bracelet de coton rouge au poignet, souvenir de là-bas, je suppose.

James est sur le canapé, sa cheville croisée sur le genou révélant une chaussette à côtes jaune.

– Papa, tu te souviens de Claire ? dit Alice.

Il se lève pour me faire la bise au moment où Rose se matérialise à son côté. « Claire, quelle bonne surprise ! » dit-elle d'une voix chaleureuse, et je me demande si Alice leur a raconté l'incident dramatique dans le parc.

Tous les invités ont des nuances du même accent dans la voix, sauf la femme venue de Berlin. Alice me conduit dans un coin de la pièce où une desserte ambulante croule sous les bouteilles d'alcool et autres liqueurs. Rose avait donné du brandy à mon père, quand il était arrivé, pour qu'il se remette du choc. Je soulève les bouteilles comme si j'avais une chance de dénicher celle-là.

Je soupçonne Rose et James d'être restés en contact avec mon père, et si c'est le cas, il y a sûrement des traces dans cette maison. Une lettre, une facture, une photo, ou une note sur un calendrier. Ils n'ont pas eu besoin de détruire ces indices, on ne les surveille plus. Je suis impatiente d'entamer mes recherches, mais personne n'ira se coucher avant plusieurs heures.

L'un des amis de James est médecin, lui aussi. Il travaille dans une clinique sur Harley Street.

– Vous n'avez jamais envisagé de passer dans le secteur privé ?

– Non. J'ai choisi le service public.

– Admirable !

C'est dit sans malice, et je ne saurai pas combien il gagne. À huit heures du soir, on va dans la salle à manger. Je suis presque en bout de table, entre Luke et Alice. Je n'avais jamais déjeuné ici. Les enfants prenaient leurs repas près de la nursery. Une fois seulement, comme je me sentais patraque, j'avais été autorisée à monter sur les genoux de maman.

Deux jeunes filles en blouse de lin bleu servent du risotto aux morilles dans des assiettes creuses. Au cours du repas, Luke me raconte qu'il réside à Hanoï. Alice ricane.

– Tu as un appartement à Fulham !

À moi, il précise :

– Je fais souvent la navette.

Nos gestes à cette longue table font vaciller l'ombre des bougies au plafond et sur les murs. Je contemple un tableau de la Renaissance, portrait d'une dame en robe noire, au col orné d'une fraise de dentelle, et qui tient un rosaire. Des bribes d'autres conversations se propagent depuis l'autre bout de la table.

– C'était quand nous étions à Cambridge.

– Ils reviennent seulement de Cortina.

– Le Lion d'Or ?

– Nous allons à Rovinj.

– Où est-ce ?

– En Croatie.

Alice regarde ses parents.

– Vous êtes allés en Croatie, n'est-ce pas ?

James fait signe que non.

– Je croyais que vous y étiez allés après la Grèce, que vous aviez séjourné à Skopje.

– C'est en Macédoine. Nous y sommes allés après la Grèce.

Luke répond en détail à mes questions sur son métier et ses voyages, ce qui me permet d'écouter les conversations. Après le dessert, de la tarte au chocolat noir, quelques invités vont fumer sur la terrasse tandis que les autres retournent au salon.

– Mon téléphone ne fonctionne pas, déclare Beatrice.

– Il n'y a pas de réseau, dit Rose. Il doit y avoir du plomb dans les murs, rien ne passe.

Nous sommes douze, un groupe assez important pour que je puisse m'éclipser sans me faire remarquer. Ils ont tous leurs soucis, de toute façon. Un couple ne s'entend pas très bien, et le collègue de Rose boit nettement plus que tout le monde. Je me demande s'il a compris qu'il avait été invité par erreur.

Et James n'a pas l'air d'humeur très sociable. Il ne rate pas une occasion de s'employer à de menues tâches qui l'isolent, comme arranger le pied branlant de la desserte à alcool. Au cours du repas, je l'ai surpris à lire l'étiquette sur la bouteille de vin. Il est affectueux avec Rose, cependant. Je crois qu'il préférerait être seul avec elle et leur fille, ce qui est dommage. S'ils se détestaient, l'un d'eux pourrait dénoncer l'autre.

On est venu dans ma chambre au cours du repas pour fermer les volets intérieurs et tirer les rideaux. Je les rouvre pour admirer la lune qui roule derrière les nuages. Je n'ai jamais connu un tel silence. À Londres, j'entends les radiateurs siffler, les tuyaux claquer, les voisins parler, les alarmes de voitures ululer. Ici, les canalisations, le chauffage et l'électricité – tout s'arrange pour être silencieux.

J'aurais aimé pouvoir amener Jasper, au lieu de le laisser à Laila pour le week-end, et cette pensée me rend morose, comme s'il y avait des mois que j'étais loin de chez moi.

J'attends des heures avant d'ouvrir doucement ma porte. Le couloir est si long que, s'il y avait quelqu'un au fond, je ne verrais pas son visage. Du haut de l'escalier, je tends l'oreille. Le vent contre la maison, rien d'autre. Il est trois heures du matin, ils doivent tous dormir. Le temps m'est compté. James se réveille à cinq heures en semaine, peut-être respecte-t-il le même horaire ici.

Au rez-de-chaussée, je me rappelle que l'aile de la cuisine est à gauche, et qu'il y a un bureau à droite. J'ouvre six portes avant de le trouver – une petite pièce près de l'extrémité ouest de la demeure. Aux murs, des plans d'aménagement paysager sous cadres et des almanachs agricoles sur une étagère ; le bureau est couvert de paperasse, de livres, et il y a une perdrix empaillée sous sa cloche de verre.

J'entreprends de fouiller dans ces papiers, mais ils sont tous en rapport avec la maison. Factures pour réparer la cheminée, entretien du court de tennis, devis pour remplacer une partie du toit endommagée par une tempête. C'est un bureau de régisseur, Rose et James ne doivent jamais y mettre les pieds, aucun document ne porte leurs signatures, seulement celle du gestionnaire.

Je sors de ce bureau et me dirige d'ouest en est, ouvrant des portes, cherchant des classeurs, un planning, un agenda. Dans la bibliothèque, je trouve quelques enveloppes et des feuillets glissés entre des ouvrages, mais rien d'utile, et il est déjà presque cinq heures du matin.

Dans la matinée, des moutons se déplacent à travers un brouillard épais sur les pelouses qui cernent la maison. Je les observe tout en enfilant un ample pull en cachemire, un jean et des mocassins. Normale, une invitée normale. On a disposé du café, du pain et des fruits sur la table de la salle à manger, bien que la maison soit calme, et le salon désert. Je sors sur la terrasse. James est en train de remonter la pelouse, vêtu d'une parka en toile enduite. À cause du froid, il a la figure pincée et blême, mais semble plus heureux qu'hier soir.

– Bonjour, dit-il tout en gravissant les marches, et retirant une paire de gants de travail.

– Vous êtes déjà allé au jardin ?

– Oui, ne vous avisez jamais de jardiner. C'est une tâche ingrate.

– Je peux voir ?

Il semble envisager de me désigner l'endroit, puis se reprend et m'accompagne sur la pente.

– Il y aura peut-être de la grêle ce soir. Ce n'est pas un temps de saison pour un mois de septembre, hélas...

Il n'a pas l'air déçu.

– C'est beau quand même, dis-je.

– Oui, approuve-t-il, sur un ton pénétré.

Nous allons dans le jardin clos, où des coings, des prunes, des poires pendent aux branches. James note que je regarde les trous dans les murs de brique.

– Ce sont des cheminées. On ne les utilise plus. Les hivers ne sont plus aussi rigoureux qu'autrefois.

Je me revois, recroquevillée dans l'un de ces espaces, maman venant me trouver, disant : « Ah, te voilà ! » Je dois me forcer à détourner mon regard.

James a les épaules voûtées, les mains dans les poches. Il n'est plus le même qu'à quarante ans. Il n'est d'ailleurs plus le même qu'il y a neuf ans, quand je le filais. Il avait plus d'assurance alors, il n'avait pas cet air mal à l'aise, et je me demande ce qui a bien pu le changer.

Après la visite des écuries, on marche jusqu'à la lisière de la propriété, une chapelle entourée de sapins. Des rangées de pierres tombales se dressent dans l'herbe haute.

– Qui est enterré là ?

– La famille, dit-il, en fouettant l'herbe d'un bâton.

Puis, comprenant que cela peut paraître un peu désinvolte, il ajoute :

– Des parents éloignés. Personne que j'aie connu.

Je compte huit stèles.

– À quand remonte la dernière inhumation ?

– 1954. Mon grand-oncle.

Nous passons un moment à contempler ces vieilles pierres sous les sapins. Une rumeur prétend que mon père n'a jamais quitté la propriété cette nuit-là, qu'un de ses amis l'aurait abattu et enterré ici. Ça ne semble pas très crédible, ils n'avaient pas de mobile.

Là où le sol s'est tassé, la terre est soulevée par endroits, comme si les morts cherchaient à sortir. Apparemment, ce serait la meilleure option pour escamoter un corps : un cercueil préexistant. Personne n'a envie de rouvrir un cercueil.

Nous remontons jusqu'à la maison, où les cousines d'Alice sont en train de fumer en pyjama sur la terrasse. Les filles bâillent et s'étirent. Beatrice se frotte les yeux, Anna me toise.

– Tu es très chic.

Les autres prennent le petit-déjeuner à l'intérieur, je me sers un café et une part de galette, bien que je n'aie pas faim. Luke grignote sa tartine grillée tout en lisant l'autobiographie d'un homme qui a créé une ONG au Népal. Rose retourne le journal avec un air dégoûté.

– Lui, je ne peux pas le voir.

Après un silence, Luke dit :

– Tu n'es pas habituée à ce genre de choses ?

– Comment cela ?

– Toi, une avocate…

– D'affaires. Pas pénaliste.

Une forte pluie se met à tomber. Par la porte ouverte et la vaste cage d'escalier, on l'entend mitrailler le toit.

– Ça peut durer deux jours, déclare le collègue de Rose, nerveusement.

Plus tard dans la matinée, je retourne dans la salle à manger, mais la table a été débarrassée. Furetant au rez-de-chaussée, je trouve un panier rempli de journaux à côté de la cheminée, dans la bibliothèque, et je les trie, cherchant celui que lisait Rose. En première page, la photo d'un type de Bristol qui a tué deux enfants. Je reste là un certain temps, à contempler son visage.

Il y a un portrait de Rose sur le manteau de la cheminée. Vieux de plusieurs années, elle ne peut pas avoir plus de la trentaine. Elle est appuyée à un mur de pierre quelque part, les bras dans le dos. Cette photo-là aussi, je la contemple longuement.

L'un de leurs voisins a affirmé avoir entendu un coup de feu la nuit où mon père était venu ici. Quelques heures plus tard, à l'aube, ce voisin était allé dans les bois avec son chien, et il était passé près de la clôture de la propriété. À la police, il avait déclaré avoir vu un homme remonter la côte depuis la chapelle, entre les sapins. La luminosité était faible, il était encore tôt, mais selon lui l'homme tenait une bêche.

Dans l'aile des domestiques, les sols et les murs sont de pierre, le plafond est bas, et l'air bien plus frais que dans le reste de la demeure. Là où le couloir bifurque, je me rappelle qu'un côté mène à l'armurerie, l'autre à la cuisine.

La cuisine est une pièce voûtée à croisée d'ogives telle la nef d'une cathédrale. Elle est assez vaste pour donner une sensation de vide, alors même qu'il y a deux vastes fours, un évier profond en pierre, et de longs plans de travail. Un mur est occupé par un mécanisme de barres en fer et d'engrenages, un tournebroche assez grand pour faire cuire d'énormes pièces de viande. Une odeur de grillé monte du fer. Entendant des bruits de pas provenant du couloir, je m'empresse de traverser l'arrière-cuisine et me faufile par une petite porte qui donne sur la pelouse.

De la maison, on ne voit pas la chapelle. Elle se trouve au bas d'une pente au fond de la propriété, cachée par des sapins. Je ne me souviens pas si James était plus mal à l'aise dans le cimetière que dans le jardin, il m'a paru gêné en permanence.

Mon père est arrivé ici à onze heures trente, cette nuit-là, et nul ne l'a jamais revu. Comment est-ce possible, avec une enquête d'une telle envergure, sa photo dans tous les journaux ? Peut-être n'a-t-il jamais quitté la propriété ? La sortie en Cessna de Sam, le lendemain soir, était peut-être une coïncidence, il a peut-être dit la vérité en prétendant être allé seulement à Whitstable.

Je n'avais jamais considéré sérieusement cette hypothèse. Mais elle semble plus vraisemblable aujourd'hui, alors que des décennies ont passé, que les méthodes de recherche se sont considérablement affinées – et qu'on ne l'a pourtant toujours pas retrouvé.

James frappe des balles de golf depuis le sommet de la pelouse, sous la pluie. Il brandit son club au-dessus de sa tête, puis marque une pause avant de l'abaisser. Un coup sec – la balle est expédiée. Avec cette pluie, difficile de voir où elle atterrit.

Je lis au salon, en compagnie d'Alice qui est assise à l'autre bout du canapé. Elle est censée travailler à de nouvelles idées de menus, quoiqu'elle n'ait rien noté depuis un bon moment. La pluie strie les fenêtres, et on entend l'impact à la fin de chaque swing.

Au Ramsden Club, le golf était une tradition. Une autre tradition voulait que, une fois par an, ses membres en queue-de-pie se rendent dans un pub de campagne, en dehors d'Oxford. Là, ils posaient pour un photographe, devant l'établissement – un groupe de huit sémillants jeunes hommes.

Ils privatisaient une salle, le genre normalement dévolu aux pots d'adieu ou aux fêtes d'anniversaire. Ils prenaient tout leur temps pour déjeuner et boire du vin. Ils étaient d'une politesse exquise vis-à-vis des serveurs et prétendaient que la cuisine était savoureuse.

Puis, ils saccageaient l'établissement, démolissant le mobilier, arrachant le papier peint, brisant les verres.

Ils offraient au patron une somme énorme, astronomique, pour le dédommager, plus qu'il n'en aurait tiré de l'assurance ou d'une procédure judiciaire. Certains portaient quand même plainte mais une grande majorité se laissait acheter. Donc, le propos n'était pas vraiment de s'amuser, de se débaucher, ou de vandaliser : le propos, c'était d'humilier.

Aucun d'eux ne fut jamais puni. Notre Premier ministre a sacrifié à la tradition, tout comme notre ministre des Affaires étrangères, et mon père, et ses amis.

Au moment où tout le monde est au premier étage, en train de s'habiller pour le dîner, je me rends à l'armurerie. La porte est fermée. Ma main tâtonne au-dessus du linteau, cherchant une clé, et ne récolte qu'une bonne couche de poussière. Je colle ma figure contre l'interstice entre porte et chambranle, et j'aperçois une vitrine avec des fusils rangés à la verticale.

Au dîner, on nous sert un soufflé glacé à la langouste et du champagne. Tout le monde parle encore plus vite que la veille, et je dois attendre un blanc dans la conversation avant de me tourner vers Rose.

– On célèbre le culte, à la chapelle ?

– Non. Autrefois, oui, je m'en souviens. Il y a une entrée distincte par là et, le dimanche matin, c'était ouvert aux gens du cru. Notre paroisse a fusionné avec celle de Maresfield.

– Quand ?

– Je dirais au début des années quatre-vingt-dix.

Après la disparition de mon père, donc. Les Fraser ne souhaitaient peut-être plus avoir des gens sur leurs terres, à proximité du cimetière.

Rose a peut-être refusé d'aider mon père, et il l'a menacée. Ils étaient très liés, il savait tout d'elle et de James, il aurait pu les faire chanter. Il n'avait pas besoin d'en savoir long. Elle est avocate, la moindre faute aurait entaché sa carrière.

Ils avaient des fusils. Elle l'a peut-être abattu, et James l'a aidée à enterrer le cadavre dans l'une des sépultures. Ensuite, elle a conduit la voiture jusqu'à Newhaven, l'abandonnant près d'une falaise pour faire croire à un suicide. Elle s'est laissé soupçonner d'avoir aidé mon père à s'enfuir : ça valait mieux que d'être soupçonnée de l'avoir tué.

Son geste pouvait se justifier à ses propres yeux. Elle connaissait Emma, et il l'avait assassinée. C'était une bonne action.

Tard dans la nuit, je sors, relevant la capuche de mon manteau. Certains sont encore éveillés, je les entends dans le salon, mais il pleut, personne ne sortira. Je vais jusqu'au fond de la propriété, descendant la pente entre les sapins ; mes bottes glissent sur l'herbe mouillée. Plantée près de la chapelle, je contemple les huit stèles.

Nul ne me verra de la maison. Sous mes pieds, le sol est doux et meuble. Mes yeux se sont accoutumés à la pénombre et je peux voir les taches blanches des plus vieilles stèles. C'est l'affaire de quelques heures. J'ai vu où sont rangées les bêches.

Quelques heures à pelleter la terre, voilà tout. Après quoi, je ne me souviendrai de rien. Cela aura l'apparence d'un rêve, c'est déjà le cas.

La pluie glisse sur les sapins. J'aurais dû avoir déjà commencé. Impossible de creuser en plein jour, quelqu'un pourrait me voir. Pourtant, je reste là, les bras ballants. J'ouvre et referme les poings. Je pourrais être bientôt dans un commissariat, au chaud et au sec, tandis que des agents finiraient d'exhumer sa dépouille.

Je contourne la chapelle pour aller chercher la bêche. Ce sera peut-être plus facile une fois que je l'aurai en main. Je suis de retour près des tombes, je plante la lame dans la terre, et pèse avec le pied pour l'enfoncer davantage. Je passe ma main souillée sur mon front et commence à creuser.

29

La voiture roulait vers les Highlands. J'avais l'atlas ouvert sur mes genoux, même si maman avait dit qu'elle n'aurait besoin d'indications qu'après Inverness. Nous avions dépassé Dalwhinnie et traversions le fond d'une large vallée où les ombres des nuages couraient sur les collines et la lande.

Je trouvai notre destination sur la carte. Glen Affric, de l'autre côté du loch Ness, dans les Highlands du Nord. Maman avait déjà dit à Robbie qu'un « glen » était une vallée, ce à quoi il avait répondu : « Je sais, on a vu ça. » Il était impossible de deviner ce qu'il pouvait avoir appris à l'école. Dans sa classe, on avait abordé les lois de Kepler, par exemple, mais pas les fractions.

Robbie était sur la banquette arrière, coincé entre nos bagages et Finn, qui était assis sur un coussin pour chien en velours côtelé et regardait par la vitre. Quelques cadeaux étaient cachés dans les sacs, ce serait Noël dans trois jours. Une collègue de maman lui avait loué sa fermette pour les vacances. C'était à environ quatre heures et demie de route. Déjà le paysage avait commencé à changer, et j'avais hâte de voyager plus au nord, de mettre de la distance entre l'école et moi. Mes examens n'avaient pas été une réussite. J'avais veillé devant mon écran pour me renseigner sur mon père, et n'avais pas été capable de me concentrer sur les questions du test. Y réfléchir me rendait malade.

Maman agita le bras vers la banquette.

– Tu veux quoi ?

– Chips !

J'ouvris le sachet et le tins dans sa direction. Elle avait mis une vieille polaire et une grosse écharpe. Il ferait plus froid dans le Nord.

Le long de la petite route, les collines avaient la couleur et la texture d'une peau de cerf. Mes examens commençaient à m'apparaître moins problématiques. Je devrais travailler plus dur au prochain trimestre, mais les vacances venaient seulement de débuter, ce n'était pas encore pour tout de suite.

Nous franchîmes le pont suspendu au-dessus de Moray Firth, et je regardai entre ses travées les flots sombres qui se jetaient dans la mer du Nord.

– Maintenant, il faut prendre la A 832, dis-je.

Derrière nous, Robbie lisait une bande dessinée, un bras passé par-dessus les bagages pour atteindre le chien.

La route se rétrécit, serpentant entre fermes et prés clôturés. Nous nous arrêtâmes à Cannich pour acheter des provisions. « Il n'y aura rien aux alentours de la maison », disait maman. Nous achetâmes à manger et des bonbonnes d'eau, ainsi qu'une grosse boîte d'allumettes pour le réchaud.

Les derniers kilomètres furent parcourus sur une route à une seule voie longeant une rivière jusqu'à la maison, un vieux cottage au pied d'une montagne avec des épicéas plantés derrière pour couper le vent. Robbie et le chien jaillirent de la voiture et se précipitèrent vers la rivière. Maman trouva la clé sous une pierre, et nous entrâmes dans la maison.

Nous n'étions pas tout à fait seuls dans ce glen, il y avait aussi un grand domaine, et le cottage du gardien. Le manoir se dressait sur une île au milieu de la rivière, au bout d'un petit pont de pierre en dos d'âne. De la fumée s'élevait de ses cheminées ; c'était habité.

– Qui vit ici ?

Maman haussa les épaules. Il y avait deux chevaux dans un paddock, près de la maison du gardien. Pas une âme humaine. Maman affirma qu'elle doutait qu'on pût vivre ici à l'année, car les routes devaient être souvent bloquées par la neige. Ce qui voulait dire que, nous aussi, nous pourrions être coincés. L'énergie était fournie par un générateur.

– Et si ça tombe en panne ?

– Pas de danger.

Le manoir se dédoublait dans la rivière au cours paresseux. Ses tourelles coniques, cheminées, traînées de fumée. Nous n'étions pas très loin de la demeure de Sam à Inverness. C'étaient peut-être des amis à lui, toutes les familles de propriétaires terriens semblaient se connaître.

On sortit les provisions de la voiture, les biscuits, le lait, les pâtes, le beurre, le thé. Le cottage avait un réchaud à deux feux. Maman approcha une allumette du brûleur cliquetant, et l'anneau s'alluma.

– Je vais me promener, dis-je.

Je me mis à escalader les contreforts derrière la maison. Au début, il y avait un sentier, qui disparut, et il fallut grimper en m'aidant des mains pour agripper des touffes d'herbe brune et les affleurements granitiques. Le vent était tombé et il n'y avait que moi ici pour animer la colline.

Cette balade était un test, à l'image de ceux que j'avais commencé à m'imposer chez nous, à Crail : rentrer de chez Nell à pied, seule dans la nuit, descendre à la cave, prendre une douche quand il n'y avait personne d'autre à la maison.

J'avais tenté de prendre un bain, sans y parvenir ; mon cœur battait si fort que la surface de l'eau en frissonnait. J'essaierais de nouveau quand on serait rentrés : c'était le genre de choses auxquelles je devais m'exercer, sous peine de ne jamais pouvoir aller à l'université ni vivre seule.

Au-dessous de moi, le cottage rapetissait. Maman et Robbie étaient à l'intérieur ; d'ici, ils ne pourraient rien entendre. J'atteignis le sommet de la première pente, un plateau dénudé avant une autre montée encore plus raide. Des ruisselets noirs se ramifiaient à travers la tourbe, et le bruit me donnait la chair de poule.

Depuis le bas de la pente suivante, la rivière n'était plus visible, ni le cottage, ce qui signifiait que personne là-bas ne pourrait me voir. Je passai sur l'herbe couchée, contournai les rochers. Cette randonnée n'était pas vraiment un exercice. Pour cela, il m'aurait fallu être convaincue que c'en était bien un, et qu'en réalité je ne risquais rien. Or je me disais qu'un individu allait me suivre, et j'avais hâte d'en finir. Je ne savais pas comment j'imaginais la chose, mais j'avais emporté un couteau dans ma poche, au cas où. Je me disais que, de toute façon, je n'aurais plus peur après, cette question-là serait réglée.

La descente fut plus rapide. Une fine couche nuageuse cachait le ciel et il faisait plus froid. Plus bas, le vent caressait la rivière d'argent, et les deux chevaux circulaient dans leur enclos. On leur avait mis des couvertures sur le dos en mon absence.

Ma déception était absurde. Bien sûr qu'il valait mieux être en train de redescendre, plutôt que d'être à flanc de montagne, suivie par un inconnu.

Quand j'atteignis la maison, maman et Robbie levèrent les yeux de leur jeu de cartes.

– Et cette balade ?

– Bien.

Dans la cuisine, je tentai de replacer le couteau dans le tiroir sans faire de bruit.

La nuit, la vallée devenait toute noire, à l'exception des fenêtres éclairées du manoir sur l'île. J'avais beau guetter, personne ne passait jamais devant.

– Tu as déjà vu quelqu'un ?

– Non, dit maman, sans interrompre sa lecture.

Je ne comprenais pas pourquoi elle n'était pas inquiète. Ces gens-là, de parfaits inconnus, étaient l'unique autre présence humaine à des kilomètres à la ronde.

Sur la colline, le lendemain après-midi, on s'arrêta pour la laisser reprendre son souffle. En contrebas, la rivière serpentait entre la lande et les bouquets de pins sombres. Maman se massait le cœur d'une main gantée. Changeant d'appui sur mes jambes, je sentis la tourbe s'enfoncer sous mes bottes. Robbie désigna un troupeau de cerfs rouges sur l'une des pentes. À cette distance, leur démarche avait quelque chose de bizarre, de désordonné.

Notre promenade reprit. Autour de nous, le versant ondulait au gré du soleil qui jouait à cache-cache avec les nuages. Au bout d'une nouvelle heure, on fit une halte pour manger du pain et du fromage, ainsi que des parts de tarte aux pommes achetées au magasin de Cannich.

Je débouchai la gourde d'eau, dont le bouchon tomba contre le métal avec un tintement plaisant. « Maman m'a amenée ici exprès, me disais-je. Elle sait que je vacille et veut que je penche du côté des voyages, de l'autonomie, du courage. » J'en étais contrariée. Elle ne pouvait pas me certifier que je ne risquais rien. Elle n'en savait rien. Même si je pouvais partager son point de vue. Je ne voulais pas en être réduite à ne jamais voyager, de peur d'être seule sur une route la nuit, ou de prendre un taxi conduit par un homme.

Depuis la crête, nous étudiions les plaines, les contreforts, les sommets. Il aurait été dommage de ne pas voir cela. Le manoir, tout en bas, était splendide, lui aussi. Ceux qui l'habitaient ne nous voulaient aucun mal. Ils étaient là pour la même raison que nous, sans doute. Si on les croisait sur la colline, ils souriraient et nous diraient bonjour. Ils ne nous barreraient pas le passage, ne nous traîneraient pas hors du sentier.

Mon père, ses amis et les hommes sur le forum n'étaient qu'une minorité. Il ne fallait pas penser à eux.

Au contraire, il fallait penser aux inconnus du Blacksmith's Arms, cette nuit-là, quand maman était entrée en titubant, sans chaussures et couverte de sang. Il y avait trois personnes à l'intérieur de l'établissement, deux clients et une femme derrière le bar. Celle-ci s'était précipitée sur maman et l'avait aidée à s'allonger par terre. Elle l'avait débarrassée de son gilet, le pressant contre sa plaie au ventre, et lui sauvant peut-être ainsi la vie, sinon maman aurait pu mourir d'une hémorragie.

Les deux hommes s'étaient rués chez nous. Ils n'étaient pas armés, ils ignoraient si l'agresseur était encore là, mais ils étaient quand même venus. L'un d'eux avait grimpé les marches quatre à quatre pour prendre Robbie dans son berceau, l'autre m'avait trouvée blottie derrière une chaise. Il m'avait soulevée dans ses bras avec des paroles rassurantes. Sa main à l'arrière de ma tête, son corps bombé contre le mien tel un bouclier tandis qu'il m'emmenait à l'extérieur.

Nous finîmes le cheddar et la tarte aux pommes, avant de continuer à faire le tour de la montagne. Je commençais à vouloir devenir en grandissant ce genre de personnes, le genre secourable.

*

Nous revînmes à Crail la veille du Nouvel An. Je passai le réveillon au Vix avec Nell, et le lendemain nous allâmes à l'East Neuk Hotel avec nos familles pour le déjeuner rituel. La mère de Nell nous taquinait, nous proposant de la panse de brebis farcie, disant qu'on avait l'air verdâtre.

L'école reprit. Je n'avais pas, loin de là, réussi brillamment mes examens. Certains de mes professeurs voulaient me parler, l'un d'eux me demanda si j'avais des soucis à la maison. Je lui semblais distraite depuis quelque temps, et je promis de travailler mieux au trimestre suivant. Je n'avais pas revisité le site web consacré à mon père depuis notre retour de Glen Affric, ayant décidé que j'en avais terminé. Je grinçais toujours des dents, cependant. J'avais commencé à dormir avec un protège-dents que maman et moi avions acheté dans un magasin de sport à St. Andrews, mais je n'aurais su dire si c'était efficace.

*

Le dernier jour de janvier, je pris le bus pour rentrer de l'école avec Nell. Comme un poids lourd était tombé en panne dans Anstruther Road, les véhicules ne pouvaient plus circuler que sur une seule voie, et le trajet avait duré dix minutes de plus que d'habitude.

Je quittai Nell dans la rue principale et me dirigeai vers Nethergate. L'air était froid, il n'y avait pas de vent. J'avais deux devoirs à terminer et une revue à lire ensuite, si j'en avais fini, et j'étais si préoccupée que je sortis ma clé avant de remarquer que notre porte était ouverte.

Il y avait un peu de terre sur le sol, à l'intérieur. On aurait dit une empreinte de pas incomplète.

J'y avais si souvent pensé. « Ne fais pas de bruit, cours jusqu'à la grand-rue, n'hésite pas, ne regarde pas en arrière tant que tu ne seras pas parmi d'autres gens. » Je reculais en chancelant quand je notai le sac à main de maman, au fond du couloir, sur la table de la cuisine. Elle était là.

Je décrochai le tisonnier de son support, à côté de la cheminée. Je laissai la porte ouverte derrière moi, pour qu'un voisin puisse entendre mes cris. Les clés de maman étaient près du sac à main, et ses chaussures par terre, sous la table. Je tenais le tisonnier devant moi, à deux mains, si fort que j'en avais les paumes marquées, et je montai au premier étage. Elle n'était pas là, ni dans le jardin.

Je sortis dans notre allée. Les maisons mitoyennes sur le trottoir d'en face semblaient toutes vides, et les arbres montaient la garde dans l'air stagnant. C'était si calme que je pouvais m'entendre respirer. Une porte de l'autre côté de la rue s'ouvrit et notre voisine Fiona sortit, sans se couvrir. Elle se précipita vers moi et mes jambes flageolèrent.

– Où est maman ? dis-je, d'une voix aiguë, tendue.

– Elle a eu une crise cardiaque.

Là, je lui souris. Me tenant le front d'une main, les larmes aux yeux. Personne ne l'avait enlevée, blessée.

– Tu peux me conduire à l'hôpital ?

– Non, Claire, dit-elle, et sa voix se brisa. Elle n'est pas là-bas. Ma pauvre petite…

Mes genoux se dérobèrent. Fiona tenta de me maintenir debout, mais je tombai sur le chemin. Je manquais d'air et tâchais de ramper vers la maison, tandis qu'elle me serrait contre elle.

*

Maman avait quarante-quatre ans quand cet infarctus l'emporta. Elle avait de l'angine de poitrine. J'avais appris que c'était pour cela qu'elle avait souvent du mal à reprendre son souffle, et que c'était un genre de maladie cardiaque, mais pas que c'était dangereux. « Il en existe deux types, m'avait-elle déclaré. Je n'ai pas la forme grave. »

Un infarctus, c'est banal, je sais – mais elle avait quarante-quatre ans. Son alimentation était saine. Elle ne buvait guère et ne fumait pas. Elle avait horreur du jogging, mais aimait marcher pendant des heures sur le sentier côtier. Il n'y avait pas de précédents dans sa famille.

Maman avait toujours souffert d'hypertension. Sabrina m'a raconté avoir noté les épisodes d'essoufflement et les sensations d'oppression thoracique au cours de l'été suivant le procès. C'était le stress.

*

À la suite du décès de maman, Sabrina nous adopta. À l'époque, elle vivait avec ses deux fils au pays de Galles, à Abergavenny, une petite ville parfaitement agréable – et que je souhaite ne plus jamais revoir de toute ma vie.

Sabrina installa deux petits lits dans ce qui avait été un bureau. Elle acheta des draps et accrocha des guirlandes lumineuses autour de la fenêtre. J'y pense souvent : l'achat de ces draps, le montage des lits, l'accrochage des guirlandes. Je n'étais pas en mesure, alors, de me rendre compte de sa bonté.

Elle fut toujours gentille avec nous, même au début, quand je n'étais vraiment pas facile à vivre, quand je ne croyais pas pouvoir surmonter tout ça. Sabrina était affectueuse, mais parfois c'était presque pire, comme si cela montrait seulement l'écart entre sa façon de nous aimer et sa façon d'aimer ses propres enfants – la façon dont maman nous aimait.

30

– Il s'entraîne toujours pour traverser la Manche à la nage ? demande Rose à la table du petit-déjeuner.

– Non, ça, c'est fini, dit Beatrice. Aujourd'hui, c'est l'alpinisme. Au Kilimandjaro, non ?

J'ignore de quoi elles parlent. Et je ne m'en soucie guère. J'étale avec parcimonie du beurre sur ma tartine grillée, tandis que la pluie cingle les fenêtres. Je n'ai pas fermé l'œil de la nuit. À six heures du matin, j'ai passé de l'anticerne sur les marques rouges que je m'étais faites en me griffant au visage.

Hier soir, je n'ai pas creusé dans le cimetière. C'était trop. Je n'aurais pas pu déterrer un cercueil, pas plus le sien que celui d'un autre. J'ai seulement remué un peu de terre avant d'abandonner, de nettoyer la bêche avec ma manche, et de la rapporter où je l'avais prise ; après quoi j'ai lavé mes vêtements dans la salle de bains et je me suis étendue dans mon lit, veillant jusqu'au matin.

J'essaie de reposer ma tasse sans bruit dans la soucoupe. Je dévore mon toast et tends l'oreille, guettant l'instant où ils seront à court de potins. « Il a creusé dans sa cave, dit Luke. Il s'est aménagé un espace de cent vingt mètres carrés à l'insu du fisc. »

Ça ne marchera jamais. Même si c'était il y a des années, ils ne parleront pas de mon père devant moi. Je n'aurai droit qu'à leurs cancans.

Il y a une voie plus directe. Je pourrais me renseigner pour savoir comment charger un fusil et enlever le cran de sûreté. Ils stockent des munitions dans l'armurerie, j'ai vu des boîtes de cartouches sous la table. La porte est fermée à clé, mais c'est un verrou à l'ancienne, comme celui de ma chambre. Sûrement pas difficile à forcer. James est souvent seul dans son bureau. Je pourrais fermer la porte derrière moi, pointer le canon sur lui, et dire : « Dis-moi où il est. »

De l'autre côté de la table, James mange du boudin noir, fabriqué avec le sang de ses propres moutons, à l'en croire. Il est taciturne et préoccupé, par son travail, peut-être, le jardin, ou l'un de ses autres passe-temps. Alice a dit qu'il aimait aller aux champignons. Il a un équipement spécial pour cette activité, apparemment.

Je me demande ce que Rose et lui diraient s'ils savaient que maman a succombé à une crise cardiaque. Que son cœur a flanché après ces années de stress intense. Je me demande s'ils se rappellent toutes les fois où ils l'ont traitée de garce et de menteuse, toutes celles où ils l'ont accusée d'avoir piégé mon père, toutes celles où ils ont prétendu qu'elle était une mère indigne – et s'ils ont des remords. Je veux qu'ils sachent ce qu'ils ont fait, et l'effort à fournir pour me taire, en cet instant, me fait grincer des dents.

Rose est allée se promener à cheval. Elle m'a invitée et j'ai répondu que je ne savais pas monter, ce qui n'est pas tout à fait vrai. J'ai appris dans le Norfolk quand j'avais six ans, mon père m'avait mis une bombe et guidée autour du paddock sur l'un des poneys de ma grand-mère.

Je regarde Rose, vêtue d'une pèlerine contre la pluie, disparaître avec son cheval dans les bois. James est dehors, lui aussi, au jardin, et Alice joue au billard avec ses cousins. Je monte dans leur chambre.

Le cabinet de travail de James est attenant à leur chambre à coucher. Un grand bureau avec une vue sur la pelouse, des murs tapissés de meubles de rangement. Je me mets en quête de leurs relevés téléphoniques, feuillette des dossiers qui renferment des documents médicaux, la facture pour une consultation externe dans une clinique située à Great Portland Street, un rappel de rendez-vous pour un soin dentaire, puis des formulaires d'assurance et d'entretien pour leurs automobiles.

Le troisième meuble contient leurs relevés de cartes de crédit. Des dossiers épais, car ils effectuent de nombreuses transactions chaque jour. Je parcours les entrées, liste de règlements dans des magasins de vêtements, des restaurants, des hôtels, des stations-service, des teinturiers, sans savoir ce qui pourrait m'intéresser dans le lot.

Ils n'ont peut-être aucun contact avec mon père. Il n'a peut-être jamais quitté leur maison cette nuit-là. Je suis ici parce que je suis une poltronne, et que c'est plus facile que de creuser la terre du cimetière.

On tousse dans le couloir, et je referme le meuble. Je me glisse dans la chambre juste au moment où Alice y pénètre. Elle sursaute, la main sur le cœur.

– Tu n'as pas vu les chiens ? demandé-je. Je les ai entendus aboyer, ils ne sont pas enfermés quelque part ?

– Papa les a sortis.

– Oh, ça devait venir de là, alors…

Elle acquiesce, puis se détourne pour ouvrir le coffret à bijoux de sa mère.

Je n'ai pas quitté la maison de la journée et, au dîner, tout commence à sembler irréel. Les bougies me jouent des tours, par-dessus le marché. Du coin de l'œil, je crois voir la dame du tableau bâiller.

Il me semble exclu de rester une minute de plus sur cette chaise, dans cette pièce, mais il y a encore le plat de résistance, et le dessert. À l'heure où des coupes de panna cotta font leur apparition, je suis un peu ivre, j'ai mal aux chevilles à force de me tordre les pieds sous la table, seule manière que j'ai trouvée pour empêcher le reste de ma personne de remuer.

– C'est quand, le mariage de Phoebe ? demande Alice.

– Elle ne se marie plus, dit Beatrice. Elle a rompu.

– Ah ? Pourquoi ?

– Elle a découvert ce qu'il a fait la nuit où il a enterré sa vie de garçon.

Il y avait d'autres conversations autour de la table, mais à présent chacun s'interrompt pour écouter.

– Ses copains l'ont emmené à Amsterdam. Ils sont allés dans le quartier chaud, et il a choisi l'une des filles en vitrine.

Je regarde James. Sous la table, mes pieds cessent de s'agiter, et je repose ma cuillère avec précaution. James écoute, le menton dans la main, avec une expression stupéfaite.

Il tente d'avoir l'air normal. Il s'y efforce, exceptionnellement. D'habitude, il est ailleurs pendant les repas, le regard vague, mal à l'aise.

Beatrice prend son temps pour raconter son histoire. À un moment donné, James croise les bras sur sa poitrine et s'adosse à son siège, toujours tourné vers elle avec un sourire en coin. Son air est bienveillant, comme s'il lui accordait une faveur en l'écoutant, comme s'il n'était aucunement concerné et pas embarrassé.

Après le repas, Alice entreprend de former des équipes pour une partie de Pictionary. Prétextant la fatigue, je retourne dans ma chambre, m'assois en tailleur sur le lit et ouvre mon ordinateur portable. Cet après-midi, je n'ai pas essayé de trouver la preuve que James fréquentait des prostituées. Ça ne me semblait pas utile – il paierait en liquide, et il retire assez souvent des espèces au distributeur pour que ça passe inaperçu. Mais je ne suis pas la seule à m'interroger sur ce sujet. Je saisis : « Comment savoir si mon conjoint paie pour avoir des relations sexuelles ? »

Le premier résultat est une discussion sur un forum de mères de famille. L'auteure du post déclare avoir découvert des SMS louches sur le téléphone de son mari et demande : « À votre avis, il s'offre des prostituées ? »

Certaines de celles qui lui ont répondu affirment qu'il leur est arrivé la même chose. La plupart suggèrent d'envoyer des messages aux numéros concernés avec le téléphone du monsieur en guise d'appât, ce qui ne me servira à rien puisque James doit avoir un mot de passe.

« As-tu accès à ses relevés bancaires ? » écrit une autre. Je tends la main vers la table de chevet pour attraper un stylo. « A-t-il fait des versements pour des assistances hôtel, assistances aéroport, ou des massages ? Ou réservé des chambres d'hôtel ? » J'ai remarqué dans les relevés quelques règlements à des hôtels londoniens, le Savoy et le Claridge, mais ils ont pu y dîner, boire un verre, ou louer des salles de réunion.

La suivante note : « Cherche dans ses relevés AWork, c'est un site de réservation. » Une autre préconise de chercher des préservatifs dans sa voiture, soit des neufs, soit des étuis déchirés, mais venant de James une telle négligence me semble inconcevable.

Je vais jusqu'au bout de la discussion où la première femme se demande ce qu'il faut faire, déplore d'avoir découvert le pot aux roses, s'inquiète pour ses enfants. C'est si déchirant que j'en oublie un instant ma propre recherche.

Ensuite, impossible de dormir. De l'air froid s'infiltre par une fente dans la fenêtre, et je reste éveillée, à me demander jusqu'à quel point James a été méticuleux.

– Il y a une course à points aujourd'hui, déclare Alice au petit-déjeuner. On y va ?

– C'est quoi, une course à points ? demande le collègue de Rose.

– Comme le steeple-chase, répond-elle, ce qui n'est pas plus clair.

– Où ? s'enquiert James.

– Tonbridge.

– Il faudrait partir bientôt.

James aime parier. Le plus surprenant, quand je le suivais, c'est qu'il allait aux courses de chiens. Il semblait prendre un grand plaisir à remplir ses grilles et à suivre des yeux les lévriers, et il était doué, il s'arrêtait souvent au guichet pour toucher ses gains.

Beatrice détache les yeux de son téléphone.

– Allons-y, dit-elle, imaginant le coin buvette, sans doute, et se voyant tomber sur des connaissances.

– Maman ? interroge Alice.

– Vous, allez-y, dit Rose. Il va de nouveau pleuvoir, paraît-il.

– Il y a des tentes, et on peut emporter des parapluies. S'il te plaît... !

J'attends, retenant mon souffle, jusqu'à ce que Rose cède. Il y a un branle-bas de combat et tout le monde s'égaille dans la maison. James part le premier, sans attendre des passagers éventuels car il veut avoir le temps de placer ses paris. Anna et Beatrice enfilent des robes moulantes et des cirés. J'intercepte Alice dans le couloir.

– Je crois que je couve un truc, il vaut mieux que je ne sorte pas aujourd'hui.

– Tu veux que je reste avec toi ?

– Non, ça ira. J'ai des messages professionnels à lire, de toute façon.

– Prends tout ce que tu veux dans la cuisine. On rentrera aux alentours de seize heures.

Je regarde leurs voitures s'éloigner sur l'écran de vidéosurveillance dans le hall, puis je monte au bureau. James est venu dans cette pièce depuis hier. Le fauteuil et le télescope ont été déplacés, et sur le pupitre un manuel de jardinage est ouvert au chapitre drainage.

J'ouvre de nouveau le meuble où sont rangés les relevés bancaires et je photographie les pages avec mon téléphone. Il faut faire vite, il y en a des centaines, en remontant sur trois ans. Le processus devient machinal. Tout en prenant la photo, je parcours la liste des transactions. Les noms de quelques spas et salons de massage ne cessent d'apparaître, je devrais vérifier si l'un de ces établissements a jamais fait l'objet d'une enquête.

Le bruit d'un aspirateur s'arrête dans le couloir, et l'une des femmes de ménage frappe à la porte de leur chambre. Elle tente de l'ouvrir, mais j'ai calé une chaise sous la poignée. Au bout de quelques instants, je l'entends s'en aller et j'ouvre le classeur suivant.

À la fin, je vérifie que les meubles sont bien refermés, que sa chaise et son livre se trouvent aux places où ils étaient quand je suis entrée. Je commence à passer en revue les images dans le couloir, avant même d'avoir regagné ma chambre.

Au bout de trois heures, ma batterie expire, et je dois me lever pour chercher le chargeur. J'ai des fourmis dans les jambes, n'ayant pas changé de position.

C'est sans espoir. Il est trop prudent. Pas de règlement à des assistances aéroport, assistances hôtel, ou salons de massage. J'ai contrôlé tous les spas qui sont apparus jusqu'à présent, et leur réputation est immaculée.

La prochaine étape sera le pointage des règlements aux hôtels londoniens pour voir si certains montants pourraient correspondre au coût d'une nuitée. Toutefois, s'il s'avère que James a réservé une chambre d'hôtel à Londres, cela ne m'apprendra pas à quoi aura été consacrée sa soirée.

Je transporte mon téléphone jusqu'à la bergère placée devant la fenêtre. Il se met à pleuvoir, et c'est regrettable, ils pourraient décider de rentrer plus tôt. Je passe en revue les paiements du mois d'avril. Ils ont séjourné deux semaines en France, apparemment. J'accélère le mouvement, puis je tombe sur un règlement, le 22 avril, trente livres sterling, à AWork.

Je renverse la tête en arrière et ferme les yeux.

James a visité ce site le jour de leur retour de vacances, un timing cruel. Il a peut-être payé pour voir la galerie de photos d'une prostituée ou pour pouvoir la contacter. Deux jours plus tard, il y a un règlement de trois cent quarante livres sterling à Mayfair Health. Je tape le nom sur le clavier et trouve un simple site web, d'une seule page, avec un numéro de téléphone. Je m'exerce d'abord, jusqu'à trouver le ton idoine, badin, décontracté.

– C'est pour mon petit ami, dis-je à la femme qui a décroché. C'est la première fois, pouvez-vous m'expliquer… ?

James a gagné trois cents livres sterling à la course aux points. J'en entends parler dans l'entrée tandis qu'ils retirent leurs pardessus mouillés. Puis, ils se dispersent dans la maison, qui pour prendre une douche, qui pour faire ses bagages, ou trouver quelque chose à manger, et je reste seule dans le vestibule, sous la tapisserie. C'est une scène de bataille, quoique si décolorée qu'on distingue à peine les personnages.

– Alice, dis-je. Tu viens te promener avec moi ?

– Il ne pleut pas ?

– Non, plus maintenant.

– J'allais prendre un bain…

– S'il te plaît ?

Elle semble sur le point de dire quelque chose, puis remet son pardessus. Nous traversons la terrasse et descendons la pelouse, laissant derrière nous la silhouette massive de la demeure. Les autres invités doivent s'apprêter à partir. C'est le crépuscule, l'ensemble de la propriété est un dessin au fusain. Nous sommes près de la chapelle à présent, à l'abri des regards.

– J'ai un aveu à te faire…

Alice tourne vers moi un regard limpide, assuré, et il me semble comprendre qu'elle sait. Qu'elle sait depuis le début. J'avais raison de penser qu'elle me tendait la perche, l'autre jour, à Hampstead. Cette course de chevaux, c'était un prétexte pour m'aider, pour me permettre d'être seule dans la maison.

– Désolée de t'avoir menti...

Je m'attends à ce qu'elle m'interrompe, qu'elle me dise que je n'ai pas à m'expliquer, qu'elle avait deviné il y a plusieurs mois – mais elle ne dit plus rien et elle penche sa tête sur le côté. Ma gorge se serre.

– On s'est connues quand on était petites.

Alice a les bras croisés, et elle a l'air déçu, à présent, irrité, comme si elle voulait en avoir fini avec moi, avec cette question, qu'importe ce que c'est.

Je ne peux pas l'avouer ouvertement, les mots ne viendront pas, alors je dis à la place :

– Je suis déjà venue ici. La dernière fois, c'était le lendemain de Noël, j'avais huit ans, et tu...

Sa tête se redresse brusquement.

– Lydia ?

J'acquiesce, même si personne, à part mon frère, ne m'a appelée par ce prénom depuis des années.

– Qu'est-ce que tu fais là ? demande-t-elle. Qu'est-ce que tu fabriques ?

– J'ai besoin de ton aide.

Elle rit. L'obscurité s'accroît, j'ai du mal à voir son visage. Je m'aperçois avec stupeur que ce n'est pas du tout le lieu pour avoir cette conversation, c'est froid et humide, elle pourrait se sentir menacée. Je n'y avais pas pensé, je me souciais seulement d'être à l'abri d'oreilles indiscrètes.

– Je veux retrouver mon père, dis-je, et ma voix sonne creux, bien que je garde espoir.

Alice est gentille, réfléchie. Elle sait ce qui est arrivé à Emma et maman.

– Ne t'approche pas de moi, dit-elle.

– Je veux seulement lui parler.

– Je n'ai rien à voir avec lui. Mes parents n'ont rien à voir avec lui.

– Non, je ne veux pas les compromettre…

– Ils ont failli aller en prison à cause de ta mère, dit-elle.

– Je t'en prie, Alice, ce n'est rien, ça ne te prendra pas beaucoup de temps.

Elle commence à s'éloigner, remontant la pente en direction des sapins.

Dans son dos, je lance :

– Tu dois m'aider !

– Va-t'en.

– Je sais quelque chose sur ta famille…

Elle se retourne, secoue la tête.

– Tu te rends ridicule.

– Je préférerais ne pas te le dire…

Elle poursuit son chemin.

– S'il te plaît, aide-moi !

Elle glisse un peu sur l'herbe mouillée, recouvre son équilibre. Je la suis. Nous passons entre les sapins, et la maison apparaît devant nous, vaste et solide, avec les carrés jaunes des fenêtres.

– Ton père voit des prostituées.

Alice soupire.

– Non. Désolée, mais non.

Je brandis mon téléphone.

– Tu veux l'appeler, la fille ?

Elle se met à pleurer.

– Sale garce.

Ensuite, j'appelle un taxi pour rejoindre la gare. Alice patiente avec moi devant la maison. Nous nous taisons. Nous n'avons pas parlé depuis que je lui ai expliqué ce que j'attends d'elle.

Le taxi remonte l'allée. La lumière des phares apparaît en premier, balayant le flanc de la maison, puis nos personnes.

On ne se salue pas. Lorsque je me retourne sur la banquette, Alice se tient toujours sur le gravier, sous la silhouette écrasante de la demeure, et son expression est tendue et blessée. Puis, l'une et l'autre disparaissent, et nous descendons de la colline avant de franchir le portail.

31

Je me demande si maman aurait honte de moi. Alice fera ce que j'ai demandé, parce qu'elle ne veut pas que Rose apprenne que son mari voit des prostituées. Rose qui, cette année, a eu un cancer du sein.

Je frémis et m'installe par terre près de Jasper. Il dort, lâchant de petits bruits, des gémissements, et je m'allonge, ma tête sur son flanc. Je reste là longtemps, comme si son contact m'exonérait de ce que j'ai fait, me dédouanait.

Alice va demander à Sam où vit mon père aujourd'hui. Elle va lui dire qu'elle a toujours été curieuse de le savoir, mais qu'elle ne pourrait pas demander à ses parents sans les inquiéter. Il sera content, j'imagine, de lui confier ce secret, d'être l'initiateur. Il est moins discret que les parents d'Alice.

– Pourquoi tu ne poses pas la question à mon père ? m'a-t-elle demandé.

– Il pourrait prévenir le mien. Si tu t'adresses à Sam, personne ne soupçonnera rien.

Elle est censée dîner avec lui la semaine prochaine. Je ne sais pas si ça marchera. Elle pourrait me dénoncer à ses parents, mais j'en doute, je crois qu'elle serait trop gênée pour affronter son père, et elle souhaite protéger sa mère. Elle voudra se débarrasser de la chose, la gommer de son esprit.

*

Je croyais avoir une méthode pour prendre mon mal en patience. Le jour, je serais accaparée par mon travail, puis je retrouverais des amis au restaurant ou au cinéma chaque soir jusqu'au dîner d'Alice et Sam. Mais Robbie a fait une nouvelle crise d'épilepsie. Son évanouissement a duré quatre minutes, et ses convulsions lui ont occasionné des déchirures musculaires au dos.

Tous les soirs après le travail, je vais le voir au Royal Free Hospital. Il prend un antipsychotique pour le sevrage, et des somnifères. Cette fois, les doses semblent plus fortes. Il est confus, pas vraiment lui-même, et je repars chaque fois ahurie.

*

J'attends de reprendre le métro à Belsize Park quand Alice m'envoie un SMS. « Hvar, Croatie. »

Ma première pensée, le téléphone en main, est pour Emma. Quelle honte qu'il soit encore vivant, qu'il ait été vivant pendant toutes ces années – et pas elle.

Je ne l'ai pas vraiment connue. Je l'adorais, mais je ne connaissais d'elle que les aspects qu'elle laissait voir à une gamine de huit ans, ce qui me frappe aujourd'hui comme une perte incommensurable.

À l'hôpital, je m'assois près de Robbie. Je ne lui parle pas d'Ashdown, ni de ce que j'ai appris. Il est fatigué. Quand il va aux toilettes, il se voûte et doit se tenir au mur pour garder l'équilibre. Je ferais n'importe quoi, je crois. N'importe quoi pour que ça cesse.

TROISIÈME PARTIE

L'Écosse

32

Je me suis renseignée sur les criminels de guerre en fuite. Je voulais savoir ce qu'on fait, après avoir commis des crimes abominables, comment on passe son temps. Ceux qui m'intéressaient le plus étaient ceux qui sont entrés en clandestinité et ont vécu ainsi pendant des années. Parmi eux, un nazi, réfugié en Irlande après la guerre. Il avait acheté une maison jaune aux finitions extérieures tarabiscotées et s'était lancé dans l'élevage d'agneaux.

Je voudrais savoir à quoi il pensait tout en faisant le fermier, ce qu'il ressentait au souvenir de ses actes. Cela avait forcément un effet. Un effet négatif, j'ose l'espérer, mais qui sait ? Peut-être que cacher sa première vie donnait son charme à la seconde, lui permettait d'apprécier davantage cette existence à la campagne.

Un autre ancien nazi, réfugié en Irlande lui aussi, devint éditeur de manuels universitaires, un troisième adhéra à un country club de Dublin.

J'ai beaucoup lu sur Radovan Karadžić, qui a orchestré l'assassinat de milliers de Croates et de civils musulmans durant la guerre en Yougoslavie. Après ce conflit, alors que le tribunal de La Haye l'avait inculpé pour crimes de guerre, il disparut. Vivant dans la clandestinité, il publia un recueil de poèmes sous son véritable nom. Il devint également un spécialiste de médecine alternative, pratiqua l'acupuncture et la sexologie, aida des couples à concevoir. Je me demande si c'était une plaisanterie de sa part, ou s'il croyait sincèrement avoir des dons de guérisseur.

Je n'aurai plus à chercher d'informations de ce type, à me demander comment mon père subsiste, ce qu'il est devenu, ni dans quel environnement il évolue. Je vais aller l'épier, pour mon propre salut, pour toutes ces années que j'ai passées à m'interroger, puis j'alerterai la police.

*

À Heathrow, je récupère mon billet à la machine automatique, passe le contrôle de sécurité, et marche jusqu'à la porte d'embarquement. Je me suis déjà trouvée dans ce terminal. J'avais commandé un café à ce bar, acheté des magazines à ce kiosque, vu des avions s'envoler par cette baie vitrée – combien tout cela me semble étrange à présent, comme si, cette fois-ci, c'était différent.

J'essaie encore une fois d'appeler Robbie tandis que les passagers font la queue pour embarquer, mais il ne répond pas. On s'est disputés hier, à son appartement. Il était assis dans son lit, le dos appuyé contre le mur, tandis que je le suppliais d'aller en centre de désintoxication.

– Tout ce que je te demande, c'est de descendre avec moi et de monter en voiture. C'est tout. Pourquoi est-ce si difficile ?

– Je ne peux pas.

– Et les cures en ambulatoire ? Tu pourrais toujours dormir ici.

Il a secoué la tête.

– Pourquoi pas ?

– Ne crie pas.

– Je ne crie pas.

– Seigneur. Pas étonnant que tu sois encore célibataire.

Je ris, surprise. Une bonne chose, toutefois : mon but était justement de le faire sortir de ses gonds.

– Et toi, Robbie ? C'était quand, ta dernière petite amie ?

Là, ç'a été l'explosion, chacun criant à pleins poumons jusqu'à ce que je m'aperçoive qu'on attendait tous deux que maman vienne nous séparer. Je me suis mise à pleurer, Robbie restait là, prostré.

– Excuse-moi, ai-je dit.

– Tu peux partir maintenant ? J'ai besoin de dormir.

Je lui envoie un autre message, puis empoigne mon bagage et monte dans l'avion. Je regarde par le hublot jusqu'à ce qu'on soit au-dessus de l'Adriatique. Par intermittence, les nuages se déchirent, montrant des cargos minuscules. Je n'en reviens pas d'être dans cet avion. C'est un vol de trois heures. Pendant toutes ces années, il n'était qu'à trois heures de chez nous.

Après l'atterrissage, les passagers débouclent leurs ceintures de sécurité et ouvrent les coffres à bagages. Dans l'allée, deux femmes parlent en croate. Je me demande s'il a appris la langue.

Au contrôle des passeports, la file n'est pas très longue. Nous sommes à la mi-septembre, la haute saison est passée. Le fonctionnaire me regarde, regarde la photo sur mon passeport, et note quelque chose sur ma carte d'embarquement. J'entre dans une autre pièce et parle avec un autre fonctionnaire, répondant soigneusement à ses questions, indiquant l'adresse de mon hôtel à Hvar.

Je m'efforce de déguiser ma joie. Ils trouvent que je ne ressemble pas à ma photo d'identité – hourra.

Après avoir reçu le message d'Alice, j'ai acheté un billet pour Split. J'ai demandé un congé à Anton pour m'occuper d'un membre de ma famille. Voilà sept ans qu'on travaille ensemble, il se doute que je n'ai pas agi à la légère. Je n'ai pas précisé quel proche, mais il sait pour Robbie et pourquoi j'ai déjà dû m'absenter auparavant. « Combien de temps te faut-il ? Un mois ? » m'a-t-il demandé.

Robbie est malade. Je vais prendre soin de lui, d'une certaine façon, mais je redoute tout de même d'être punie pour ce mensonge, qu'il lui arrive malheur.

À l'immigration, l'agent étudie mes documents. Hier, après le travail, je me suis arrêtée dans une pharmacie pour acheter une teinture au henné. Chez moi, j'ai enfilé les gants de protection contenus dans la boîte et, penchée au-dessus du lavabo, j'ai aspergé mes cheveux de produit. L'odeur me brûlait les narines. Jasper a levé la truffe en l'air, couiné, et filé dans la chambre. Après avoir procédé au rinçage, j'ai séché mes cheveux et repris une douche. Déjà la couleur commençait à s'atténuer et à prendre un aspect rougeâtre.

La semaine dernière, aussitôt après avoir quitté Ashdown, j'ai lu des interviews d'actrices expliquant comment elles se métamorphosaient pour un rôle, et j'ai noté dans le détail leurs méthodes pour prendre du poids. Au supermarché, j'ai rempli mon chariot de gâteaux, chips, beignets. Et comme elles l'indiquaient, ces aliments présentent, entre autres, l'avantage de brouiller le teint.

J'ai épilé mes sourcils, tout fins, désormais. J'ai changé ma raie, raccourci ma frange. J'ai regardé les photos de touristes et de routards sur les îles de Croatie, après quoi j'ai acheté des débardeurs bordés de dentelle, des pantalons bouffants, des sandales à semelles de liège. J'ai retrouvé quelques photos de moi, enfant. Mon visage était plus pointu, mes traits moins accusés. Mes cheveux étaient bruns et bien plus courts, et je n'avais pas la frange. Mon père ne me reconnaîtra pas. Ce stratagème n'était d'ailleurs pas forcément nécessaire, il ne m'a pas vue depuis mes huit ans.

Le fonctionnaire me rend mes documents et tamponne mon passeport. Je lui souris et traverse l'aéroport jusqu'à la station de taxis. Quand nous parvenons à la gare maritime, le ferry pour Hvar vient de partir. C'est une île qui fait partie d'un archipel au large de la côte dalmate. Beaucoup de touristes vont d'île en île en été, l'eau est apparemment très propre. Même ici, dans ce port ultra-fréquenté, elle est déjà très claire, d'un éclatant bleu turquoise.

J'achète mon billet et passe une heure à attendre sur un banc, devant le terminal. Mes bras commencent à rougir au soleil. Deux routards français se tiennent à côté de moi. J'ai presque la même tenue que la fille : haut moulant à fines bretelles, pantalon ample et sandales, mais pas les bracelets ni le petit anneau d'orteil en argent.

Lorsque le ferry suivant arrive, les automobilistes qui attendent à la queue leu leu remettent le contact et montent lentement à bord. Le bateau n'est pas plein. L'un des routards s'allonge sur une rangée de sièges pour dormir. Un vieux couple croate se partage un journal. J'achète un burek, de la pâte phyllo garnie de fromage, et l'emporte sur le pont. Il y a des odeurs de fuel et de gaz d'échappement. En contrebas, la rampe fait un gros bruit métallique chaque fois qu'un véhicule embarque. Je me retourne pour admirer les hautes falaises calcaires qui s'élèvent par-delà le littoral, les Alpes dinariques. Il paraît que les villageois s'y réfugiaient lors des invasions mongoles. Coup de sirène, le bateau quitte le quai. Nous serons à Hvar dans deux heures.

Tandis que la traversée commence, je regarde les montagnes s'éloigner. Elles sont si hautes que mon père doit les voir de son île.

Il a fui l'Angleterre en novembre 1991. À l'époque, la Croatie était en guerre. Initialement membre de la fédération yougoslave, elle avait proclamé son indépendance en juin et combattait l'Armée populaire yougoslave. Des centaines de milliers de civils fuyaient le pays. Mon père pouvait aller dans la direction opposée, personne n'irait le chercher. On n'y penserait même pas. Les aéroports étaient fermés, seuls les appareils de l'OTAN ou des Nations unies pouvaient décoller ou atterrir dans le pays. Mais des brèches existaient sur la frontière, par où il aurait pu passer à pied. Il n'aurait pas été difficile de se fondre dans la masse, des milliers de Casques bleus étaient envoyés en Croatie chaque année. Mon père aurait ressemblé à n'importe quel Européen ou Américain venu contenir la guerre ou en profiter.

Je pense qu'il a dû aimer vivre en zone de guerre. Il avait l'impression d'être courageux, sans courir trop de risques. Il pouvait rester à l'écart des combats les plus violents, et s'installer dans l'un des milliers de foyers qui avaient été désertés.

Une trace blanche marque le pourtour de la coque. À présent, nous sommes loin du continent. Devant nous, les premières îles : Šolta et Brač. Je vais à l'avant du bateau tandis que, lentement, elles se rapprochent. Elles ont l'air improbables, deux portions de pinèdes découpées dans une forêt quelconque et posées sur la mer.

Nous passons entre elles et rejoignons la pleine mer, l'Adriatique. Homère évoque ces îles. Je me demande si cela a joué dans la décision de mon père ; il aimait étudier les grands classiques quand il était à Eton.

Mais je ne peux pas être absolument certaine qu'il soit là, c'est ce que je me répète alors qu'on se rapproche de notre destination. Alice et Sam ont pu mentir, je ne devrais pas me bercer d'illusions.

Toutefois, j'en doute. Après avoir reçu le message d'Alice, je me suis rappelé que, à table, le premier soir, Rose et James avaient affirmé n'être jamais allés en Croatie. Or j'ai passé en revue les photos que j'ai prises de leurs relevés bancaires et trouvé un règlement à un hôtel de Dubrovnik.

Et tout ce que j'ai appris sur ce lieu m'a convaincue qu'il conviendrait parfaitement à mon père, à la fois à ses goûts et à sa situation particulière. Hvar a la réputation d'être la plus belle des îles croates et sa ville principale attire les touristes les plus fortunés. Il pourrait fréquenter ce genre de milieu qui lui a toujours plu.

Le ferry accoste à Stari Grad. Lorsque je descends la passerelle aux marches rouillées, un employé coordonne le débarquement d'une file de véhicules. Je me rends avec d'autres passagers à un arrêt de bus, pose mon bagage dans la poussière tout en cherchant parmi les kunas que je me suis procurées de quoi payer mon ticket.

Un bus arrive, les gaz d'échappement se mêlent à la sueur sur mon visage tandis que j'attends mon tour pour monter. La traversée de l'île jusqu'à la ville de Hvar durera vingt minutes. Le bus est plein, et je m'assois avec mon sac à dos sur les genoux. En me renseignant sur Hvar et la Croatie hier soir, j'ai appris que des milliers de Casques bleus et d'entrepreneurs étaient restés sur place après la guerre. Quelques-uns furent impliqués dans les réseaux de prostitution en tant que clients. J'ignore si c'est le mot juste. Les filles n'étaient pas payées, et elles ne pouvaient pas s'en aller. Certains Casques bleus sont eux-mêmes devenus des trafiquants, exploitant les femmes qu'ils étaient censés protéger. Aucun n'a été arrêté pour ce crime. Ni sanctionné d'une manière ou d'une autre, que je sache, même si j'espère me tromper. J'espère que quelqu'un a la liste de ces types et qu'il s'en occupe un à un.

Les maisons de Stari Grad disparaissent peu à peu et, de part et d'autre de la route, je vois des collines rocheuses et de petits pins maritimes. Le soleil de fin de journée éclaire les oliviers à l'oblique. Par la vitre ouverte, j'entends les pneus crisser sur le macadam. Devant nous, la route serpente entre les pentes karstiques. Le soleil est assez bas sur l'horizon pour que certaines soient à l'ombre, et d'autres dorées. Nous sommes dans les terres, dorénavant, mais on sent la proximité de la mer. Il s'est choisi un endroit splendide.

J'ai lu que si ces collines sont si pelées, c'est que les Vénitiens les ont déboisées afin de construire leurs navires. Jadis, la ville de Hvar était un port vénitien. Voilà qui a dû lui plaire, lui qui aime l'Italie.

La route commence à descendre. Nous passons devant un chantier de construction protégé par un grillage, une pelleteuse abandonnée derrière un tas de gravats, puis quelques maisons en ciment avec des barreaux aux fenêtres. Au détour d'un virage, la ville de Hvar apparaît, méli-mélo de toits de tuiles rouges à flanc de coteau autour du port, et le bleu de l'Adriatique qui s'étend à perte de vue, jusqu'à une bande de brume sur l'horizon.

Je suis la foule des passagers depuis l'arrêt du bus jusqu'à la place au centre de la ville. D'un côté, la cathédrale Saint-Étienne, de l'autre, le port. Certains filent droit vers une terrasse pourvue de tables surmontées de parasols rouges, tandis que je passe sans m'arrêter, scrutant chaque visage, à la recherche du sien.

Je tire sur mon haut, tentant de le décoller de mon torse. Deux hommes qui s'expriment en anglais me croisent et je me retourne, mais ils sont trop jeunes.

La promenade maritime n'est pas surpeuplée. En revanche, les bars qui la bordent sont animés et tous les points d'ancrage, de l'autre côté du parapet, sont occupés. Je regarde un équipage en uniforme s'activer sur un yacht imposant.

En été, des milliers de touristes viennent ici nager, bronzer et se pinter au rosé. Dans certains bars, on peut louer des transats sur des affleurements rocheux pour la modique somme de cinquante euros la journée. Il y a des fêtes sur des yachts, dans des villas, des restaurants, des boîtes de nuit et des bars sur la plage que les clients rejoignent à la nage depuis leurs voiliers. Même en exil, il s'est débrouillé pour être au cœur des choses.

Puis, à l'automne, les touristes s'en vont et les habitants reprennent possession des lieux. Cela aussi doit lui plaire. Il neige même parfois en hiver.

Un homme monte sur le pont d'un yacht à quatre étages qui avance sur l'eau, téléphone à l'oreille, frappant le bastingage du plat de la main. Au-delà du port, les minuscules îles Pakleni, qui ressemblent à un récif découvert par les flots. Je compte neuf voiliers flottant dans les environs. Mon père sait naviguer, il est peut-être là-bas.

Mon hôtel est une vieille bâtisse de pierre située à côté de la place. J'ai dû donner mon passeport à l'employée, qui en a soigneusement noté le numéro dans son registre. Je n'ai pas réservé de chambre avec kitchenette, prévoyant de prendre tous mes repas à l'extérieur, quoiqu'il soit peu probable que je l'aperçoive dans un restaurant, il y en a des dizaines en ville. J'ai repéré ceux qui auraient sans doute ses faveurs – Gariful, DiVino, Dalmatino –, mais il préfère peut-être commander un plat au bar, ou manger chez lui.

J'ai essayé de faire la liste des lieux où la plupart des gens doivent se rendre régulièrement dans une ville de cette taille : le supermarché, la station-service, le distributeur de billets. Il y a un grand distributeur à la banque sur la place, et deux stations-service, l'une et l'autre sur la route de Stari Grad, mais il me semble plus judicieux de commencer par le supermarché. Le Spar est situé à la lisière de la ville, et tout îlien doit probablement y aller souvent. Même s'il paie quelqu'un pour faire les courses, il doit s'y arrêter pour les petites choses, la bière, par exemple, ou du savon.

Quand j'arrive là-bas, il reste une heure avant la fermeture mais il y a encore du monde. Les portes ont à peine le temps de se refermer entre deux clients. Une vieille dame sort, avec du blanc de poulet rosé sous plastique, puis c'est une bande d'étudiants en année sabbatique avec de l'épicerie et des sacs de glace. Quelques autochtones s'y arrêtent en rentrant du boulot, encore dans leurs tenues du personnel de l'hôtel ou du restaurant qui les emploie. Une femme désigne ses pieds nus et patiente à l'extérieur du magasin tandis que son mari s'y engouffre. Elle me remarque, et moi aussi je fais mine d'attendre quelqu'un.

Enfin, cela se calme. À travers la vitrine, je vois les caissières se tenir les reins et bavarder entre elles. Un nouveau client arrive, et les portes automatiques restent ouvertes longtemps après qu'il est entré.

À neuf heures du soir, une jeune femme quitte sa caisse avec un gros trousseau de clés et ferme le supermarché de l'intérieur. J'achète un burek à un stand et transporte le sac en papier maculé de graisse jusqu'aux marches de la cathédrale. Quelques touristes s'y sont assis et une odeur de cannabis flotte dans l'air. Je lèche les miettes et l'huile de ma pâtisserie sur mes doigts.

Au restaurant sur la place, les parasols rouges ont été refermés, noués avec des lanières de toile. Je peux voir tous les clients attablés, et mon père n'est pas parmi eux. Voix et raclement des couverts résonnent à travers la place. Je finis le burek et froisse le papier graisseux.

Quelques clients règlent leurs notes et les serveurs viennent débarrasser leurs tables. Il est dix heures passées. Mon père est sûrement chez lui à présent. Peut-être lit-il. Ou s'apprête-t-il à se coucher.

*

Il y a une petite plage de galets au-delà du port. Je m'assois sur le rivage, les coudes sur les genoux, tandis que le soleil du matin brille à travers les eaux d'un vert limpide. Le vent est dans mon dos, agrémentant de crans mousseux la chevelure des vagues.

Personne ne vient se baigner. À sept heures du matin, je m'arrête à un café sur la promenade pour prendre mon petit-déjeuner et un pot de café épais et sirupeux. Une jeune femme en robe noire et tablier me l'apporte. Je lui demande :

– Vous vivez ici depuis longtemps ?

– J'ai grandi à Stari Grad.

Elle n'a qu'un très léger accent. En pleine saison, elle doit parler l'anglais aussi souvent que le croate.

– Quel endroit magnifique, dis-je, et elle sourit modestement, comme si elle ajoutait cette réflexion à la quantité de compliments qu'on lui fait journellement. Il y a beaucoup d'expatriés, ici ?

– Un certain nombre.

– D'où viennent-ils ?

Elle regarde au plafond, hausse les sourcils, soupire. Je remarque qu'elle a un numéro noté sur sa main au feutre noir.

– Allemagne. Pays-Bas.

Je verse du lait dans mon café.

– Des Anglais ?

– Oui.

– Y a-t-il un bar qu'ils fréquentent en particulier ? J'espérais regarder le match de foot, ce soir.

– Ils vont dans tous les bars, dit-elle, d'un ton sinistre.

Pas la plus polie des clientèles, à ce qu'on dit, en particulier les étudiants britanniques. Au fond de la salle, un homme en polo rose essaie d'attirer son attention, le doigt en l'air.

– Savez-vous si, parmi les expatriés, il y en a qui vivent à Hvar depuis longtemps ?

Elle semble désireuse de continuer à me parler, ne serait-ce que pour faire poireauter l'homme au polo rose.

– L'oncle de mon ami s'est installé ici, dis-je. Vous le connaissez peut-être ? Anglais, la soixantaine.

– William ?

Je dois me racler la gorge avant de pouvoir continuer.

– Possible. Je ne me rappelle pas son nom. Grand ?

Elle tient sa main à plat, sous son épaule – et c'est la déception. L'homme au polo s'est à demi levé de sa chaise, serrant sa serviette dans son poing, contre son ventre. Poussant un soupir, elle traverse la salle dans sa direction.

*

Il y a de longs intervalles entre les clients du Spar, c'est moins trépidant qu'hier soir. La chaleur a beaucoup augmenté et les clous du banc brûlent ma peau quand elle entre en contact avec eux. Je voudrais prendre un livre dans mon sac, mais lire, c'est baisser les yeux et risquer de le manquer. Certains détectives, écouteurs aux oreilles, apprennent des langues au cours de leurs filatures. Pourquoi pas moi, ou alors me distraire avec une émission de radio, pour m'aider à passer le temps. Je ne le fais pas, mais c'est donnant-donnant : je supporte le désagrément d'une attente interminable et ennuyeuse et, en contrepartie, il va se montrer.

J'ai apporté un sachet de bonbons Haribo, néanmoins, et je m'en accorde un par heure. Tandis que les clients se succèdent à l'intérieur du Spar, je teste les diverses façons de savourer une gomme de fruits : sucer, mâcher, laisser dissoudre, presser contre mon palais. Ce pacte était idiot. Si seulement j'avais de quoi m'occuper les mains. Dans le bus, ma voisine la routarde avait passé tout le trajet à tricoter. Elle semblait se régaler ; cela m'a l'air d'être un aimable passe-temps. Parfois je me lève pour faire un tour sur le parking, ou étirer mes bras. Toutefois, aux alentours de neuf heures, mon corps est courbatu d'avoir passé autant de temps sur ce banc.

J'ai les jambes en coton en traversant la place. J'ai à peine bu aujourd'hui, et j'avale un litre d'eau avant d'atteindre le port. Appuyée contre le parapet, je contemple les eaux noires entre les bateaux.

Il n'est peut-être même pas ici. Il n'est peut-être même pas en Croatie. Alice a pu dire la vérité à ses parents, et ils l'auront chargée de me mentir. Je surveille peut-être un supermarché dans une ville où il n'habite pas. Au souvenir du soin avec lequel j'ai appliqué la teinture pour cheveux à la maison, je tressaille. J'avais d'abord mis de la vaseline au niveau de la ligne d'implantation des cheveux, pour éviter de teindre ma peau, ce qui m'aurait immédiatement trahie. J'ai pris mon temps pour accomplir tous ces gestes, en veillant à n'oublier aucun millimètre carré de peau.

C'est une réédition encore plus humiliante des autres déplacements que j'ai effectués par le passé. Newhaven, Eton, Rules. Quand ce sera fini, je rentrerai chez moi, comme les fois précédentes, en essayant de me convaincre que j'ai progressé dans ma quête.

L'hiver dernier, j'ai lu qu'un homme avait été poignardé à la nuque par un inconnu à la station de métro de Walthamstow. Il avait échappé de justesse à la mort. Par la suite, dans une interview, il avait déclaré espérer que son agresseur recevrait l'aide idoine. Il n'avait accepté d'accorder cette interview que pour alerter sur les coupes claires opérées dans le budget alloué à la santé mentale. Il ajoutait que, non, il n'avait pas peur de reprendre le métro. Malgré les efforts du reporter, rien ne dénotait chez lui un quelconque traumatisme. Il disait vouloir penser à cette agression comme, par exemple, à un accident de vélo.

Quelle eût été ma vie, si j'avais pris cette décision ?

33

Trop large pour s'amarrer au port, un gros yacht a jeté l'ancre dans le chenal. Depuis le café sur la promenade, je regarde une vedette s'en approcher, creusant un sillage blanc dans l'eau bleue. Une trappe s'ouvre dans le yacht, et la vedette s'engouffre à l'intérieur. Surprenant, ça, un petit bateau dans un grand. Voilà qui me rappelle l'un de mes jouets d'enfant, une chienne en peluche avec une bande Velcro et des chiots dans son ventre. Le propriétaire du yacht s'offusquerait sûrement d'une telle comparaison.

Je retourne m'asseoir sur le banc, devant le supermarché, et presse la touche play pour écouter le premier épisode des *Archers*[1]. J'ai téléchargé treize heures d'émission. Et apporté un sachet d'un assortiment de bonbons. D'autres parfums, pour meubler mon attente.

Comme il n'y a pas beaucoup de clients, je regarde surtout la route, qui mène à travers l'île jusqu'à Stari

1. *Les Archers* sont la plus ancienne série radiophonique du monde. Le premier épisode a été diffusé par BBC Radio 4 le 1er janvier 1951 et compte à ce jour plus de 18 800 épisodes. (*N.D.T.*)

Grad, quoique la plupart des voitures passent trop vite pour me permettre de voir les visages des gens qui sont à bord.

Je suis de plus en plus convaincue qu'Alice m'a punie en m'envoyant ici. Je ne peux pas vraiment lui en vouloir, bien que, à cette idée, je me sente épuisée, énervée. Si c'est vrai, ce n'est sans doute que le premier de nombreux châtiments à venir. Ses parents voudront me donner une leçon, sachant que j'ai fouillé chez eux.

Je ne suis pas obligée de rester ici et d'attendre. Je n'ai pas acheté mon billet du retour, je peux aller demain à l'aéroport. Avant de partir, j'ai préparé mon appartement en vue d'une longue absence, suspendant la distribution du courrier, vidant le réfrigérateur, baissant le thermostat pour que la chaudière ne se rallume pas en cas de coup de froid. J'ai aussi confié Jasper à Laila avec un mois de croquettes et la plupart de ses jouets. Ces préparatifs, je les ai accomplis avec détermination. J'étais résolue, comme s'il fallait mettre toutes mes affaires en ordre avant la suite. Je voudrais me fuir moi-même, tant j'ai honte. Quelqu'un de meilleur lui aurait pardonné. Ou, *a contrario*, parce que justice devait être faite, l'aurait retrouvé depuis longtemps.

*

Le lendemain soir, un dimanche, le Spar ferme de bonne heure. Je me demande si mon père est allé à l'église ce matin. C'est l'une des questions qui me taraudent depuis toujours : s'est-il confessé ? Un prêtre sait-il la vérité et a-t-il décidé de ne pas trahir le secret de la confession ? Par moments, je déteste ce prêtre imaginaire autant que je déteste mon père.

À dix-sept heures, une caissière ferme les portes et je retourne en ville. Je décide de surveiller le distributeur de billets sur la place, mais après m'être assise un moment, je me relève. Il fait trop chaud, j'ai transpiré toute la journée. Je passe à l'hôtel chercher mon maillot de bain avant d'aller à la plage.

Là, je me déshabille et m'avance dans l'eau. Je fais quelques brasses sous la surface et des frissons parcourent mon dos. Je plonge plus profondément dans les courants plus froids. Du bleu indigo puis du rouge colorent mes paupières quand je remonte dans l'eau ensoleillée. C'est si clair qu'on peut voir les galets au fond, et les oursins. Quelques petits poissons me croisent. Je flotte sur le dos, bercée par les vagues.

Je suis assez loin pour voir d'autres nageurs dans des criques le long de la côte. Une femme qui ramène son petit voilier au port lève la main pour me saluer au passage. Je nage parallèlement à la terre ferme jusqu'à en avoir les muscles endoloris.

Je commence à retourner vers le rivage en marchant, lorsque j'étouffe un cri, me pliant en deux. Je soulève mon pied hors de l'eau, en équilibre sur une jambe. L'épine d'un oursin noir s'est fichée dans mon talon. Je l'extirpe, et une traînée de sang court sur mon pied et dégoutte dans l'eau.

Sur le rivage, je serre mes cheveux dans un chignon, enfile une robe par-dessus mon maillot mouillé. Je devrais aller acheter un antiseptique, les piquants pourraient causer une infection. Je traverse la ville par ses étroites rues médiévales. Nous sommes un dimanche soir, la pharmacie doit être fermée. Mon talon n'est pas douloureux, pas exactement, mais je sens l'endroit où j'ai été piquée.

Je passe devant une quincaillerie, fais demi-tour. Ils ont peut-être de l'alcool à 90°. Comme je pousse la porte, un homme de l'autre côté sourit et s'efface à l'intérieur pour me laisser passer. Il met la main en haut du battant pour le retenir à mon intention.

Je le regarde pour le remercier, et c'est comme une grosse bourrade. Il sourit et s'excuse. Puis je m'écarte et il sort. La porte se referme, et il passe de l'autre côté de la vitrine.

Je tends la main pour recouvrer mon équilibre et renverse une boîte de mètres rubans par terre. Je me penche pour les ramasser, les prenant par poignées pour les remettre dans la boîte, et me voici dans la rue, à l'extérieur de la boutique.

Il y a vingt-six ans, il était assis devant moi, sur une banquette au Luxardo's, en complet sombre, avec le papier peint rayé derrière lui. Il a la même tête, même si son front est sillonné de rides et qu'il a des poches sous les yeux.

Il est déjà au coin de la rue. Je marche lentement, en conservant le même écart entre nous. Un sac en plastique de la quincaillerie se balance au bout de son bras. Nous marchons vers la place par une rue étroite, sous les bâtiments de pierre aux toits rouges. Il sort une bombe aérosol de ce sac et lit l'étiquette tout en marchant.

Je contemple son dos. Ses cheveux sont argentés, à présent. Il porte une chemise aux manches retroussées, un pantalon de toile, des bottines en daim. Il s'est toujours piqué d'élégance. Il se met à grimper, s'éloignant du village, mais son allure n'a pas varié, il tient la forme. Mon pied dérape. Lorsque je regarde, il y a du sang sur ma sandale, j'ai laissé une trace derrière moi.

La route fait un crochet et il se dérobe à ma vue. Je tourne juste à temps pour le voir monter dans une vieille

Jeep aux sièges de cuir craquelé, sans toit ni portières. Je suis assez près pour entendre tinter ses clés avant que le moteur ne démarre, et pour voir des cordes et un démonte-pneu dans le coffre ouvert.

Lorsque la voie est libre, il sort du parking et s'engage sur une route qui s'éloigne du littoral. La Jeep fait un bruit sourd quand il passe une vitesse. Bientôt il disparaît, son moteur change de registre, comme s'il attaquait une côte. Ce ne sera pas difficile de le retrouver. Les routes dans cette direction aboutissent dans les collines, elles ne traversent pas l'intérieur de l'île.

Des gaz d'échappement restent en suspens tout autour de moi. Je tends l'oreille jusqu'à ne plus rien entendre, et jusqu'à ce que l'huile qui a goutté sur le goudron ait commencé à sécher.

Il se ressemble tellement. C'est indiscutablement le même homme. Mais je ne parviens quand même pas à les associer – lui et celui qui s'est introduit dans notre maison ce soir-là. Je croyais que poser les yeux sur lui m'aiderait à me convaincre définitivement de sa culpabilité, mais non. Il a l'air si ordinaire. Quand il marchait entre la quincaillerie et la voiture, sa semelle a accroché à la chaussée, le coupant dans son élan. Il n'a mis qu'une seconde à recouvrer son équilibre et à continuer, mais je ne cesse d'y penser – une maladresse si banale.

Je trouve une pharmacie ouverte et achète de l'alcool à 90° et des pansements. Dans ma chambre d'hôtel, je me sers du petit miroir de mon poudrier pour voir s'il reste un fragment d'épine d'oursin dans ma chair. Le sang a déjà imprégné ma sandale, et l'eau rougit dans le lavabo quand je frotte le liège. L'opération semble durer longtemps, alors que traverser la place pour louer un scooter est l'affaire d'un clin d'œil. Une bande d'étudiants américains devant le garage ont eux aussi loué des scooters. Ils vont à Milna assister au coucher du soleil. Deux d'entre eux sont nerveux, et le garagiste rit, disant : « Ça ne va pas très vite », ce qui est bon à savoir.

Ainsi motorisée, je prends la route d'Ivan Dolac. Ma sandale est encore mouillée et le pansement se décolle un peu. L'engin est petit et lourd, les étudiants ne devraient avoir aucun mal à le manier. Tous les véhicules de location sont identiques, et heureusement – ainsi, j'aurai l'air de n'importe quelle touriste.

Il est sept heures du soir. Le soleil luit dans les mauvaises herbes qui poussent le long d'une petite clôture en fil barbelé au bord de la route. Plus je prends de la hauteur, plus les maisons sont espacées, et entre elles ce sont des étendues de terre en friche. Le soleil est dans mon dos, projetant mon ombre qui grandit et glisse en travers de la chaussée, à chaque virage.

Il y a une poignée de maisons par ici, toutes construites face à la mer. L'une après l'autre, elles s'élèvent devant moi, solides et modernes blocs de béton posés sur des parcelles de calcaire et de maquis, les fenêtres rendues opaques par le reflet du soleil couchant.

Une autre s'annonce. Parvenue à sa hauteur, je tourne la tête pour jeter un coup d'œil dans l'allée privée. Sa Jeep est garée là, sous un treillis de fins branchages. C'est l'une des dernières maisons sur la route avant qu'elle ne se rétrécisse et n'aille se perdre dans les broussailles, au point culminant au-dessus de la ville. Au-delà, au sommet, il y a un générateur dans une casemate en ciment. Mettant pied à terre et poussant mon scooter sur le bas-côté de la route, je m'assois sur le gravier, adossée au générateur.

Lentement, l'océan s'assombrit. À travers la ville, des lumières commencent à apparaître. Un chien jappe quelque part, au bas de la colline, et le générateur bourdonne derrière moi. Telle est la vue de sa maison. Une vue splendide. En hiver, on doit voir neiger au-dessus de la mer. Il a une terrasse en bois, bâtie sur pilotis. Il l'a peut-être ajoutée pour profiter de cette vue. Ou du soleil – il semble avoir passé beaucoup de temps au soleil.

C'est un point que j'ai déduit de son apparence. Un autre point, plus important, c'est qu'il semble en pleine forme. Il n'est pas diminué, contrairement à James. Il n'a pas commencé à se voûter. Et ses vêtements lui vont bien. Il a dû trouver un tailleur dans cette ville, lui qui s'est toujours acheté des chemises et des costumes sur mesure. Aujourd'hui, il a la soixantaine. Son apparence a un peu changé – le front buriné, les cheveux argentés – mais pas tant que ça. Il marchait d'un pas nonchalant en quittant la quincaillerie, balançant le sac en plastique au bout de son bras. Il avait l'air heureux.

À deux heures du matin, je redescends de la colline jusqu'à sa maison. Au large, un orage s'est déclaré. Des éclairs zèbrent le ciel derrière les nuages, qui reluisent comme un miroir fumé.

Par ici, certaines maisons ont des autocollants signalant qu'elles sont protégées par un système de sécurité. Pas la sienne, bien qu'il ait peut-être quand même installé une alarme. À sa place, j'en aurais une. Un mur de pierre sèche sépare sa propriété de celle du voisin. Depuis le côté caché de ce mur, j'épie sa maison entre les oliviers. Il faut que je sois discrète, je ne suis qu'à une dizaine de mètres de ses fenêtres ouvertes. J'ignore si je peux m'avancer davantage. Déjà mon cœur tressaute et j'ai la chair de poule. Il est tard, cependant, et les lumières sont éteintes depuis des heures. Il doit s'être endormi.

La maison est plus modeste que je ne l'aurais cru. Des murs de béton lisse, verni, un toit plat avec quelques évents et une cheminée. Je me serais imaginé une piscine, après l'avoir vu. Il a l'air d'être du genre à faire des longueurs tous les matins.

Le jardin n'est pas entretenu, le terrain autour de la maison est dans le même état d'abandon que ce versant-ci de la colline. Lorsque j'escalade le mur et me laisse retomber dans sa propriété, les herbes sèches m'arrivent aux genoux. S'il est réveillé, il a peut-être entendu les craquements.

Il a un foyer ouvert et une grille posée dessus avec des formes noires, là où la viande a été carbonisée. Une table et des chaises en plastique sont disposées sur la terrasse. Il doit pouvoir prendre ses repas dehors pendant une bonne partie de l'année.

Je contourne la maison et trébuche. Quelqu'un se tient devant moi. Je retiens ma respiration. Une chaleur subite me traverse et mes jambes faiblissent. Il se rapproche. Puis, je remarque la corde à linge et manque d'air. Pas un homme. Une combinaison de plongée, mise à sécher. Le genre intégral, avec bras et jambes, et le tissu mouillé sent encore le sel.

Je marche, en équilibre instable, jusqu'à sa voiture sous le treillis. Avant de quitter Londres, j'ai fait un tour au rayon électronique de Selfridges pour acheter un bidule. Il y a quelques mois, j'en avais offert un à Laila, qui perd souvent la clé de son antivol à vélo. C'est un porte-clés ordinaire, mais muni d'une puce GPS. On télécharge une application, insère le code, et le traceur apparaît sur une carte. Je glisse ce gadget dans l'une des fissures du cuir, l'enfonçant de manière à le coincer contre le coussin, passe ma main sur le siège. On ne soupçonnerait jamais sa présence.

Je me hâte de regagner la route. Lorsque je regarde par-dessus mon épaule, je m'attends à le voir debout à la fenêtre, mais tout est dans le noir, et seules les formes des rideaux blancs remuent à l'intérieur.

Je ne suis pas la dernière à rentrer chez moi. Deux filles sont assises sur les marches de la cathédrale, une bouteille de vodka à leurs pieds. La place est assez calme pour que j'entende la vodka glouglouter dans la bouteille quand l'une d'elles boit au goulot.

Elles font signe à une troisième qui s'approche depuis le fond de la place. Un bruit de tam-tams émane d'un des bars sur la plage. La nouvelle venue porte un jean moulant et un haut noir, ses longs cheveux flottent dans son dos. Ce sont des Italiennes, j'entends parler ses copines. Elle a un collier ras du cou noir, qui, dans cette pénombre, donne l'impression que sa tête a été séparée du corps. Elle marche vite, sur la pointe des pieds, et paraît sur le point de rire. Je me demande ce qu'elle a laissé derrière elle, et elle me sourit en me croisant.

Je quitte la place, m'engage dans la ruelle qui mène à mon hôtel. Quelques réverbères éclairent les façades fantomatiques des maisons, révélant les éraflures sur la peinture blanche des volets, les formes sombres des encoignures de porte. D'habitude, je marche à distance des pas de porte quand il est tard et que je suis seule, mais cette nuit je laisse ma main traîner le long des murs.

34

– Je l'ai retrouvé.

À l'autre bout de la ligne, Nell dit à quelqu'un : « Pardon, je dois absolument répondre. » Murmures étouffés, puis :

– Claire ?

– Il vit en Croatie.

– Oh, mon Dieu. Il a été arrêté ?

– Non. Je ne l'ai pas encore dit à la police.

– Quoi ?

– Je veux d'abord l'observer.

Il y a un silence sur la ligne. Je crois la voir, fermant les yeux, crispée.

– Ce n'est pas grave, il ne va pas nous filer entre les doigts, c'est là qu'il vit.

– Il t'a vue ?

– Non. De toute façon, il ne me reconnaîtrait pas.

– Pas sûr. Tu as changé tant que ça en grandissant ?

Je ne peux pas lui parler de mes cheveux teints, de mes sourcils épilés, de ma prise de poids. Elle serait furieuse de découvrir que j'avais planifié cela depuis longtemps, sans lui en parler.

– Comment l'as-tu retrouvé ?

– J'ai fait chanter quelqu'un.

– Oh, Claire !

– Je sais.

– Où es-tu ?

– À Hvar.

– Je vais alerter la police.

– Non, s'il te plaît.

– Pourquoi ? Qu'est-ce que tu fabriques ? Tu as l'intention de t'en prendre à lui ?

– Non, bien sûr que non. Je veux seulement l'observer.

J'ai besoin de savoir qui il prétend être, à quoi il consacre son temps, s'il est aussi heureux qu'il y paraît. Même s'il y a davantage. J'ai besoin de savoir qui il est. Un homme bon qui, un jour, a mal agi. Un homme mauvais qui a commis d'autres mauvaises actions.

Pendant des années, j'ai été tourmentée par l'idée que son entourage ne savait pas qui il était, que d'autres personnes pouvaient être en danger. Mon impuissance à les mettre en garde me désespérait.

Je me faisais peut-être des idées fausses, j'ai pu me tromper sur son compte, la police aussi, maman aussi. Une pièce du puzzle est manquante, l'a toujours été. Il n'aurait pas tué Emma. Il n'avait aucune raison de s'en prendre à elle. La théorie officielle est qu'il l'a prise pour maman, au début, mais ensuite, pourquoi ne s'est-il pas arrêté ? Il y avait une ecchymose sur la bouche d'Emma. Il avait vu son visage.

Et puis – autre absurdité –, il avait quitté maman. Il commençait à la trouver vaguement ennuyeuse. Il avait tourné la page, selon ses amis, tous ceux que la police a interrogés. Je ne comprends pas pourquoi, l'ayant quittée, il serait revenu la tuer.

– Combien de temps te faut-il ? demande Nell.

– Une semaine.

– J'alerte la police dans quatre jours.

Il y a une crique le long de la côte, à l'est de la ville, cachée derrière des pins et d'épais cyprès. Sans le traceur, je ne l'aurais jamais trouvée. Le point sur la carte s'est déplacé et arrêté quand il est venu ici en partant de sa maison. La puce est toujours dans sa voiture, transmettant sa localisation depuis le parking en terre derrière la crique.

J'étale ma natte sur les galets. Il y a d'autres personnes, ici – une femme qui prend un bain de soleil sur une serviette jaune, un jeune garçon qui fait une pyramide de cailloux, un couple lisant, allongé sur le sable – mais mon attention est focalisée sur l'homme qui pousse un Zodiac dans l'eau.

Mon père avance avec précaution, regarde où il met les pieds. Il y a encore plus d'oursins ici que sur l'autre plage, je peux voir leurs formes noires sous l'eau verte.

Il embarque et tire sur une corde pour démarrer le moteur. Une gerbe d'eau scintillante s'élève derrière le Zodiac. La mer est si calme que, au lieu de laisser un sillage, l'embarcation grave deux lignes dans la surface translucide. Il se dirige vers les îles Pakleni, où d'autres bateaux sont ancrés, puis le moteur s'arrête, et il se laisse dériver. Éblouie par la réflexion du soleil sur l'eau, je dois plisser les yeux pour le voir.

Il ne se passe rien. Je me demande si le moteur est en panne, mais au lieu de tenter de le relancer, il lâche son ancre par-dessus bord. Il tire sur le filin pour tester l'ancrage, puis rassemble son matériel. Bientôt la moitié supérieure de sa combinaison de plongée est sanglée, il a un harnais sur le dos qui contient une bouteille d'oxygène. Un tube dans la bouche. Un masque. Il boucle une ceinture lestée autour de sa taille, puis bascule dans l'eau.

Il a appris la plongée sous-marine. Il doit être très expérimenté pour plonger seul. Un brevet s'obtient au bout d'une longue formation, mais c'est vrai qu'il a tout son temps.

Je surveille la surface lisse de l'eau. Il est là-dessous désormais, je me demande à quelle profondeur. Loisir dangereux, la plongée. Il peut s'en passer, des choses. Accident de décompression, anévrisme, narcose à l'azote, matériel défectueux. Et il plonge seul, personne ne serait là pour l'aider si cela devenait nécessaire.

Je guette encore un peu, puis m'allonge sur ma natte, massant le trait de sueur irisée au creux de mon coude. Je tourne la tête de côté et hume l'odeur de paille brûlante. Je me demande s'il y a des requins par ici.

Une heure plus tard, l'adoratrice du soleil se redresse sur sa serviette, étire sa nuque et remet les bretelles de son maillot de bain sur ses épaules brunies, parsemées de taches de rousseur. Elle enfourche sa bicyclette au bord du parking non goudronné, la serviette nouée autour du cou. Le jeune garçon est parti, lui aussi, il ne reste plus dans cette crique que moi-même et le couple, qui est allé nager et est revenu se coucher sur le ventre. La femme s'appuie sur ses avant-bras, jouant à entrechoquer des galets.

Il n'a toujours pas refait surface. Je me redresse, les avant-bras sur les genoux, et contemple les écailles miroitantes de lumière sur l'eau. Le Zodiac semble flotter là-bas depuis longtemps. Des traces de sel blanches marquent le caoutchouc noir.

C'est peut-être à cause de moi qu'il ne sort pas. La force de ma présence sur la plage, comme une main sur sa tête dans l'eau.

Puis, l'embarcation tangue. Un bref mouvement violent. J'abrite mes yeux du soleil, au cas où je l'aurais imaginé, mais il y a une nouvelle secousse. Des requins sous l'eau, la frénésie de la curée, leurs ailerons soulevant le fond du Zodiac. Ou bien, ce n'est que lui, se tenant à la corde d'ancrage pour remonter.

Sa tête émerge. Il se hisse dans le bateau et commence à retirer son équipement. Je ne reste pas pour regarder. J'ai besoin d'être près de chez lui avant son retour.

La maison d'en face est une location de vacances. J'ai trouvé son descriptif en ligne ; elle est inoccupée ce mois-ci. Elle aussi a une terrasse surélevée, avec des marches extérieures et une vue sur la propriété de mon père. Le haut des marches est en partie caché par un pin, et la maison est assez éloignée pour qu'il ne m'aperçoive pas, à moins qu'il le veuille. Si, par hasard, il regardait de mon côté, il verrait une touriste, flemmardant au bord de sa terrasse, occupée à lire. J'ai apporté un livre, un briquet, un paquet de cigarettes.

À son retour, il est vêtu d'un bermuda et d'une chemise en lin mouillée. Je le regarde arroser sa combinaison de plongée. Il va à sa voiture et revient avec un morceau de pain, qu'il dévore tout en rinçant le reste de son équipement. Il doit être affamé après tout ce temps passé sous l'eau.

Des gouttes d'eau scintillantes dégoulinent de la combinaison. Il monte à sa terrasse. J'ai peur qu'il ne jette un regard dans ma direction, mais il fait coulisser la porte et entre chez lui. Elle n'était pas fermée à clé. Il la laisse ouverte.

À l'intérieur, les murs sont peut-être entièrement tapissés d'armes, mais j'en doute. Il n'a pas l'air de craindre qu'on vienne le débusquer, après toutes ces années. Pas d'alarme, ou, s'il en a une, il ne s'en sert pas. Tout est ouvert chez lui et il n'a pas peur des voleurs à en juger par la chemise qui sèche au bord de la terrasse, le livre sur un fauteuil, la pince à lanières de cuir laissée près du foyer ouvert. La fougère qu'il a déplacée sur la terrasse pour l'arroser, laissant un rond humide sur les planches. Cette plante verte est un autre sujet d'étonnement. De surcroît, elle a l'air en bonne santé, comme s'il en prenait grand soin.

La chemise au bord de la terrasse se soulève et retombe, agitée par le vent. La combinaison de plongée commence à sécher, des plaques mates s'agrandissent, et tout cela me semble à présent un brin artificiel, mis en scène. Il a peut-être noté ma présence. Il est peut-être en train de m'épier derrière ses rideaux. J'ai du mal à évaluer les distances. Je ne sais pas, s'il venait dans ma direction, si je serais capable de descendre de cette terrasse et de filer à temps.

Rien ne filtre de l'intérieur de la maison. Puis, un grondement de cataracte, et je sursaute, me heurtant le coude au garde-corps, mais ce n'est que le bruit de sa douche qui s'échappe par la fenêtre ouverte de sa salle de bains.

Peu après, il ressort sur la terrasse, vêtu d'un pantalon bleu marine et d'une chemise blanche, avant de s'attabler avec un livre. Je ne crois pas qu'il m'ait vue. Il ne regarde pas de mon côté, mais ce n'est pas de propos délibéré, il n'a pas l'air de le faire exprès. Au loin, la lumière blanche d'un avion scintille sur un banc de nuages bleus, telle une balise au sommet d'une montagne.

Un véhicule arrive par la route. Je le vois apparaître et disparaître dans les tournants et, pour finir, virer dans son allée. Un homme en sort, et mon père descend de sa terrasse pour l'accueillir, lui serrer la main, le tenant par l'épaule.

Il a la cinquantaine, semble-t-il. Bronzé, cheveux blancs en brosse, sourire éclatant. Ils grimpent sur la terrasse, faisant de grands signes quand un second véhicule arrive et qu'un autre homme en descend. Celui-ci a apporté un sachet de steaks congelés. Je peux voir du liquide brun gonfler les coins du sachet plastique.

Tous trois installent des chaises autour de la table. Ils boivent des bouteilles de bière Karlovačko et parlent en croate. Mon père semble maîtriser la langue, son débit est rapide, il rit.

L'un de ses invités entre dans la maison et revient avec les steaks sur un plateau de verre. Ils doivent être intimes pour connaître ainsi la maison. Mon père dispose du charbon de bois dans le foyer, y répand du pétrole. Bientôt, de la fumée s'élève du feu, formant une longue torsade. Une fois les steaks cuits, il racle la pince à barbecue contre une pierre pour la nettoyer, y laissant des traces noires.

Ils se passent le sel, le poivre, un saladier de pommes de terre rôties. Mon père mange vite, avec des gestes précis, habiles. Tout en avalant, il tient ses couverts pointes en l'air. Il s'essuie les mains avec sa serviette qui est étalée sur ses genoux. Le bifteck est saignant, je vois le sang former une mare dans son assiette.

Je regarde ses invités et je me demande ce qu'ils ont fait pendant la guerre. Des bulles de gras se forment dans la poêle. Je regarde l'un de ces types faire passer sa bouchée avec de la bière.

La nuit tombe, mais ils sont éclairés par une ampoule nue fixée sous le toit. Lorsque mon père recule sa chaise, sa serviette est tachée de brun et de rouge.

Il revient avec une bouteille de rakia, l'eau-de-vie de prune qu'on voit dans tous les restaurants du coin. Les hommes écartent leurs assiettes, posent les coudes sur la table. Si seulement je pouvais saisir leurs propos. La conversation est devenue sérieuse. À un moment donné, mon père passe la main sur son visage. L'un de ses compagnons secoue la tête.

Quand, enfin, ils se lèvent de table, il est tard. Leurs voitures redémarrent, et chaque phare éclaire un cercle d'herbes et de terre incolore.

Mon père est seul chez lui, à présent. J'entends l'eau couler dans l'évier, les verres tinter. Les lumières s'éteignent. J'attends. Une fine volute de fumée s'élève encore du foyer. Il n'a pas débarrassé les assiettes. Dans l'obscurité, un oiseau se pose sur la table et se met à picorer les restes.

Il a beaucoup bu. La bouteille de rakia est vide, et combien de bières auparavant ? Trois ? Il garde un démonte-pneu à l'arrière de sa Jeep. Je pourrais m'introduire dans la maison, où il s'est endormi. Son sommeil doit être assez lourd, il n'entendrait pas.

Mais je n'en ferai rien. C'est évident. Je n'ai pas menti à Nell. Lors de ma formation aux urgences, j'ai vu comment on passe de vie à trépas. Je ne pourrais jamais infliger cela à personne – même pas à lui.

35

Le lendemain matin, mon père est assis au fond d'un café avec une tablette numérique, un bloc-notes, et un espresso. Il navigue sur Internet, prend des notes, lit par-dessus une paire de lunettes à monture d'acier. Je pose mon mobile par terre, l'expédie d'un coup de pied sous la table voisine, puis je me dresse, fourrageant dans mon sac.

– Excusez-moi, vous n'avez pas vu un téléphone ? J'ai perdu le mien...

Il relève la tête, avec une expression courtoise, réservée. Je prends conscience de mes cheveux roux, de mes sandales à semelles de liège, de l'arrondi de mes épaules que scient les bretelles de mon débardeur.

– Non, désolé.

Son accent est moins prononcé, il pourrait être originaire d'un nombre incalculable d'endroits. Rebouchant son stylo, il commence à chercher autour de lui. Je vais au bar demander si quelqu'un a rapporté un téléphone, mais l'employée fait non de la tête.

– Le voilà !

Lorsque je me retourne, il me le tend, le tenant entre le pouce et l'index.

L'écran fracassé est un bon point, je trouve, pour une routarde. Je ne l'ai même pas fait exprès, en plus : il est tombé sur le chemin de halage du canal, il y a quelques semaines.

– Merci beaucoup.

– De rien.

Son ton est plaisant mais un peu froid, comme s'il cherchait à me faire comprendre qu'il doit se remettre au travail, à présent.

– Moi, c'est Sarah.

– Grant.

– Si je l'avais perdu, ç'aurait été la catastrophe. Je suis seulement de passage.

Il opine poliment. Je ne vais pas y arriver, il ne va pas engager la conversation, nous n'allons pas lier connaissance, il ne me dira rien de lui. Il ne va pas me donner de prétexte, et si jamais je tente de lui forcer la main, ça va lui sembler louche.

Il regarde le manuel de yoga sur ma table, et son expression se teinte d'ironie, il doit se dire que je ne suis sûrement pas très douée pour ça. À côté du manuel, une grosse pâtisserie feuilletée fourrée au miel et à la pistache. Aucune discipline, par-dessus le marché.

– Encore merci.

– Je vous en prie, dit-il, et chacun se rassoit.

Grant. Ce n'est pas l'un des noms que j'avais imaginés, mais il lui va bien. Il prend des notes depuis sa tablette, et je tourne les pages de mon livre, le papier collant à mes doigts tachés de miel. J'aperçois un tatouage à l'intérieur de son avant-bras. Une suite de lettres grecques, que je recopie dans mon livre pour plus tard.

Au bout d'une heure et demie, il range sa tablette dans un porte-documents en cuir. J'en reconnais la boucle en argent et la serrure sur le rabat, je jouais avec. Toutes ses affaires sont allées à ma grand-mère après sa disparition. Il a peut-être demandé à James de lui en apporter certaines après le décès de celle-ci, ou il a commandé un nouveau cartable au même fabricant. Mon intérêt ne lui a pas échappé, et je me penche de nouveau sur mon livre, le schéma d'une colonne vertébrale en torsion, jusqu'à ce qu'il soit parti.

Quelques minutes plus tard, je vais me poster au seuil de l'établissement et je le vois entrer dans une maison chaulée, un peu plus loin sur la route. Je suis passée par là, en venant ici. Un centre reiki, avec un carillon éolien au-dessus de la porte, et à côté une boîte pleine de prospectus sur la thérapie craniosacrale.

Je n'ai jamais eu droit à un massage craniosacral, mais j'imagine que ça doit ressembler à celui qu'effectuent les coiffeurs au-dessus du bac à shampooing en plus élaboré. Un truc jouissif. Les tensions qui s'évacuent subitement de votre tête tandis qu'on vous presse les tempes ou qu'on enfonce les phalanges à la base de votre crâne. Le *nec plus ultra,* donc. Je suis toujours dépitée quand l'eau se remet à couler.

Des notes argentines, émanant du carillon, se répandent dans les airs. Les stores sont tirés. Il est donc là, à bénéficier d'une séance, étendu sur une table, dans une petite pièce où on lui masse le crâne. Ou bien, c'est le stade supérieur, celui où le praticien ne vous touche pas mais, à en croire le prospectus, fait circuler votre énergie. Il croit mériter cela aussi, même après ce qu'il a fait.

Une fois dans ma chambre d'hôtel, je trouve sur Internet un tableau de l'alphabet grec. J'ouvre le livre de yoga où j'avais recopié son tatouage et raccorde chaque lettre à sa correspondante dans l'alphabet latin. Processus laborieux. J'ai peur de me tromper, n'ayant pas eu le temps de bien voir. Puis je recopie ces lettres, une à une, dans une application de traduction. La translittération donne : *Eleutheria* : « liberté ».

*

Un nid de guêpes est suspendu au-dessus de son jardin, une grosse boule composée de couches grises qui s'émiettent, comme du papier mâché. Des guêpes bourdonnent tout autour. Planté juste en dessous, mon père secoue une bombe lacrymogène. Je me penche depuis ma terrasse afin de voir derrière l'écran d'aiguilles de pin. Une bille métallique cliquette dans la bombe aérosol qu'il secoue. Il braque la buse et arrose le nid d'un jet, qui mousse en surface. J'ai lu quelque part qu'il valait mieux utiliser un spray anti-guêpes plutôt que du gaz lacrymogène, car on peut le pulvériser à une distance de six mètres.

Les guêpes quittent le nid, nuée étincelante qui monte au-dessus de l'arbre. Armé d'une batte de base-ball, mon père grimpe à un escabeau placé sous la branche. Quelques-unes continuent de tourner autour de lui. Il est peut-être allergique aux piqûres. Il ne le sait pas forcément, la plupart des gens l'ignorent. Ses coups atterrissent avec des chocs amortis, jusqu'à ce que le nid se détache et tombe à terre.

Une heure plus tard, je m'aventure dans son allée, passant devant le toit de branchages : la Jeep a disparu. Il est parti en ville, d'après le signal émis par mon porte-clés. Le nid de guêpes est toujours par terre, fendu et révélant des fragments de cellules grisâtres.

Une odeur de pétrole monte du foyer. Les éléments épars d'un travail en cours attendent sur un établi posé dans l'herbe. Il a laissé une scie, munie d'un fil de fer au lieu d'une lame, comme une version plus grande de celle qu'on utilisait à l'atelier poterie, à l'école. Je me rappelle avec quelle facilité le fil de fer fendait l'argile.

Je monte sur sa terrasse et ouvre la porte vitrée qui coulisse. Une barre en bois est là pour la bloquer de l'intérieur, mais elle est calée à la verticale contre le mur. Je m'en saisis, tout en sachant que ce n'est pas utile – il est en ville, j'ai assisté à son départ, et le porte-clés me dira s'il revient –, et la balade de pièce en pièce.

Jadis, mon père a séjourné dans une maison de Laurel Canyon. C'était il y a des dizaines d'années, mais il a dû en être marqué. Mêmes fauteuils en bois au ras du sol, mêmes tapis de jonc. Sur l'appui de la fenêtre, une poignée de cristaux de quartz rose à l'état brut. Je parcours le contenu de sa bibliothèque, contrariée de constater que nous avons certaines affinités dans ce domaine. La maison a une odeur distincte, intense et limoneuse, que je ne parviens pas à identifier.

L'autre pièce est encore plus dépouillée. Un lit, un bureau face à la mer. Un ordinateur portable est ouvert, avec un écran noir. Je me sens trop nerveuse pour agir, mais je me force à m'asseoir. La barre en bois est couverte de sueur. Je la repose contre le bureau et m'essuie les mains sur mon jean.

J'ouvre les tableurs et documents sauvegardés sur son ordinateur. Il me faut un moment pour comprendre de quoi il s'agit. Il négocie des fonds indiciels. Pour lui-même, et certains clients, à travers une société écran, sans doute, enregistrée dans un paradis fiscal. C'est donc ainsi qu'il gagne sa vie. Il semble spécialisé dans les énergies renouvelables.

Son compte mail ne se téléchargera pas sans un mot de passe. J'ouvre son historique de navigation sur les trois derniers mois, ça ne va pas plus loin, et j'en prends des photos.

La cuisine est au fond de la pièce principale, derrière un comptoir de pierre polie. J'ouvre le réfrigérateur. Toutes les clayettes sont nettes, les victuailles bien rangées. Une barquette en plastique avec « BOUILLON DE BŒUF » noté au feutre sur un morceau de ruban-cache adhésif, de l'ail noir, un pot de pâte de miso blanc.

J'ouvre les placards. Plaques vitreuses de wakamé, poudre de maca, poudre de champignons, pollen d'abeille, spiruline, chaga. Le bord découpé des sachets est replié et fermé par une pince en plastique coloré. J'ôte l'une de ces pinces d'un sachet de tisane de champignons. L'origine de cette odeur qui imprègne toute la maison, l'odeur de terre humide.

Il ne peut pas se procurer tout cela en ville, il doit commander *via* Internet. Cela me fait enrager. Ce souci de son corps, alors que maman et Emma n'ont plus rien, ne peuvent plus rien expérimenter, par sa faute.

Je suis dans sa maison depuis plus d'une heure et demie, à présent, et je commence à penser qu'il ne reviendra jamais. Ma nervosité s'est dissipée, remplacée par une sorte de transe. Pas un souffle d'air, tout est tranquille à l'intérieur comme à l'extérieur.

Je prends mon temps. Il y a un coffre-fort dans sa penderie. Petit, mais de taille suffisante pour contenir des documents, des billets de banque, une arme. J'essaie quelques combinaisons, sans succès. Je vérifie de moins en moins souvent sur la carte la localisation du porte-clés.

Je passe un moment dans la salle de bains, examinant plaquettes de pilules et ordonnances. Rien de particulier. Un antibiotique périmé, capsules de mélatonine, aspirine, pâte dentifrice. Posé sur le côté, caché derrière l'antibiotique, un tube de rouge à lèvres.

Je le débouche. La teinte est rose clair et on l'a souvent utilisé. La bouche d'une inconnue l'a modelé en forme de croissant.

Je rebrousse chemin. Rien d'autre qui appartiendrait visiblement à une femme. Ni souliers ni épingles à cheveux. Ni notes ni photos. Curieuse nuance, ce rose pastel. Le genre de teinte destiné à quelqu'un de jeune.

Je replace la barre contre le mur. Sa surface est toujours glissante, à cause de ma sueur. J'aime l'idée qu'il puisse s'en apercevoir, qu'il soit d'abord interloqué, puis troublé.

Je suis tentée de laisser une autre trace de mon passage. Je pourrais dévisser un couvercle et le laisser en évidence dans la cuisine, pour qu'il se demande si c'est lui qui l'a posé là, ou s'il a eu de la visite. Mais cela ne pourrait que me desservir, en définitive, de le prévenir ainsi de ce qui l'attend.

Je ferme la porte et tourne les talons. Un fracas se fait entendre à l'intérieur et la barre tombe dans le rail coulissant. J'appuie sur la poignée, mais la porte ne bouge pas, bien entendu, c'est bloqué de l'intérieur à cause de la barre.

Je fais le tour de la maison. La seule autre façon d'entrer, c'est par la porte principale, qui est fermée à clé. J'y donne un coup d'épaule, puis regarde la carte. Le point se déplace. Sans doute depuis un bon moment, en fait. Mon père est déjà au pied de la colline.

Un bruit de moteur. Les muscles de ma nuque se raidissent, la sueur me brûle la peau. Je remonte la route à toute allure. Quand j'entends sa Jeep derrière moi, je me force à ralentir le pas. Le bruit du moteur augmente. Il devrait avoir viré dans son allée maintenant, c'est donc qu'il a continué. Je tends l'oreille : un bruit de gravier écrasé, et quand je me retourne il est en train de s'engager dans sa propriété. Je me planque derrière le générateur au moment où une portière claque. J'attends que la sueur ait séché sur ma peau, puis grimpe sur mon scooter et redescends de la colline.

Il a dû me voir marcher au bord de la route. Et s'en étonner, puisqu'il n'y a rien de ce côté-là, la route finit au sommet de la colline, près du générateur. Mais voir une femme marcher dans les parages de sa maison, et constater que la porte est fermée de l'intérieur, ça ne peut pas être suffisant pour provoquer sa fuite. Il peut s'agir d'une randonneuse, la barre est peut-être tombée toute seule.

Y avait-il de la terre sous mes sandales quand je suis entrée ? Ai-je bien rangé ses provisions à leur place ? Je n'ai pas fait attention. Je suis confondue par tant de négligence.

Je ne me rappelle pas avoir remis le rouge à lèvres dans le placard. Je me souviens de l'avoir sorti, et d'en avoir considéré la teinte, mais pas d'avoir remis le capuchon. Je l'ai peut-être laissé sur le lavabo.

*

À l'hôtel, je prends une douche froide. Je suis enveloppée d'une serviette, en train de me coiffer, quand le téléphone sonne.

– Claire Alden ?

– Oui, dis-je, et le télescopage produit ses premiers effets, cette paralysie, cette préparation mentale à ce qu'on va m'annoncer au sujet de mon frère.

– Je vous appelle de Penbridge. Votre frère est ici.

– Quoi ?

– Il est arrivé cet après-midi. La première semaine, il ne disposera pas de son mobile, mais vous pourrez le joindre à ce numéro si c'est vraiment urgent.

Elle me demande si j'ai des questions à poser sur ce stage de vingt-huit jours. Mon visage est mouillé, et c'est comme une douce avalanche à travers tout mon corps.

– Vous voulez mes coordonnées bancaires ?

– Il souhaite régler lui-même, mais nous avons besoin d'un garant.

– Oui, bien sûr.

Après cet appel, je dévale les marches de l'escalier et me retrouve dans les rues pavées. Les façades sont ponctuées par les persiennes ouvertes à l'italienne, que je regarde tout en marchant, le cœur en fête.

Je peux rentrer chez moi, maintenant. Il y a un modeste commissariat à Hvar. Ils pourraient procéder à l'arrestation, ou Interpol enverra ses agents. Mais ensuite, ce sera terminé. Sa maison sera mise sous scellés, et lui en garde à vue. Je n'aurai que les bribes qui filtreront des rapports de police, ou du procès. Ce ne sera pas pareil.

À huit heures du soir, le point de son porte-clés GPS recommence à bouger. S'il se dirige vers Stari Grad et le ferry, j'appellerai l'inspectrice Tiernan, mais le point s'arrête dans un parking derrière DiVino. Quand je descends au port, mon père est en train de dîner à la terrasse du restaurant. Il a une grosse montre argentée au poignet et une chemise aux manchettes retournées.

Son ami – un type de son âge – ôte les arêtes d'un poisson grillé.

Je reste derrière mon père. Je me suis changée, mais il doit m'avoir remarquée sur la route et je ne peux pas courir le risque qu'il me reconnaisse. Je le regarde parler avec son ami et utiliser une fourchette pour piquer le contenu d'un saladier de moules. Je voudrais savoir s'il pense jamais à son fils. S'il se doute de tout ce qu'il a souffert.

Son ami désigne le gros yacht amarré à l'extérieur du port, et mon père se tourne dans cette direction, me montrant son profil, le menton dans la main. J'ai entendu deux touristes en parler hier. Ils disaient que ces hublots étaient à l'épreuve des balles. Je me demande ce que le propriétaire a bien pu faire pour prendre cette précaution, et je regarde l'ami de mon père remplir de nouveau leurs verres.

36

Le lendemain matin, à l'hôtel, je saisis une nouvelle adresse tirée de son historique de navigation, qui s'ouvre sur un fil de discussion sur le thé pu-erh. J'en suis à la moitié de l'historique, à présent. Il visite régulièrement des forums et des sites d'information, portant sur la plongée sous-marine, le plus souvent, la nutrition, des questions politiques. Il se renseigne sur la météo et les prévisions maritimes, dans le but de programmer ses plongées, je suppose. Il semble envisager l'acquisition d'un voilier.

Je saisis une adresse et une vidéo se télécharge. Pas du porno, pas tout à fait. Deux filles assises sur un lit, en robe à carreaux, se touchent mutuellement les bras et les cheveux. Leurs robes se lacent sur le devant et elles tirent sur les rubans, qui sont comme des lacets de chaussures blancs, avant que le film s'arrête brusquement.

Une poignée de noms apparaît dans son historique de recherche. Il s'agit pour la plupart de ses clients, je les avais déjà vus sur les documents figurant sur son ordinateur. Trois d'entre eux, cependant, ne semblent pas liés à son travail. Je connais déjà le premier, c'est celui de l'héritier d'une société de transport maritime grecque. Il est descendu de son yacht pour visiter la ville de Hvar, peut-être se sont-ils rencontrés, peut-être est-ce un client potentiel. Le deuxième est celui d'un fermier dans le Yorkshire du Nord. Le troisième, celui d'une infirmière de Boston, Tessa Martin. Ce nom m'est familier, mais je ne me rappelle plus dans quel contexte je l'ai entendu.

Il n'y a pas grand-chose sur elle en ligne. La page de collecte de dons provenant d'une course à laquelle elle a participé, une photo brouillée d'une fête organisée par son employeur, un profil pour la clinique de Boston avec une petite pièce d'identité et une liste de ses diplômes. Licence au King's College London en 1974, Oxford University Merton College 1968-1970. Je relis. Tessa était à Oxford, mais n'y a pas passé son diplôme. Elle en est partie au bout de deux ans et a terminé sa licence à Londres. Avant cela, elle était dans la même classe que mon père et ses copains.

Je ne parviens pas à me décider à l'appeler. Elle est peut-être proche de mon père, elle pourrait le mettre en garde à l'issue de notre conversation. Bien que cela me semble improbable. Pourquoi rechercher le nom d'une amie par deux fois au cours du mois dernier ? D'autant plus qu'il y a fort peu d'informations sur elle en ligne.

Compte tenu du décalage horaire, je dois attendre l'après-midi pour appeler. Lorsque la réceptionniste répond, je dis :

– Puis-je parler à Tessa Martin ?

– Elle n'est pas disponible. Vous êtes une patiente ?

– Non, une amie. Pouvez-vous, s'il vous plaît, lui demander de me rappeler ?

Je donne mon numéro et dis :

– Je m'appelle Lydia Spenser.

Une demi-heure plus tard, le téléphone sonne.

– Tessa…

Elle a toujours l'accent anglais, alors même qu'elle vit aux États-Unis depuis des années.

– Merci de m'avoir rappelée, dis-je.

Elle attend la suite. Elle s'est souvenue de mon nom, elle n'a pas demandé comment on se connaissait.

– Je ne sais vraiment pas par où commencer. Mon père est Colin Spenser. Vous voyez qui c'est… ?

– Pourquoi ?

– J'ai trouvé votre nom dans certaines de ses affaires.

– Il est mort ?

– Non, j'essaie de découvrir ce qui s'est passé dans ma famille. Si vous l'avez connu, je ne le dirai à personne.

– Vous êtes journaliste ?

– Non.

– Pouvez-vous le prouver ?

– Ma mère aurait soixante-deux ans le 2 décembre.

– Vous avez pu vous renseigner…

Le problème, c'est qu'on a beaucoup glosé sur notre compte dans la presse. Peu de choses sont restées confidentielles.

– Lorsqu'il était à Oxford, mon père a prêté sa voiture à un ami, Sam Brudenell, et ce dernier a eu un accident sur Abingdon Road.

Tessa étouffe un soupir.

– Quel âge avez-vous ?

– Trente-quatre ans.

– Je me suis toujours demandé ce que vous étiez devenus, vous et votre frère.

Sa voix a un écho, à présent, comme si elle était passée dans une autre pièce. Je réponds à ses questions sur le lieu où nous sommes allés vivre après le meurtre et sur la façon dont nous avons pu préserver notre anonymat.

– Pourquoi mon père a-t-il fait une recherche sur votre nom ? Comment l'avez-vous rencontré ?

– Sam était mon directeur d'études…

Elle s'interrompt et se racle la gorge.

– Il m'a proposé de l'accompagner à une soirée chez des amis. Nous étions quinze, les huit membres du Ramsden Club, moi et six autres filles. C'était lui qui préparait les cocktails. On dansait. Je me rappelle avoir eu la nausée dans la salle, devant tout le monde. J'étais très gênée, mais Sam était très gentil, pas du tout fâché. Il m'a proposé d'aller m'allonger. J'ai trébuché sur les marches et il m'a aidée… À mon réveil, mes vêtements étaient par terre. Il y avait du sang sur les draps. Tout était éteint. Quand je suis redescendue au rez-de-chaussée, ils étaient tous dans le salon et buvaient toujours. James m'a demandé si je voulais un jus d'orange.

J'écoute, une main sur la bouche, les jambes tremblantes.

– J'ai tout raconté à la chancelière de l'université, ajoute-t-elle, et le soir, Sam est venu dans ma chambre pour m'affirmer que personne ne me croirait. Il était allé voir les autres filles qui avaient participé à la soirée, et elles avaient accepté de jurer que j'affabulais si je le dénonçais à la police. Je suis retournée voir la chancelière, persuadée qu'elle chercherait à me convaincre de ne pas retirer ma plainte, mais elle n'en a rien fait, elle savait qui était la famille de Sam.

– Alors, vous êtes partie ?

— Non, je voulais rester. J'adorais Oxford. Je suis partie le trimestre suivant, après avoir appris ce qui s'était passé. Ce n'était pas seulement Sam. Ils étaient tous coupables.

Je baisse la tête pour résister au vertige.

Longtemps – pas seulement lorsque j'étais enfant, encore récemment –, j'avais inventé des raisons à son acte. Il avait pris un truc la nuit du meurtre, ou avait eu un épisode psychotique. Quelque chose avait craqué en lui momentanément, mon véritable père était celui que je connaissais, pas celui qui était venu chez nous cette nuit-là.

Pourtant il n'y a jamais eu d'autre version de lui. Je le comprends seulement aujourd'hui. Il n'avait pas de double vie. Personne n'en a. L'homme des agressions est celui qui m'a appris à lire et a violé une étudiante.

— À qui en avez-vous parlé ?

— À mon mari et à mon fils.

Un silence, puis :

— J'en avais parlé à votre maman.

— Quoi ?

— Elle était venue me voir après leur séparation. Elle avait entendu Colin prononcer mon nom au téléphone, elle croyait qu'on avait une liaison. Quand je lui ai dit la vérité, elle en est restée bouche bée. Je lui ai pris la main. Elle m'a demandé ce que je voulais, j'ai répondu : « Qu'ils soient punis. »

Sa voix se brise, elle se met à pleurer.

— Elle est allée interroger votre père à ce sujet, en apportant un magnétophone, pour le faire écouter ensuite à la police. Comme il niait, elle a bluffé, disant qu'elle avait une preuve matérielle, qu'il était inutile de mentir.

– Pourquoi n'en a-t-elle pas parlé à la police au cours de l'enquête ?

– Je l'ai suppliée de n'en rien faire. J'avais peur, je croyais être la prochaine victime. Vous ne savez pas à quel point je regrette de m'être confiée à elle. Je pense à Emma tous les jours.

Depuis toutes ces années, j'ai cherché à découvrir son mobile. Maintenant, je sais : mon père voulait tuer maman parce que Tessa lui avait tout raconté. Il n'y a pas de délai de prescription pour un viol, il aurait pu aller en prison. Avec Sam, James, et le reste de leur club, les membres du Parlement, banquiers, juges.

C'est un soulagement de connaître la vérité – un sentiment d'achèvement, la pièce manquante du puzzle, enfin – mais, en même temps, je me sens également si profondément blessée que j'ai du mal à respirer, et je pleure, le visage brûlant, les mains plaquées contre mon ventre. Moi qui espérais qu'il existait un moyen d'échapper à cela. Une encoche dans le cercle par où nous tous, lui y compris, pourrions nous échapper.

Je presse une serviette froide contre mon visage gonflé. Je me tiens à la fenêtre et regarde les gens passer dans la ruelle derrière l'hôtel. Je songe aux petites pinces sur les sachets de maca et de poudre de champignons. Au soleil sur les cristaux de quartz rose. Je me demande s'il croit à leurs vertus curatives. Il possède un coussin de méditation. C'est-à-dire qu'il peut fermer les yeux à volonté, et se sentir en paix.

37

Mon père et un mécanicien sont devant le garage. Sa Jeep est sur le pont élévateur dans l'atelier, ils semblent discuter d'une réparation. Le mécanicien écarte les mains pour montrer la taille de quelque chose, et mon père acquiesce, les bras croisés. Il a l'air décontracté. C'est une vieille voiture, les réparations doivent être fréquentes.

Tous deux s'accroupissent sous le châssis. Au bout d'un moment, ils ressortent sur le parvis. Le mécanicien lui offre un chiffon et mon père essuie ses mains maculées de cambouis. Il prend son temps, passant le chiffon entre chaque doigt, même quand ils semblent devenus propres. C'est l'un des arguments que ses amis avaient invoqués pour sa défense, je m'en souviens. Qu'il était exigeant, n'aimait pas se salir, et ne supportait pas la vue du sang.

Il serre la main du mécanicien et retourne à pied dans le centre-ville. Sortant mon mobile, j'appelle l'inspectrice Tiernan. Je tombe sur sa boîte vocale. J'appelle l'autre numéro qu'elle m'a donné, celui de son service au Met[1] de Londres, et la standardiste me passe l'un de ses collègues. Il sait qui je suis. Dès que je me présente, le ton de sa voix, sec et ennuyé, change.

– L'inspectrice Tiernan m'a donné son numéro, mais son mobile est éteint. Savez-vous comment je puis la joindre ?

– Elle est dans un avion. En attendant, je peux peut-être vous aider ?

Je ne sais rien de cet homme, j'ignore s'il va savoir gérer. La police a laissé mon père s'échapper déjà une fois.

– Ça peut attendre. Savez-vous quand son avion atterrira ?

– Pas avant cinq heures.

Il est curieux, il veut que je lui explique tout au lieu d'attendre.

– Elle rentre de Singapour.

Je le remercie et mets fin à l'appel, en pestant. Sans traceur, pas moyen de savoir où est mon père. J'erre à travers la ville, passant par tous les endroits où je l'ai vu, le centre reiki, le café, le restaurant, la quincaillerie, mais il n'y est pas. Il va peut-être rester chez lui en attendant que sa voiture soit réparée. Il apprécie peut-être ce changement, cette excuse pour paresser. J'essaie de ne pas m'affoler. Personne ne l'a alerté, il n'a aucune raison de déguerpir maintenant. L'inspectrice Tiernan atterrira bientôt, c'est l'affaire de quelques heures.

Je marche jusqu'à la crique cachée le long du littoral, non loin de la ville, là où mon père avait fait de la plongée. Le soleil vient de passer sous la ligne d'horizon,

1. Met pour *Metropolitan Police Service.* Le Met est la force territoriale de police responsable du Grand Londres. (*N.D.T.*)

mais il y a encore de la lumière. Je dépose ma robe par-dessus mon sac, puis m'avance à travers la plage sans une ombre. Tout est clair, en équilibre, suspendu dans cette même clarté uniforme.

La mer est plus chaude que l'air. Les cailloux roulent sous mes pieds, et je baisse les yeux pour éviter de marcher sur des oursins. L'eau se referme sur mes hanches, puis ma taille. J'y pose les paumes à plat et remue les mains de sorte que les rides se propagent tout autour de moi. Mes cheveux balaient mon dos. Quelques oiseaux me survolent, en route vers les îles Pakleni.

Pas d'autres nageurs. Derrière moi, le parking est désert. Je nage sous la surface, et des frissons parcourent mon cuir chevelu. Puis, je me laisse flotter face à l'horizon, portée par l'eau salée. Enfin, je me retourne pour rentrer.

Un homme se tient sur le rivage.

La crique est entourée de rochers. Je vais devoir passer près de lui. D'accord. Il fait encore clair, et il y a un bateau à proximité ; s'il m'arrivait quelque chose, on m'entendrait.

Je reviens à la nage d'un crawl paresseux, et j'accomplis les derniers mètres en marchant sur le fond caillouteux, les vaguelettes moussant autour de mes jambes.

Mon père se tient à quelques mètres de mon sac. Je lui souris, m'attirant un coup de menton pour toute réponse. Ses pieds sont nus, et je remarque les excroissances des malléoles. Il porte son bermuda bleu marine et une chemise de lin blanche.

Il ne se retourne pas sur mon passage. Il n'est pas là pour moi, quel soulagement. Il vient souvent ici. J'enfile ma robe par-dessus mon maillot de bain. Mes pieds sont engourdis, je n'arrive pas à les glisser dans mes sandales.

– Baignade agréable ?

– Oui.

Ma voix semble distante. Il a toujours les mains dans ses poches, mais il me regarde sans aucune gêne. J'ai des tiraillements au cuir chevelu. Je comprends à présent. Il m'a vue. Il sait.

Le bateau n'est plus visible. Il est retourné au port, nous sommes seuls. Il doit penser que je suis tombée sur lui par hasard et que j'ai l'intention de vendre ce scoop à un journal, ou bien de le faire chanter.

– Vous ne nagez plus ? dit-il.

Je ne réponds pas. Je ne cours pas, ne hurle pas, car ce serait lui donner le signal. Et parce qu'une part de moi-même est dans l'expectative, comme si j'étais sur le point de connaître la réponse à une question.

Je ne lui révélerai pas mon identité. Ça n'a pas d'importance, n'est-ce pas ? Qu'il fasse une exception. Je veux savoir de quoi il est capable quand rien ne le contraint à une certaine retenue.

Je me penche pour ramasser mon sac, lui adresse un sourire poli et me dirige vers le parking. Mais il est là, dans mon dos, et la peur est comme un bandeau qui soudain m'aveugle. Je n'ai fait que quelques pas lorsque sa main se referme sur mon poignet.

Il m'entraîne vers l'eau. J'en suis tout éclaboussée tandis que je tente de me dégager. Je ne crie pas, mais ma respiration est sifflante.

Ça s'est déjà produit. Quand j'avais quatre ou cinq ans, on se tenait près d'un rivage, et il avait dit : « Tu peux nager jusqu'à moi depuis là-bas ? »

Sa main enserre toujours mon poignet, mais il me regarde. Il ne fait pas que me regarder, je m'en aperçois, il me reconnaît. Il sait qui je suis. Je comprends ceci, et l'affolement me submerge.

– Non, papa, non !

Me saisissant par les cheveux, il m'enfonce la tête sous l'eau. Mes yeux sont ouverts, mais je ne vois plus rien, à part ce bouillonnement. La pression s'accentue dans ma gorge et au fond de mes poumons.

C'est bruyant là-dessous, avec les cailloux qui roulent sous ses pieds. Je plante mes ongles dans sa main pour lui faire lâcher prise, mais il secoue ma tête violemment, à m'en tordre le cou. Ça brûle, là où il m'arrache des cheveux. J'ouvre la bouche, et l'eau s'engouffre, remonte dans mes narines. La douleur dans mes poumons s'accentue, ma poitrine est saisie de convulsions.

Je rouvre les yeux. L'eau est toujours ce bouillonnement blanc et il ne peut pas voir mes mains. Je les passe sur les galets jusqu'à sentir comme une pelote d'épingles. Je brise l'un des piquants. Puis, je cesse de résister et le laisse me maintenir sous la surface. L'eau redevient transparente, des courants d'air remontent à la surface.

Dès que je peux y voir, je plante l'épine d'oursin dans la chair tendre, entre le premier et le deuxième orteil. Ça entre comme dans du beurre.

Il grogne et me lâche. Je me recule, me retrouve accroupie. Il tend la main vers son pied blessé, sourcils froncés, bouche bée d'incrédulité.

C'est un homme grand, il semble mettre une éternité à se pencher en avant. Moi, je me relève, soulève une pierre à deux mains, et lui en assène un coup, de toutes mes forces, sur le crâne.

Il s'affale de tout son poids en avant, sur moi, et je le repousse. Je me débats pour me dégager. Mes pieds glissent, mes bras moulinent pour me maintenir debout.

Je m'arrête, haletante, le visage strié de cheveux mouillés. Eau et salive dégoulinent sur mon menton.

Il est à plat ventre dans l'eau. Je guette un mouvement. Je tiens toujours la pierre, si fort que du sang commence à goutter entre mes doigts. Il ne bouge pas. Je flanche, lâche la pierre, essuie mes mains rougies sur ma robe.

Mon cœur bat à grands coups, et je regarde vers le rivage. Personne sur le parking ou entre les pins. À distance, un bateau-taxi file vers le port, mais, d'ici, je ne peux pas voir les passagers et ils ne peuvent pas me voir non plus.

Des vaguelettes passent. Elles s'infiltrent sous sa chemise, la détachent de son dos, puis le tissu mouillé colle de nouveau à sa peau.

Je ne sais pas combien de fois la scène défile sous mes yeux. Le ciel s'est assombri un peu plus, laissant un noir d'encre sous les pins, quoiqu'il fasse encore jour. S'il y a quelqu'un à terre, il pourra nous voir. Je porte ma main tremblante à ma bouche.

Je me force à me rapprocher, et à tâter son pouls. Rien. Je m'en doutais, et à présent tout mon être grelotte. Je n'ai frappé qu'une fois. Pas de sang sur sa tête, ni dans l'eau. On dirait qu'il va se relever.

La mécanique du temps est détraquée. Tout semble bouger au ralenti, avec des trous noirs, je ne me rappelle pas où je me trouvais ni à quoi je pensais, il y a un instant.

Je suis glacée. Il faut regagner la terre ferme, aller au commissariat. Enfin, je commence à patauger vers le rivage, puis m'arrête. Je regarde mes mains et mes bras, palpe l'arrière de ma tête. Pas de bosses. Il a tenté de me noyer, mais ça n'a pas laissé de marques. Il n'y a pas de témoins. Et j'étais venue ici exprès pour lui. On ne croira pas forcément à la thèse de la légitime défense.

Ma main se crispe sur le tissu mouillé de ma robe et je me plie en deux. Quelque chose hurle en moi. Ça ne peut pas être, ça n'est pas possible, je ne veux pas aller en prison.

Je relève la tête, considère la crique. Il allait me noyer. Qu'aurait-il fait de mon cadavre ? Le parking est désert. Il n'est pas venu avec sa voiture, ni avec le Zodiac. La ville est à deux kilomètres environ, vers l'ouest, et, vers l'est, c'est la côte sauvage, les vagues qui déferlent contre les rochers, dominés par de grands pins. Pas d'habitations, à vue de nez.

Je reviens en arrière machinalement. Après l'avoir saisi par le col, j'entreprends de le tracter dans l'eau, vers l'est. Je ne pense pas à son visage, je ne regarde pas de ce côté-là.

Mon bras et mon épaule commencent à souffrir, mais je dois l'amener à l'écart de la ville. À tout instant je m'attends à entendre une vedette rebondir sur la surface de l'eau, ou un bruit de sandales sur les rochers en surplomb, à voir des témoins surgir. Nous sommes si près du rivage.

Un peu plus loin, un pin est tombé dans la mer. Des vagues passent et repassent sur son corps sombre. Une fois là-bas, je survole les rochers du regard et finis par remarquer une niche.

Je retourne son cadavre et me mets à déboutonner sa chemise. Impossible qu'il ait une chemise sur lui, on doit croire qu'il était allé nager. Les boutons se coincent sans cesse dans les fentes. Ma gorge se noue, mais voilà, c'est fait, et je finis de le déshabiller. Faisant du vêtement un tampon, pour ne pas avoir à toucher sa peau, je le pousse dans l'anfractuosité.

Une vague arrive par-derrière, et un fort craquement se fait entendre quand sa tête heurte la paroi. Puis elle reflue, entraînant son corps, et la suivante le repousse en avant. Quand on le découvrira, il sera couvert d'ecchymoses. Le coup que je lui ai porté sera camouflé par ceux-là et, moi, je serai loin.

Je me hisse hors de l'eau et grimpe sur les rochers, retire ma robe et fourre sa chemise en boule à l'intérieur, avant de repartir à travers les arbres.

Il fait presque nuit quand je rejoins la crique.

Je récupère mes sandales que les cailloux de la plage m'avaient arrachées quand il me traînait vers l'eau. Après m'avoir tuée, il les aurait brûlées ou enterrées ailleurs. C'est du liège, elles auraient brûlé ou se seraient décomposées facilement, et nul n'aurait jamais su ce que j'étais devenue, en particulier mon frère.

Pas une lanière de cassée. Je les enfile, et elles me portent loin de la plage.

38

Une fois rentrée de l'aéroport, j'ai dormi seize heures d'affilée. J'ai commandé une pizza, puis une deuxième, puis une troisième, affamée comme je l'étais. Je me suis douchée longuement. Je me suis fait une nouvelle teinture pour reprendre ma couleur naturelle, et j'ai guetté la nouvelle aux infos.

Son cadavre a été retrouvé six jours après mon retour à Londres. Sa mort est passée pour une noyade. Il n'y a eu aucune enquête, c'est une cause de décès relativement fréquente sur cette île. On déplore douze noyades par an sur la côte dalmate, en moyenne.

Les obsèques ont déjà eu lieu. Il a été inhumé sous le nom de Grant Holleran. Il ne l'aurait pas permis, il aurait voulu reprendre sa véritable identité et être enterré en Angleterre.

L'inspectrice Tiernan m'a rappelée alors que j'étais sur le ferry. Je venais de quitter Hvar, je voyais encore les lumières de l'île. J'ai paniqué, comme si elle était capable de me voir, moi et les vêtements souillés dans mon sac. Je suis allée sur le pont, dans le noir. Derrière moi, une cabine comme un aquarium fluo, avec quelques personnes à l'intérieur.

– J'ai eu votre message. Tout va bien ?

– J'ai cru le voir.

– Où ?

– Hampstead Heath.

Elle m'a posé encore quelques questions, mais sa voix était douce, conciliante, comme si elle ne pouvait même pas envisager que je l'aie vu, ou qu'on le retrouve un jour.

– J'ai dû me tromper, dis-je. C'était sûrement un inconnu.

J'ai jeté sa chemise dans une poubelle du port, sur le continent, et ma robe souillée dans une autre poubelle, un tout autre quartier. À supposer qu'une enquête ait été quand même ouverte, personne à Hvar n'aurait pu faire le rapprochement avec moi. Mon père y a veillé : personne, sur cette île, n'a jamais su qui il était.

Les Fraser savent, bien entendu, Sam aussi, mais ils ne demanderont pas à la police de creuser. Une enquête risquerait de révéler qu'ils avaient gardé le contact avec lui. Peut-être ont-ils même été soulagés. Désormais, ce qu'ils ont fait restera caché. Alice a peut-être parlé de moi à ses parents, mais nos secrets s'équilibrent, aucun d'entre nous ne parlera.

Alice m'a adressé une facture pour la fête annulée. L'enveloppe attendait avec le reste du courrier mon retour de Croatie. Je lui ai adressé un chèque, qu'elle n'a pas encaissé pour le moment.

C'est fini – enfin presque.

*

Le Yorkshire, c'est cinq heures de voiture. Après Hawes, je m'engage sur une route à voie unique. Les feuilles ont changé de couleur. C'est l'automne à présent, je croyais que cette saison-là n'existait plus. Je roule vers le nord, traversant les vallons. Des moutons se rassemblent au bord de la route derrière une barrière de guingois, et des chevaux paissent dans un pré sous de grosses couvertures vertes. Je me range sur l'accotement quand un autre véhicule me croise. Chênes et châtaigniers forment une voûte au-dessus de ma tête, et des glands craquent sous mes roues.

Une pancarte en bois peint indiquant la ferme est suspendue au-dessus de la barrière. Après m'être garée dans l'herbe, je marche devant des tables chargées de caisses de pommes et de cruches de cidre. J'arrête une femme en polaire verte. « Mark est là ? »

Un homme apparaît, en chemise de flanelle et veste matelassée. Il a les cheveux courts et des yeux bruns, marqués par des pattes-d'oie. Il fait plus jeune que je le croyais, même si j'ai trouvé son âge en ligne. Il n'a que quarante-six ans.

Il me serre la main.

– Vous êtes ici pour la caravane ?

– Non. Vous avez une minute ?

Je n'en étais pas sûre jusque-là, mais son expression le confirme. Il sait exactement qui je suis, et il m'attendait.

Tandis qu'on s'avance vers un banc, à l'autre extrémité de la grange, il demande d'où je viens, d'une voix décontractée, mais j'ai bien vu sa tête il y a un instant – il est terrifié.

On s'assoit à l'orée d'un verger. Une odeur de cidre monte des pommes tombées à terre.

– Je suis la fille de Colin Spenser…

Mark ne me regarde pas. Il courbe le dos au-dessus de ses genoux, la paume de ses mains pressée contre ses yeux.

– Mon père est mort récemment.

– Comment cela ? demande-t-il.

– Il s'est noyé.

Il se tasse contre le dossier du banc.

– Vous voulez que je me livre à la police ?

– Non. Je sais que vous avez des enfants…

Là, il souffle. Il a deux filles adolescentes, Meg et Sophie.

– Je veux que vous me disiez ce qui s'est passé.

– Il prétendait que c'était dans votre intérêt.

– Où avez-vous fait sa connaissance ?

– Dans un pub à Kilburn. J'avais vingt ans. Je me débrouillais plutôt mal.

Je ne lui demande pas ce qu'il entend par là. Il a un casier judiciaire. Arrestation pour possession d'amphétamines, la première fois quand il avait dix-huit ans.

– J'étais tous les jours là-bas et lui a commencé à y venir de plus en plus souvent. On discutait.

– De quoi ?

– Football, principalement. Politique, musique. Il m'interrogeait sur ma famille. J'aimais bien lui parler. Je n'avais pas beaucoup d'amis.

– À quoi ressemblait votre famille ?

– J'ai grandi dans des foyers.

Voilà. Voilà pourquoi il l'avait choisi.

– Il m'a parlé de lui. Il m'a dit qu'il était séparé de sa femme et qu'elle avait la garde des enfants.

Là, il s'interrompt longuement, la tête renversée en arrière, sa bouche s'ouvrant et se refermant.

– Il disait qu'elle abusait de vous.

-- Quoi ?

– Qu'elle vous battait, depuis le début. Qu'après avoir quitté le foyer conjugal, il avait commencé à remarquer des marques de coups sur vous et votre frère, des traces de brûlures de cigarettes. Il avait bien essayé d'obtenir la garde, mais le juge vous avait confiés à votre mère. Le père n'avait quasiment jamais gain de cause dans ce genre de conflit. Il se serait bien enfui avec vous deux, mais il avait peur d'être pris. Un soir, il est arrivé très ému, me montrant une photo de vous avec des écorchures aux bras. Il était allé à la police, qui n'avait pas bougé.

– Quand cela ?

– La première semaine de novembre.

J'étais tombée de vélo en novembre. On m'avait amenée aux urgences.

Je ne me rappelle pas que mon père avait pris cette photo. C'était sûrement à mon insu.

Mark est en larmes, il enfonce ses pouces dans ses yeux.

– Comment s'y est-il pris pour vous demander ça ?

– Il n'a pas demandé, en fait. Il a dit que, un jour ou l'autre, elle vous tuerait, et, de fil en aiguille, on a fini par fixer une date. Il a promis de me payer. Il m'a donné les coordonnées d'un compte d'épargne, et il m'a dit qu'il y déposerait vingt mille livres, mais je n'aurais pas pris cet argent. Ce n'était pas…

– Je vous crois.

– J'étais censé le retrouver ensuite à Eaton Square. J'étais nerveux. Je n'avais pas dormi depuis des jours, j'avais pris une dose de meth. Je n'avais jamais fait un truc pareil, c'était de la folie.

Ses yeux sont injectés de sang.

– J'ai vu le visage de la femme ensuite. Ce n'était pas elle. J'ai cru m'être trompé d'adresse.

— Avez-vous entendu une autre femme ?

— Non.

— Ma mère vous a-t-elle vu ?

— Non, je ne crois pas. Colin a dû se douter qu'il y avait un problème quand il ne m'a pas vu au lieu de rendez-vous. J'étais venu en retard, en plus, il devait poireauter depuis un certain temps. Il est entré dans la maison et m'a ordonné d'en sortir.

Donc, maman n'avait pas menti. Mon père était remonté du sous-sol et il avait commencé à la rouer de coups. Elle ignorait qu'il y avait eu un autre homme dans la maison.

— Le lendemain, je suis allé au commissariat. Je voulais tout avouer, mais je n'ai pas pu…

— Lui avez-vous jamais reparlé ?

— Non. Comment m'avez-vous trouvé ?

— Votre nom était dans son historique de navigation. Il redoutait peut-être une confession de votre part.

Là, son corps est parcouru de frissons et le banc en est ébranlé. Mark était plus jeune qu'Emma, à l'époque.

— Elle vous aurait pardonné, dis-je.

J'ignore si c'est vrai. J'y réfléchis encore au moment où on se sépare, où je retourne à ma voiture et reprends la route. Je crois qu'elle conviendrait avec moi que le plus important, à présent, ce sont ses filles. Meg et Sophie. Il ne faudrait pas que ça recommence – cette fois, à leurs dépens.

*

Quand j'arrive à Penbridge, Robbie est au fond du parc, jouant aux échecs avec un autre pensionnaire. Je passe un moment à l'observer. Il rit, et la conversation est animée. Ce sont de bons camarades. Quand il relève la tête, c'est sans surprise qu'il m'aperçoit. Il dit quelque chose à son partenaire et traverse la pelouse.

— Robbie…

Son visage est calme, détendu, comme s'il connaissait déjà la fin de l'histoire que je m'apprête à lui révéler.

39

Campée au bord du loch, j'enfile ma combinaison de plongée. J'avais commandé un modèle à mes mesures. En nageant, j'aurai chaud, bien que l'eau soit glaciale.

Le loch est couleur mercure et cerné par des montagnes noires. C'est le printemps désormais, mais il y avait encore de la neige récemment. Sur la rive, Jasper monte la garde près de la tente où Nell dort encore. Nous sommes dans les Highlands. Nell a choisi Glen Lyon pour la beauté du loch et des montagnes, et la présence pittoresque du site fortifié à proximité.

Je plonge sous la surface. Je n'ai pas peur de retenir mon souffle, malgré ce qui s'est passé. En revanche, certaines choses sont devenues difficiles. Il y a un bruit en particulier, un choc sonore, comme deux pierres qui s'entrechoquent, que je ne peux pas souffrir. Et je ne me fais plus de queue-de-cheval à cause de cette sensation d'une main qui me tire par les cheveux.

Mais la mer ne m'inquiète pas, et heureusement car je l'ai souvent sous les yeux. J'ai emménagé à Édimbourg il y a trois ans. Mon appartement est situé dans Windsor

Street, au pied de Calton Hill. Tous les matins, j'emmène mon chien en balade là-haut. Du sommet, on peut voir le toit du centre médical de Stockbridge où je travaille. La vue porte sur des entrelacs de ruelles bordées de maisons de pierre, des ponts, des cheminées, et des entrepôts, jusqu'au Firth of Forth.

J'avance avec mes palmes à travers le loch. Maman avait raison sur ce point : on se sent vraiment comme un sous-marin quand on nage en étant enceinte.

Liam est l'un de mes meilleurs amis depuis mon installation à Édimbourg. Il est médecin généraliste à Leith et on s'est rencontrés à une journée de formation. Nous sommes sortis plusieurs fois ensemble, l'été dernier, avant de redevenir de simples amis. En octobre, je lui ai donné rendez-vous dans un restaurant à Merchiston.

– Je suis enceinte. C'est un accident. Je ne sais pas si tu te rappelles, c'est la fois où…

– Il est de moi ? demanda-t-il, son accent écossais retentissant à travers toute la salle.

– Oui, mais je n'espère rien, tu n'es pas obligé de t'en mêler.

– Je peux m'en mêler ?

Il rayonnait.

– Je ne pensais pas être père un jour.

On a parlé jusqu'à la fermeture.

Le week-end dernier, j'ai trouvé l'arbre généalogique de maman. Je l'ai soigneusement scotché au mur, et j'ai tiré un trait là où, dans deux mois, s'ajoutera le nom de ma fille.

Mais, pour le moment, nous sommes dans un loch, au printemps, sous un ciel blanc et des montagnes noires – à agiter nos gambettes au même rythme.

Remerciements

Merci à :

Lindsey Schwoeri, mon éditrice, pour avoir fait profiter ce livre de ton talent, ta créativité, ta compétence. Tu as été formidable à chaque étape, et je t'en suis profondément reconnaissante.

Emily Forland, mon agent, pour sa bienveillance et son œil aiguisé.

Allison Carney, Gabriel Levinson, Lindsay Prevette, Gretchen Schmid, Andrea Schulz, Kate Stark, Brian Tart, Olivia Taussig, et toute l'équipe de Viking Penguin.

Federico Andornino, Rebecca Gray, et tous ceux de Weidenfeld & Nicolson.

Michelle Weiner à CAA.

Michael Adams, Marla Akin, Debbie Dewees, James Magnuson, et le Michener Center for Writers et Yaddo.

Dr Noelle Quann, pour m'avoir parlé du quotidien d'un médecin.

A Different Class of Murder, de Laura Thompson, et *Trail of Havoc*, de Patrick Marnham, deux enquêtes passionnantes sur l'affaire Lucan.

Mes amis, en particulier Nick Cherneff, Kate DeOssie, Donna Erlich, Jackie Friedman, Allison Glaser, Lynn Horowitz, Allison Kantor, Suchi Mathur, Justine McGowan, Madelyn Morris, Althea Webber, et Marisa Woocher.

Ma famille, en particulier Jon Berry et Robin Dellabough.

Et Jeff Bruemmer.

MIXTE
Papier issu de sources responsables
FSC™ C003309

Composition et mise en pages
Facompo, Rouen

CET OUVRAGE
A ÉTÉ ACHEVÉ D'IMPRIMER
SUR ROTO-PAGE
PAR L'IMPRIMERIE FLOCH
À MAYENNE EN SEPTEMBRE 2019

N° d'impression : 94951
Imprimé en France
C5147/01